经典散文精华本

季羡林散文

—— 不完满才是人生

三辰影库音像出版社

图书在版编目（CIP）数据

季羡林散文：不完满才是人生／季羡林著．——北京：三辰影库电子音像出版社，2017.1（2017.8重印）
ISBN 978-7-83000-212-1

Ⅰ．①季… Ⅱ．①季… Ⅲ．①散文集－中国－当代 Ⅳ．①I267

中国版本图书馆CIP数据核字（2016）第302358号

书　　名：	季羡林散文：不完满才是人生
作　　者：	季羡林　著
出版发行：	三辰影库音像出版社
地　　址：	北京市朝阳区北苑路媒体村天畅园2号楼
出 版 人：	王六一
印　　制：	北京雁林吉兆印刷有限公司
开　　本：	880毫米×1230毫米　1／32
印　　张：	10.5
版　　次：	2017年2月第1版
印　　次：	2017年8月第2次印刷
印　　数：	5001－8000
书　　号：	ISBN 978-7-83000-212-1
定　　价：	35.00元

版权所有　翻版必究

凡购买本社图书，如有缺页、倒页、脱页，由发行公司负责退换

目 录

第一辑　人生漫谈

人生 / 003

再谈人生 / 006

三论人生 / 008

人生漫谈 / 011

人生之美 / 016

禅趣人生 / 019

人生小品 / 024

不完满才是人生 / 029

人生的意义与价值 / 033

生命的价值 / 036

如何利用时间 / 041

缘分与命运 / 043

漫谈伦理道德 / 046

第二辑　耄耋之言

一个老知识分子的心声 / 059

一个老留学生的话 / 067

老年十忌 / 073

走运与倒霉 / 091

糊涂一点，潇洒一点 / 093

难得糊涂 / 097

老少之间 / 100

做人与处世 / 103

三思而行 / 106

知足知不足 / 108

有为有不为 / 111

老马识途 / 115

温馨，家庭不可或缺的气氛 / 117

爱情 / 120

论压力 / 126

第三辑　反躬自省

我写我 / 131

我的座右铭 / 134

我的怀旧观 / 136

我的美人观 / 140

十年回顾 / 146

赋得永久的悔 / 154

我的心是一面镜子 / 162

假若我再上一次大学 / 195

反躬自省 / 201

八十述怀 / 211

九十述怀 / 216

九三述怀 / 228

九十五岁初度 / 234

第四辑　寄情于物

枸杞树 / 241

马缨花 / 247

夹竹桃 / 252

洛阳牡丹 / 257

登庐山 / 260

火车上观日出 / 265

游小三峡 / 268

观秦兵马俑 / 274

观天池 / 280

延边行 / 286

北戴河杂感 / 301

火焰山下 / 304

登蓬莱阁 / 310

还乡记 / 315

第一辑 人生漫谈

信缘分与不信缘分,对人的心情影响是不一样的。信者胜可以做到不骄,败可以做到不馁,决不至胜则忘乎所以,败则怨天尤人。中国古话说:"尽人事而听天命。"首先必须"尽人事",否则馅儿饼决不会自己从天上落到你嘴里来。

人生

在一个"人生漫谈"的专栏中,首先谈一谈人生,似乎是理所当然的,未可厚非的。

而且我认为,对于我来说,这个题目也并不难写。我已经到了望九之年,在人生中已经滚了八十多个春秋了。一天天面对人生,时时刻刻面对人生,让我这样一个世故老人来谈人生,还有什么困难呢?岂不是易如反掌吗?

但是,稍微进一步一琢磨,立即出了疑问:什么叫人生呢?我并不清楚。

不但我不清楚,我看芸芸众生中也没有哪个人真清楚的。古今中外的哲学家谈人生者众矣。什么人生意义,又是什么人生的价值,花样繁多,扑朔迷离,令人眼花缭乱;然而他们说了些什么呢?恐怕连他们自己也是越谈越糊涂。以己之昏昏,焉能使人昭昭!

哲学家的哲学,至矣高矣。但是,恕我大不敬,他们的哲

季羡林散文

北京胡同

人生漫谈

学同吾辈凡人不搭界,让这些哲学,连同它们的"家",坐在神圣的殿堂里去独现辉煌吧!像我这样一个凡人,吃饱了饭没事儿的时候,有时也会想到人生问题。我觉得,我们人的"生",都绝对是被动的。没有哪一个人能先制订一个诞生计划,然后再下生,一步步让计划实现。只有一个人是例外,他就是佛祖释迦牟尼。他住在天上,忽然想降生人寰,超度众生。先考虑要降生的国家,再考虑要降生的父母。考虑周详之后,才从容下降。但他是佛祖,不是吾辈凡人。

吾辈凡人的诞生,无一例外,都是被动的,一点主动也没有。我们糊里糊涂地降生,糊里糊涂地成长,有时也会糊里糊涂地夭折,当然也会糊里糊涂地寿登耄耋,像我这样。

生的对立面是死。对于死,我们也基本上是被动的。我们只有那么一点主动权,那就是自杀。但是,这点主动权却是不能随便使用的。除非万不得已,是决不能使用的。

我在上面讲了那么些被动,那么些糊里糊涂,是不是我个人真正欣赏这一套,赞扬这一套呢?否,否,我决不欣赏和赞扬。我只是说了一点实话而已。

正相反,我倒是觉得,我们在被动中,在糊里糊涂中,还是能够有所作为的。我劝人们不妨在吃饱了燕窝鱼翅之后,或者在吃糠咽菜之后,或者在卡拉OK、高尔夫之后,问一问自己:你为什么活着?活着难道就是为了恣睢的享受吗?难道就是为了忍饥受寒吗?问了这些简单的问题之后,会使你头脑清醒一点,会减少一些糊涂。谓予不信,请尝试之。

1996年11月9日

再谈人生

人生这样一个变化莫测的万花筒,用千把字来谈,是谈不清楚的。所以来一个"再谈"。

这一回我想集中谈一下人性的问题。

大家知道,中国哲学史上,有一个不大不小的争论问题:人是性善,还是性恶?这两个提法都源于儒家。孟子主性善,而荀子主性恶。争论了几千年,也没有争论出一个名堂来。

记得鲁迅先生说过:"人的本性是,一要生存,二要温饱,三要发展。"(记错了,由我负责)这同中国古代一句有名的话,精神完全是一致的:"食色,性也。"食是为了解决生存和温饱的问题,色是为了解决发展问题,也就是所谓传宗接代。

我看,这不仅仅是人的本性,而且是一切动植物的本性。试放眼观看大千世界,林林总总,哪一个动植物不具备上述三个本能?动物姑且不谈,只拿距离人类更远的植物来说,"桃李无言",它们不但不能行动,连发声也发不出来。然而,它们求生存和发展的欲望,却表现得淋漓尽致。桃李等结甜果子的植物,为什么结甜果子呢?无非是想让人和其他能行动的动物吃了甜果子把核带到远的或近的其他地方,落在地上,生入土中,能发芽、开花、结果,达到发展,即传宗接代的目的。

你再观察,一棵小草或其他植物,生在石头缝中,或者甚至压在石头块下,缺水少光,但是它们却以令人震惊得目瞪口呆的毅力,冲破了身上的重压,弯弯曲曲地、忍辱负重地长了出来,由细弱变为强硬,由一根细苗甚至变成一棵大树,再作为一个独立体,继续顽强地实现那三种本性。"下自成蹊",就是"无言"的结果吧。

你还可以观察,世界上任何动植物,如果放纵地任其发挥自己的本性,则在不太长的时间内,哪一种动植物也能长满塞满我们生存的这一个小小的星球——地球。那些已绝种或现在濒临绝种的动植物,属于另一个范畴,另有其原因,我以后还会谈到。

那么,为什么到现在还没有哪一种动植物——包括万物之灵的人类在内——能塞满了地球呢?

在这里,我要引老子的话:"天地不仁,以万物为刍狗。"是造化小儿——谁也不知道,他究竟有没有?他究竟是什么样子?我不信什么上帝,什么天老爷,什么大梵天,宇宙间没有他们存在的地方。

但是,冥冥中似乎应该有这一类的东西,是他或它巧妙计算,不让动植物的本性光合得逞。

三论人生

上一篇《再论》戛然而止,显然没有能把话说完,所以再来一篇《三论》。

造化小儿对禽兽和人类似乎有点区别对待的意思。它给你生存的本能,同时又遏制这种本能,方法或者手法颇多。制造一个对立面似乎就是手法之一,比如制造了老鼠,又制造它的天敌——猫。

对于人类,它似乎有点优待。它先赋予人类思想(动物有没有思想和言语是一个有争论的问题),又赋予人类良知良能。关于人类本性,我在上面已经谈到。我不大相信什么良知,什么"恻隐之心,人皆有之";但是我又无从反驳。古人说:"人之所以异于禽兽者几希。""几希"者,极少极少之谓也。即使是极少极少,总还是有的。我个人胡思乱想,我觉得,在对待生物的生存、温饱、发展的本能的态度上,就存在着一点点

"几希"。

我们观察,老虎、狮子等猛兽,饿了就要吃别的动物,包括人在内。它们决没有什么恻隐之心,决没有什么良知。吃的时候,它们也决不会像人吃人的时候那样,有时还会捏造一些我必须吃你的道理,做好思想工作。它们只是吃开了,吃饱为止。人类则有所不同。人与人当然也不会完全一样。有的人确实能够遏制自己的求生本能,表现出一定的良知和一定的恻隐之心。古往今来的许多仁人志士,都是这方面的好榜样。他们为什么能为国捐躯?为什么能为了救别人而牺牲自己的性命?鲁迅先生所说的"中国的脊梁",就是这样的人。孟子所谓的"浩然之气",只有这样的人能有。禽兽中是决不会有什么"脊梁",有什么"浩然之气"的,这就叫做"几希"。

但是人也不能一概而论,有的人能够做到,有的人就做不到。像曹操说:"宁教我负天下人,休教天下人负我!"他怎能做到这一步呢?

说到这里,就涉及伦理道德问题。我没有研究过伦理学,不知道怎样给道德下定义。我认为,能为国家、为人民、为他人着想而遏制自己的本性的,就是有道德的人。能够百分之六十为他人着想,百分之四十为自己着想,他就是一个及格的好人。为他人着想的百分比越高越好,道德水平越高。百分之百,所谓"毫不利己,专门利人"的人是绝无仅有。

反之，为自己着想而不为他人着想的百分比，越高越坏。到了曹操那样，就算是坏到了顶。毫不利人，专门利己的人，普天之下倒是不老少的。说这话，有点泄气。无奈这是事实，我有什么办法？

1996 年 11 月 13 日

人生漫谈

天津百花文艺出版社准备出版我在上海《新民晚报》"夜光杯"这一版上陆续发表的"人生漫谈"。这当然是极令我欣慰的事。出版这样一个小册子，本来是用不着写什么"自序"的，写了反而像俗话说的那样"六指子划拳，多此一指"。但是，我想来想去，似乎还有一些话要说，这一指是必须多的。

约莫在三年前，我接到上海《新民晚报》"夜光杯"版的编辑贺小钢（我不加"同志"、"女士"、"小姐"等等敬语，原因下面会说到的）的来信，约我给"夜光杯"写点文章。这实获我心。专就发行量来说，《新民晚报》在全国是状元，而且已有将近七十年的历史，在全国有口皆碑，谁写文章不愿意让多多益善的读者读到呢？我立即回信应允，约定每篇文章一千字，每月发两篇。主题思想是小钢建议的。我已经是一个耄耋老人，人生经历十分丰富，写点"人生漫谈"（原名"絮语"，因为同另一本书同名，改）之类的千字文，会对读者有些用处的。我认为，这话颇有道理。我确已经到了望九之年。古代文人（我非武人，只能滥竽文人之列）活到这个年龄的并不多。而且我还经历了中国几个朝代，甚至有幸当了两个多月的宣统皇帝的

臣民。我走遍了世界三十个国家，应该说是识多见广，识透了芸芸众生相。如果我倚老卖老的话，我也有资格对青年们说："我吃过的盐比你们吃的面还多，我走过的桥比你们走过的路还长。"因此，写什么"人生漫谈"，是颇有条件的。

这种千字文属于杂文之列。据有学问的学者说，杂文必有所讽刺，应当锋利如匕首，行文似击剑。在这个行当里，鲁迅是公认的大家。但是，鲁迅所处的时代是阴霾蔽天，黑云压城的时代，讽刺确有对象，而且俯拾即是。今天已经换了人间，杂文这种形式还用得着吗？若干年前，中国文坛上确实讨论过这个问题。事不干己，高高挂起。我并没有怎样认真注意讨论的过程和结果。现在忽然有了这样一个意外的机会，对这个问题我就不能不加以考虑了。

自从改革开放以来，二十年内，原先那一种什么事情都要搞群众运动，一次搞七八年，七八年搞一次的十分令人费解的时代，已经一去不复返了。光天化日，乾坤朗朗，在政治、经济、文化、教育等各个方面都有了显著的进步和变化。人民的生活有了提高，人们的心情感到了舒畅。这个事实是谁也否定不了的。但是，天底下闪光的不都是金子。上面提到的那一些方面，阴暗面还是随处可见的。社会的伦理道德水平还有待于提高，人民的文化素质还有待于改善，丑恶的行为比比皆是。总之一句话，杂文时代并没有过去，匕首式的杂文，投枪式的抨击，还是十分必要的。

谈到匕首和投枪，我必须做一点自我剖析。我舞笔弄墨，七十年于兹矣。但始终认为，这是自己的副业。我从未敢以作家自居。在我眼目中，作家是一个十分光荣的称号，并不是人人都能成为作家的。我写文章，只限于散文、随笔之类的东西，无论是抒情还是叙事，都带有感情的色彩或者韵味。在这方面，自己颇有一点心得和自信。至于匕首或投枪式的杂文，则绝非自己之所长。像鲁迅的杂文，只能是我崇拜的对象，自己决不敢染指的。

还有一种文体，比如随感录之类的东西，这里要的不是匕首和投枪，而是哲学的分析，思想的深邃与精辟。这又非我之所长。我对哲学家颇有点不敬。我总觉得，哲学家们的分析细如毫毛，深如古井，玄之又玄，玄妙无门，在没有办法时，则乞灵于修辞学。这非我之所能，亦非我之所愿。

悲剧就出在这里。小钢交给我的任务，不属于前者，就属于后者。俗话说："扬长避短。"我在这里却偏偏扬短避长。这是我自投罗网，奈之何哉！

小钢当然并没有规定我怎样怎样写，这一出悲剧的产生，不由于环境，而由于性格。就算是谈人生经历吧，我本来也可以写"今天天气哈，哈，哈"一类的文章的，这样谁也不得罪，读者读了晚报上的文章，可以消遣，可以催眠。我这个作者可以拿到稿费。双方彼此彼此，各有所获，心照不宣，各得其乐。这样岂不是天下太平，宇宙和合了吗？

然而不行。我有一股牛劲，有一个缺点：总爱讲话，而且讲真话。谎话我也是说的，但那是不得已而为之的，更多的还是讲真话。稍有社会经历的人都能知道，讲真话是容易得罪人的，何况好多人养成了"对号入座"的习惯，完全像阿Q一样，忌讳极多。我在上面已经说到过，当前的社会还是有阴暗面的，我见到了，如果闷在心里不说，便如骨鲠在喉，一吐为快。我

的文字虽然不是匕首,不像投枪,但是,说不定什么时候就会碰到某一些人物的疮疤。在我完全不知道的情况下,就树了敌,结了怨。这是我咎由自取,怪不得他人。

至于另一种文体,那种接近哲学思辨的随感录,本非我之所长,因而写得不多。这些东西会受到受过西方训练的中国哲学家们的指责。但他们的指责我不但不以为耻,而且引以为荣。如果受到他们的赞扬,我将斋戒沐浴,痛自忏悔,搜寻我的"活思想",以及"灵魂深处的一闪念",坚决、彻底、干净、全部地痛改前非,以便不同这些人同流合污。讲到哲学,如果非让我加以选择不行的话,我宁愿选择中国古代哲学家的表达方式,不是分析、分析、再分析,而是以生动的意象,凡人的语言,综合的思维模式,貌似模糊而实颇豁亮,能给人以总体的概念或者印象。不管怎么说,写这类的千字文,我也绝非内行里手。

把上面讲的归纳起来看一看,写以上说的两类文章,都非我之所长。幸而其中有一些文章不属于以上两类,比如谈学习外语等的那一些篇,可能对读者还有一些用处。但是,总起来看,在最初阶段,我对自己所写的东西信心是不大的,有时甚至想中止写作,另辟途径。常言道,实践是检验真理的唯一标准。出我意料,社会上对这些千字文反应不错。我时常接到一些来信,赞成我的看法,或者提出一些问题。从报纸杂志上来看,有的短文——数目还不是太小——被转载,连一些僻远地区也不例外。这主要应该归功于《新民晚报》的威信。但是,自己的文章也不能说一点作用都没有起。这情况当然会使我高兴。于是坚定了信心,继续写了下去,一写就是三年。文章的篇数已经达到七十篇了。

对于促成这一件不无意义的工作的《新民晚报》"夜光杯"栏的编辑贺小钢,我从来没有对于性别产生疑问,我也从来没有考虑过这个问题。试想钢是很硬的金属,即使是"小钢"吧,仍然是钢。贺小钢一定是一位身高丈二的赳赳武夫。我的助手李玉洁想的也完全同我一样,没有产生过任何怀疑。通信三年,没有见过面。今年春天,有一天,上海来了两位客人。一见面当然是先请教尊姓大名。其中有一位年轻女士,身材苗条,自报名姓:"贺小钢。"我同玉洁同时一愣,认为自己的耳朵出了问题,连忙再问,回答仍然是:"贺小钢。"为了避免误会,还说明了身份:上海《新民晚报》"夜光杯"的编辑。我们原来认为是男子汉大丈夫的却是一位妙龄靓女。我同玉洁不禁哈哈大笑。小钢有点莫名其妙。我们连忙解释,她也不禁陪我们大笑起来。古诗《木兰辞》中说:"同行十二年,不知木兰是女郎。"这是古代的事,无可疑怪。现在是信息爆炸的时代,上海和北京又都是通都大邑,竟然还闹出了这样的笑话,我们难道还能不哈哈大笑吗?这也可能算是文坛——如果我们可能都算是在文坛上的话——上的一点花絮吧。

就这样,我同《新民晚报》"夜光杯"的文字缘算是结定了,我同小钢的文字缘算是结定了。只要我还能拿得起笔,只要脑筋还患不了痴呆症,我将会一如既往写下去的。既然写,就难免不带点刺儿。万望普天下文人贤士千万勿"对号入座",我的刺儿是针对某一个现象的,决不针对某一个人。特此昭告天下,免伤和气。

1999年8月31日

(此文为《人生漫谈》一书序言)

人生之美

本书的作者池田大作名誉会长,译者卞立强教授,以及本书一开头就提到的常书鸿先生,都是我的朋友。我同他们的友谊,有的已经超过了40年,至少也有十几二十年了,都可以算是老朋友了。我尊敬他们,我钦佩他们,我喜爱他们,常以此为乐。

池田大作名誉会长的著作,只要有汉文译本(这些译本往往就出自卞立强教授之手),我几乎都读过。现在又读了他的《人生箴言》。可以说是在旧的了解的基础上,又增添了新的了解;在旧的钦佩的基础上,又增添了新的钦佩,我更以此为乐。

评断一本书的好与坏有什么标准呢?这可能因人而异。但是,我个人认为,客观的能为一般人都接受的标准还是有的。归纳起来,约略有以下几项:一本书能鼓励人前进呢,抑或拉人倒退?一本书能给人以乐观精神呢,抑或使人悲观?一本书能增加人的智慧呢,抑或增强人的愚蠢?一本书能提高人的精神境界呢,抑或降低?一本书能增强人的伦理道德水平呢,抑或压低？一本书能给人以力量呢，抑或使人软弱？一本书能激励人向困难作斗争呢，抑或让人向困难低头？一本书能给人以高尚的美感享受呢，抑或给人以低级下流的愉快？类似的标准还能举出一些来，但是，我觉得，上面这一些也就够了。统而言之，能达到问题的前一半的，就是好书。若只能与后一半相合，这就是坏书。

拿上面这些标准来衡量池田大作先生的《人生箴言》，读了这一本书，谁都会承认，它能鼓励人前进，它能给人以乐观精神，它能增加人的智慧，它能提高人的精神境界，它能增强人的伦理道德水平，它能给人以力量，它能鼓励人向困难作斗争，它能给人以高尚的美感享受。总之，在人生的道路上，它能帮助人明辨善与恶，明辨是与非；它能帮助人找到正确的道路，而不致迷失方向。

因此，我的结论只能是：这是一本好书。

如果有人认为我在上面讲得太空洞，不够具体，我不妨说得具体一点，并且从书中举出几个例子来。书中许多精辟的话，洋溢着作者的睿智和机敏。作者是日本蜚声国际的社会活动家、思想家、宗教活动家。在他那波澜壮阔的一生中，通过自己的眼睛和心灵，观察人生，体验人生，终于参透了人生，达到了圆融无碍的境界。书中的话就是从他深邃的心灵中撒出来的珠玉，句句闪耀着光芒。读这样的书，真好像是走入七宝楼台，发现到处是奇珍异宝，拣不胜拣。又好像是行在山阴道上，令人应接不暇。本书"一、人生"中的第一段话，就值得我们细细地玩味："我认为人生中不能没有爽朗的笑声。"第二段话：

"我希望能在真正的自我中,始终保持不断创造新事物的创造性和为人们为社会作出贡献的社会性。"这是多么积极的人生态度,真可以振聋发聩!我自己已经到了耄耋之年,我特别欣赏这一段话:"'老'的美,老而美,这恐怕是比人生的任何时期的美都要尊贵的美。老年或晚年,是人生的秋天。要说它的美,我觉得那是一种霜叶的美。"我读了以后,陡然觉得自己真美起来了,心里又溢满了青春的活力。这样精彩的话,书中到处都是,我不再做文抄公了。读者自己去寻找吧。

现在正是秋天,红于二月花的霜叶就在我的窗外。案头上正摆着这一部书的译稿。我这个霜叶般的老年人,举头看红叶,低头读华章,心旷神怡,衰颓的暮气一扫而光,提笔写了这一篇短序,真不知老之已至矣。

1994年11月8日

(此文为《人生箴言》一书序言)

禅趣人生

浙江人民出版社的杨女士给我来信,说要编辑一套"禅趣人生"丛书,"内容可包括佛禅与人生的方方面面"。"我们希望通过当代学者对于人生的一种哲学思考,给读者特别是青年读者一些中国传统文化的熏陶,给被大众文化淹溺着的当今读书界、文化界留一小块净土,也为今天人文精神的重建尽一份努力。"无疑,这些都是极其美妙的想法,有意义,有价值,我毫无保留地赞成和拥护。

但是,我却没有立即回信。原因绝不是我倨傲不恭,妄自尊大,而是因为我感到这任务过分重大,我惶恐觳觫,不敢贸然应命。其中还掺杂着一点自知之明和偏见。我生无慧根,对于哲学和义理之类的东西,不感兴趣。特别是禅学,我更感到头痛。少一半是因为我看不懂。我总觉得这一套东西恍兮惚兮,杳冥无迹。禅学家常用"羚羊挂角,无迹可寻"来作比喻,比喻是生动恰当的。然而困难也即在其中。既然无迹可寻,我们还寻什么呢?庄子所说得鱼忘筌,得意忘言。我在这里实在是

不知道何所得,又何所忘,古今中外,关于禅学的论著可谓多矣。我也确实读了不少。但是,说一句老实话,我还没有看到任何书、任何人能把"禅"说清楚的。

也许妙就妙在说不清楚。一说清楚,即落言筌。一落言筌,则情趣尽失。这种审美境界和思想境界,西方人是无法理解的。他们对任何东西都要求分析、分析、再分析。而据我个人的看法,分析只是人的思维方式之一,此外还有综合的思维方式,这是我们东方人所特有,至少是所擅长的。我现在正在读苗东升和刘华杰的《混沌学纵横谈》。"混沌学"是一个新兴的但有无限前途的学科。我曾多次劝人们,特别是年轻人,注意"模糊学"和"混沌学",现在有了这样一本书,我说话也有了根据,而且理直气壮了。我先从这本书里引一段话:"以精确的观察、实验和逻辑论证为基本方法的传统科学研究,在进入人的感觉远远无法达到的现象领域之后,遇到了前所未有的困难。因为在这些现象领域中,仅仅靠实验、抽象、逻辑推理来探索自然奥秘的做法行不通了,需要将理性与直觉结合起来。对于认识尺度过小或过大的对象,直觉的顿悟、整体的把握十分重要。"这些想法,我曾有过。我看了这一本书以后,实如空谷足音。对于中国的"禅",是否也可以从这里"切入"(我也学着使用一个新名词),去理解,去掌握?目前我还说不清楚。

话扯得远了,我还是"书归正传"吧!我在上面基本上谈的是"自知之明"。现在再来谈一谈"偏见"。我的"偏见"主要是针对哲学的,针对"义理"的。我上面已经说过,我对此不感兴趣。我的脑袋呆板,我喜欢摸得着看得见的东西,也就

人生漫谈

是实实在在的东西。哲学这东西太玄乎，太圆融无碍，宛如天马行空。而且公说公有理，婆说婆有理。今天这样说，有理；明天那样说，又有理。有的哲学家观察宇宙、人生和社会，时有非常深刻、机敏的意见，令我叹服。但是，据说真正的大哲学家必须自成体系。体系不成，必须追求。一旦体系形成，则既不圆融，也不无碍，而是捉襟见肘，削足适履。这一套东西我玩不了。因此，在旧时代三大学科体系：义理、辞章、考据中，我偏爱后二者，而不敢碰前者。这全是天分所限，并不是对义理有什么微词。

以上就是我的基本心理状态。

现在杨女士却对我垂青，要我作"哲学思考"，侈谈"禅趣"，我焉得不诚惶诚恐呢？这就是我把来信搁置不答的真正原因。我的如意算盘是，我稍搁置，杨女士担当编辑重任，时间一久，就会把此事忘掉，我就可以逍遥自在了。

然而事实却大出我意料，她不但没有忘掉，而且打来长途电话，直捣黄龙，令我无所逃于天地之间。我有点惭愧，又有点惶恐。但是，心里想的却是：按既定方针办。我连忙解释，说我写惯了考据文章。关于"禅"，我只写过一篇东西，而且是被赶上了架才写的，当然属于"野狐"一类。我对她说了许多话，实际上却是"居心不良"，想推掉了事，还我一个逍遥自在身。

可是我万万没有想到，正当我颇为得意的时候，杨女士的长途电话又来了，而且还是两次。昔者刘先主三顾茅庐，躬请卧龙先生出山，共图霸业。藐予小子，焉敢望卧龙先生项背！

三请而仍拒，岂不是太不识相了吗？我痛自谴责，要下决心认真对待此事了。我拟了一个初步选目。过后自己一看，觉得好笑，选的仍然多是考据的东西。我大概已经病入膏肓，脑袋瓜变成了花岗岩，已经快到不可救药的程度了。于是决心改弦更张，又得我多年的助手李铮先生之助，终于选成了现在这个样子。这里面不能说没有涉及禅趣，也不能说没有涉及人生。但是，把这些文章综合起来看，我自己的印象是一碗京海杂烩。可这种东西为什么竟然敢拿出来给人看呢？自己"藏拙"不是更好吗？我的回答是：我在任何文章中讲的都是真话，我不讲半句谎话。而且我已经到了耄耋之年，一生并不是老走阳光大道，独木小桥我也走过不少。因此，酸、甜、苦、辣，悲、欢、离、合，我都尝了个够。发为文章，也许对读者，特别是青年读者，不无帮助。这就是我斗胆拿出来的原因。倘若读者——不管是老中青年——真正能从我在长达八十多年对生活的感悟中学到一点有益的东西，那我就十分满意了。至于杨女士来信中提到的那一些想法或者要求，我能否满足或者满足到什么程度，那就只好请杨女士自己来下判断了。

　　是为序。

1995年8月15日于北大燕园
（此文为《人生絮语》一书序言）

人生小品

约莫在一年多以前,我给自己约法一章:今后不再出这里选几篇,那里选几篇拼凑而成的散文集。因为,你不管怎样选择,重复总会难免,这是对读者不负责任的表现,是我不应该做的。

决心下定以后不久,于青女士就找上门来,说是要给我出版一部散文选集。我立即把我的决定告诉了她。她以她那特有的豁达通脱,处变不惊的态度,从容答辩说,她选的文章会有特点,都是有关品味人生,感悟人生的,而且她还选了八个作家的文章,再来一个"而且",我还是其中的排头兵。意思就是,如果我拒绝合作,我就有破坏大局、破坏团结的嫌疑。这样一来,我只有俯首听命了。

年轻时候,我几乎没有写过感悟人生的文章,因为根本没有感悟,只觉得大千世界十分美好,眼前遍地开着玫瑰花,即使稍有不顺心的时候,也只如秋风过耳,转瞬即逝。中年以后,躬逢盛世,今天一个运动,明天一场批判,天天在斗,斗,斗,虽然没有感到其乐无穷，却也并无反感。最后终于把自己斗到了"牛棚"里，几乎把一条小命断送。被"解放"以后，毫无改悔之意，依然是造神不止。等到我脑袋稍稍开了点窍，对人生稍稍有点感悟时，自己已经是垂垂老矣。

我是习惯于解剖自己的；但是，解剖的结果往往并不美妙。在学术上我是什么知，什么觉，在这里姑且不论；但是，在政治上，我却是后知后觉，这是肯定无疑的。有时候连小孩子都不会相信的弥天大谎，我却深信不疑。如果一生全是这样的话，倒也罢了。然而造物主却偏给我安排了一条并不平坦的人生道路。我走过阳关大道，也走过独木小桥。我经历过车马盈门的快乐，成为一个"颇可接触者"。又经历过门可罗雀的冷落，成为一个"不可接触者"。如果永远不可接触下去，倒也罢了，我也是无怨无悔的。然而造物主又跟我开了一个玩笑，他（它？她？）又让我梅开二度，不但恢复了车马盈门的盛况，而且是"车如流水马如龙，花月正春风"，我成了一个"极可接触者"。

大家都能够知道，有过我这样经历的人，最容易感悟人生。我虽木讷，对人生也不能不有所感悟了。

正在这个时候，上海《新民晚报》"夜光杯副刊"的编辑贺小钢女士写信给我，要我开辟一个专栏，名之曰"人生漫谈"。这真叫"无巧不成书"，一拍即合，我立即答应下来，立即动笔，从1996年下半年开始，到现在已经写了九十篇，有几篇还没有刊出。我原来信心十足，觉得自己已经活到了耄耋之年，吃的盐比年轻人吃的面还多，过的桥比年轻人走过的路还长，而且又多次翻过跟头，何悟人生，我早已参得透透的了。一拿

起笔来,必然是妙笔生花,灵感一定会像江上清风、山中明月,取之不尽,用之不竭。想到这里,我简直想手舞足蹈了。

然而我犯了一个大错误,我过高地估计了我对人生感悟的库藏。原来每月两篇千字文,写来得心应手,不费吹灰之力,只觉得人生像是一个万花筒,方面无限地多,随便从哪一个方面选取一点感悟,易如反掌,不愁文章没有题目。然而写到六七十篇以后,却出现了前所未遇的情况。有时候感悟的火花一闪耀,想出了一个新题目,为了慎重起见,连忙查一查旧账,这一查就让我傻了眼:原来已经写过了。第二次、第三次,又碰到同样的情况,使我不得不承认,人生的方面虽然很广,自己的经历毕竟有限。虽然活到了耄耋之年,对人生感悟的库藏并不十分丰富。

此外,我还发现了一个我自己本不愿承认但又非承认不行的事实,这就是,自己对人生感悟的分析能力不是太强。这是有原因的。我一生治学,主要精力是放在考证上的,义理非我所好,也非我所能。对哲学家,我一向是敬而远之的,他们搞的那一套分析,分析,再分析,分析得我头昏脑晕,无力追踪。现在轮到我来写人生小品,这玩意儿有时候还是非有点分析不行的,这就让我为了难。现在翻阅过去四年多中所写的八十来篇小品,自己真正满意的并不多。这颇使我尴尬。然而,为水平所限,奈之何哉!

但是,事情还有它的另一面。四五年来,我在上海《新民晚报》"夜光杯"上,总共写了八十来篇千字文。从读者中反馈回来的信息还是令人满意的。有的读者直接写信给我,有的当面告诉我,他们是认可的。全国一些不同地区的报纸杂志上也时有转载,也说明了那些千字文是起了作用的。那些千字文,看上去题目虽然五花八门,但是我的基本想法却是一致的。我想教给年轻人的无非是:热爱祖国,热爱人类,热爱生命,热爱自然。我认为,这四个"热爱"是众德之首。有了这四个"热爱",国家必能富强,世界必能和睦,人类与大自然必能合一,人类前途必能辉煌。我虽然没有直接拿这四个"热爱"命题作文;但是我在行文时或明或暗、或直接或间接总离不开这个精神。这一点是可以告慰自己和读者的。

可是,我现在遇到了困难,我走到了十字路口上,我必须决定究竟要向哪个方向走,必须决定停步还是前进。要想前进,就是要想继续写下去,必须付出比以前大得多的劳动。我现在是年过耄而力不强。虽然自觉离老年痴呆症还有极长的距离,自觉还是"难得糊涂"的;但是,在许多地方已有力不从心之感,不服老是不行了。为今之计,最好的最聪明的办法是只享受人生,而不去品味人生和感悟人生,不再写什么劳什子文章。这样既可以颐养天年,从从容容地过了白寿再赶茶寿;在另一方面还能够避开那一小撮嗅觉有特异功能的专爱在鸡蛋里挑刺的人们的伤害,何乐而不为呢?

然而,那不是我的为人之道。我不反对,文学家们、科学家们、教育家们、军事家们、政治家们在给人民作出了贡献之后,安静地颐养天年,那样做是应该的。我对自己的要求是:"小车不倒尽管推。"过去九十年,我对人民作出的贡献微不足道,我没有任何理由白吃人民的小米。我现在在这里说这一番

话的目的,就是要表示"人生漫谈"还是要写下去的,不管有多大的困难,还是要写下去的。最近小钢在"夜光杯"上发我写的《老年十忌》,速度显然超过了每月两篇。看来,她是想督促我快写。而于青编选《人生小品》,也表示了她对我工作的认可,我不能使她们失望,等到将来有一天,可能我写不下去了,那时我就会像变戏法的下跪一样,没辙了。

对读者,我也想啰嗦几句。倘若你们发现本书中同其他的书重复过多,那么你们最好别买,我只想劝你们把我这一篇序读一下,因为其中道出了我写人生小品的甘苦,值得一读的。

是为序。

2001 年 4 月 6 日

(此文为《人生小品》一书序言)

人生漫谈

不完满才是人生

每个人都争取一个完满的人生。然而,自古及今,海内海外,一个百分之百完满的人生是没有的。所以我说,不完满才是人生。

关于这一点,古今的民间谚语、文人诗句,说到的很多很多。最常见的比如苏东坡的词:人有悲欢离合,月有阴晴圆缺,此事古难全。南宋方岳(根据吴小如先生考证)诗句:不如意事常八九,可与人言无二三。这都是我们时常引用的,脍炙人口的。类似的例子还能够举出成百上千来。

这种说法适用于一切人,旧社会的皇帝老爷子也包括在里面。他们君临天下,率土之滨,莫非王土,可以为所欲为,杀人灭族,小事一端,按理说,他们不应该有什么不如意的事。然而,实际上,王位继承,宫廷斗争,比民间残酷万倍。他们威仪俨然地坐在宝座上,如坐针毡。虽然捏造了"龙御上宾"这种神话,他们自己也并不相信。他们想方设法以求得长生不老,他们最怕"一旦魂断,宫车晚出"。连英主如汉武帝、唐太

不倒翁

宗之辈也不能免俗。汉武帝造承露金盘，妄想饮仙露以长生；唐太宗服印度婆罗门的灵药，期望借此以不死。结果，事与愿违，仍然是龙御上宾呜呼哀哉了。

在这些皇帝手下的大臣们，一人之下，万人之上，权力极大，骄纵恣肆，贪赃枉法，无所不至。在这一类人中，好东西大概极少，否则包公和海瑞等决不会流芳千古、久垂宇宙了。可这些人到了皇帝跟前，只是一个奴才，常言道：伴君如伴虎，可见他们的日子并不好过。据说明朝的大臣上朝时在笏板上夹带一点鹤顶红，一旦皇恩浩荡，钦赐极刑，连忙用舌尖舔一点鹤顶红，立即涅槃，落得一个全尸。可见这一批人的日子也并不好过，谈不到什么完满的人生。

至于我辈平头老百姓，日子就更难过了。建国前后，不能说没有区别，可是一直到今天仍然是"不如意事常八九"。早晨在早市上被小贩"宰"了一刀；在公共汽车上被扒手割了包，踩了人一下，或者被人踩了一下，根本不会说对不起了，代之以对骂，或者甚至演出全武行；到了商店，难免买到假冒伪劣的商品，又得生一肚子气。谁能说，我们的人生多是完满的呢？

再说到我们这一批手无缚鸡之力的知识分子，在历史上一生中就难得过上几天好日子。只一个"考"字，就能让你谈"考"色变。"考"者，考试也。在旧社会科举时代，千军万马独木桥，要上进，只有科举一途，你只需读一读吴敬梓的《儒林外史》，就能淋漓尽致地了解到科举的情况。以周进和范进为代表的那一批举人进士，其窘态难道还不能让你胆战心惊、啼

笑皆非吗?

现在我们运气好,得生于新社会中。然而那一个"考"字,宛如如来佛的手掌,你别想逃脱得了。幼儿园升小学,考;小学升初中,考;初中升高中,考;高中升大学,考;大学毕业想当硕士,考;硕士想当博士,考。考,考,考,变成烤,烤,烤;一直到知命之年,厄运仍然难免,现代知识分子落到这一张密而不漏的天网中,无所逃于天地之间,我们的人生还谈什么完满呢?

灾难并不限于知识分子:人人有一本难念的经。所以我说不完满才是人生。这是一个平凡的真理;但是真能了解其中的意义,对己对人都有好处。对己,可以不烦不躁;对人,可以互相谅解。这会大大地有利于整个社会的安定团结。

1998 年 8 月 20 日

人生漫谈

人生的意义与价值

当我还是一个青年大学生的时候，报刊上曾刮起一阵讨论人生的意义与价值的微风，文章写了一些，议论也发表了一通。我看过一些文章，但自己并没有参加进去。原因是，有的文章不知所云，我看不懂。更重要的是，我认为这种讨论本身就无意义，无价值，不如实实在在地干几件事好。

时光流逝，一转眼，自己已经到了望九之年，活得远远超过了我的预算。有人认为长寿是福，我看也不尽然。人活得太久了，对人生的种种相，众生的种种相，看得透透彻彻，反而鼓舞时少，叹息时多。远不如早一点离开人世这个是非之地，落一个耳根清净。

那么，长寿就一点好处都没有吗？也不是的。这对了解人生的意义与价值，会有一些好处的。

根据我个人的观察，对世界上绝大多数人来说，人生一无意义，二无价值。他们也从来不考虑这样的哲学问题。走运时，手里攥满了钞票，白天两顿美食城，晚上一趟卡拉OK，玩一

点小权术，要一点小聪明，甚至恣睢骄横，飞扬跋扈，昏昏沉沉，浑浑噩噩，等到钻入了骨灰盒，也不明白自己为什么活过一生。

其中不走运的则穷困潦倒，终日为衣食奔波，愁眉苦脸，长吁短叹。即使日子还能过得去的，不愁衣食，能够温饱，然而也终日忙忙碌碌，被困于名缰，被缚于利索。同样是昏昏沉沉，浑浑噩噩，不知道为什么活过一生。

对这样的芸芸众生，人生的意义与价值从何处谈起呢？

我自己也属于芸芸众生之列，也难免浑浑噩噩，并不比任何人高一丝一毫。如果想勉强找一点区别的话，那也是有的：我，当然还有一些别的人，对人生有一些想法，动过一点脑筋，而且自认这些想法是有点道理的。

我有些什么想法呢？话要说得远一点。当今世界上战火纷飞，人欲横流，黄钟毁弃，瓦釜雷鸣，是一个十分不安定的时代。但是，对于人类的前途，我始终是一个乐观主义者。我相信，不管还要经过多少艰难曲折，不管还要经历多少时间，人类总会越变越好的，人类大同之域决不会仅仅是一个空洞的理想。但是，想要达到这个目的，必须经过无数代人的共同努力。有如接力赛，每一代人都有自己的一段路程要跑。又如一条链子，是由许多环组成的，每一环从本身来看，只不过是微不足道的一点东西；但是没有这一点东西，链子就组不成。在人类社会发展的长河中，我们每一代人都有自己的任务，而且是绝非可有可无的。如果说人生有意义与价值的话，其意义与价值就在这里。

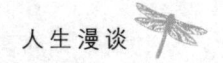

但是，这个道理在人类社会中只有少数有识之士才能理解。鲁迅先生所称之"中国的脊梁"，指的就是这种人。对于那些肚子里吃满了肯德基、麦当劳、比萨饼，到头来终不过是浑浑噩噩的人来说，有如夏虫不足以与语冰，这些道理是没法谈的。他们无法理解自己对人类发展所应当承担的责任。

话说到这里，我想把上面说的意思简短扼要地归纳一下：如果人生真有意义与价值的话，其意义与价值就在于对人类发展的承上启下、承前启后的责任感。

生命的价值

人世多悲欢,珍重生命的人,会寻求一种较合理的人生态度。我所欣赏的人生态度,是道家的一种境界。正如陶渊明诗中所云:

纵浪大化中,
不喜亦不惧。
应尽便须尽,
无复独多虑。

人总希望活下去,生与死是相对的。

印度梵文中的"死"字,是一个动词,而不是名词,变化形式同被动态一样。这说明印度古代的语法学家,精通人情心态。死几乎都是被动的,一个人除非被逼至绝境,他是不会轻易抛弃自己生命的。

我向无大志,是一个很平常的人。我对亲人,对朋友,总是怀有真挚的感情,我从来没有故意伤害过别人。但是,在那段浩劫的岁月里,我因为敢于仗义执言,几乎把老命赔上。那时,任何一个戴红箍的学生和教员,都可以随意对我进行辱骂和殴打,我这样一位手无搏击之力的老人,被打得一佛出世,二佛升天,这种皮肉上的痛苦给心灵上带来的摧残是终生难忘的。

我的性命本该在那场浩劫中结束,在比一根头发丝还细的偶然中,我没有像老舍先生那样走上绝路,我侥幸活了下来。我被分配掏厕所、看门房、守电话,我像个患了"麻风"病的人,很少人能有勇气同我交谈,我听从任何人的训斥或调遣,只能规规矩矩,不敢乱说乱动。

我活下来,一种悔愧耻辱之感在咬我的心。

我活下来,一种求生本能之意在唤我的心。

我扪心自问:我是个有教养、有尊严、有点学问、有点良知的人,我能忍辱负重地活下来,根本缘由在于我的思想还在,我的理智还在,我的信念还在,我的感情还在。我不甘心成为行尸走肉,我不情愿那样苟且偷生,我必须干点事情。二百多万字的印度大史诗《罗摩衍那》,就是在那段时期,那个环境,那种心态下译完的。

我活下来,寻找并实现着我的生命价值……

几十年过去了,回忆往昔岁月,依旧历历在目。中国的知识分子,尤其是老知识分子生经忧患,在过去几十年的所谓政治运动中,被戴上许多离奇荒诞匪夷所思的帽子。磕磕碰碰,道路并不平坦。他们在风雨中经受了磨炼,抱着一种更宽厚、

山水

更仁爱的心胸看待生活，他们更愿讲真话。

敢讲真话是需要极大的勇气，有时甚至需要极硬的"骨气"。历史上，因为讲真话而受迫害、遭厄运的人数还少吗？

我们北大的老校长马寅初先生，在1957年曾发表过著名的《新人口论》，他讲了真话。但到了1959年，这个纯粹学术探讨的问题，竟变成了全国性的政治讨伐。面对数百人的批判，老马拼上一身老骨头，迎接挑战。他曾著文声明："这个挑战是合理的，我当敬谨拜受。我虽年近八十，明知寡不敌众，自当单身匹马，出来迎战，直至战死为止，决不向专以力压服而不以理说服的那种批判者投降。"马老很快遭了厄运。但他的精神，他的"骨气"，为世人所钦仰、所颂扬，因为他敢于维护自己的信念，敢于坚持真话。他成为我们这一代知识分子的楷模。

我国著名老作家巴金先生，对三十年前那场浩劫所造成的灾难，认真地反思，他在晚年，以老迈龙钟之身，花费了整整七年的时间，呕心沥血地写成了一部讲真话的大书《随想录》。这部书的永恒价值，就在于巴老敢于在书里写真话。

当然，只写真话，并不一定都是好文章，好文章应有淳美的文采和深邃的思想。真情实感只有融入艺术性中，才能成为好文章，才能产生感人的力量。我所欣赏的文章风格是：淳朴恬澹，本色天然，外表平易，秀色内涵，有节奏性，有韵律感的文章。我不喜欢浮滑率意、平板呆滞的文章。

现在，善待知识分子已成为我们的国策，我希望中国年轻一代知识分子，不要再经受我们老辈人所经受的那种磨难，他们应该生活在一种更人道的环境里。当然，社会是发展的，他

们会在新的环境里,遇到更激烈的竞争。但这是一种智力上的公平竞争,是现代社会中一种高尚的、文明的竞争。它的存在,是社会进步的表现。

有志于使中华民族强盛的人们,尤其是年轻一代知识分子,你们的生命只有和民族的命运融合在一起才有价值,离开民族大业的个人追求,总是渺小的。这就是我,一个老知识分子的心声。

我在写这篇序文时,窗外暗夜正在向前流动着,不知不觉中,暗夜已逝,旭日东升。朝阳从窗外流入我的书房。我静坐沉思,时而举目凝望,窗外的树木枝叶繁茂,那青翠昂然的浓绿扑人眉宇,它给我心中增添了鲜活的力量。

人生漫谈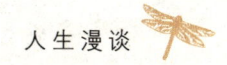

如何利用时间

时间就是生命,这是大家都知道的道理。而且时间是一个常数,对谁都一样,谁每天也不会多出一秒半秒。对我们研究学问的人来说,时间尤其珍贵,更要争分夺秒。但是各人的处境不同,对某一些人来说就有一个怎样利用时间的"边角废料"的问题。这个怪名词是我杜撰出来的。时间摸不着看不见,但确实是一个整体,哪里会有什么"边角废料"呢?这只是一个形象的说法。平常我们做工作,如果一整天没有人和事来干扰,你可以从容濡笔,悠然怡然,再佐以龙井一杯、云烟三支,神情宛如神仙,整个时间都是你的,那就根本不存在什么"边角废料"问题。但是有多少人能有这种神仙福气呢?鲁钝如不佞者几十年来就做不到。建国以来,我搞了不知多少社会活动,参加了不知多少会,每天不知有多少人来找,心烦意乱,啼笑皆非。回想"十年浩劫"期间,我成了"不可接触者",除了蹲牛棚外,在家里也是门可罗雀。《罗摩衍那》译文八巨册就是那时候的产物。难道为了读书写文章就非变成一个"不可接触者"

或者右派不行吗？浩劫一过，我又是门庭若市，而且参加各种各样的会，终日马不停蹄。我从前读过马雅可夫斯基的《开会迷》和张天翼的《华威先生》，觉得异常可笑，岂意自己现在就成了那一类人物，岂不大可哀哉！但是，人在无可奈何的情况下是能够想出办法来的。现在我既然没有完整的时间，就挖空心思利用时间的"边角废料"。在会前、会后，甚至在会中，构思或动笔写文章。有不少会，讲话空话废话居多，传递的信息量却不大，态度欠端，话风不正，哼哼哈哈，不知所云，又佐之以"这个"、"那个"，间之以"唵"、"啊"，白白浪费精力，效果却是很少。在这时候，我往往只用一个耳朵或半个耳朵去听，就能兜住发言的全部信息量，而把剩下的一个耳朵或一个半耳朵全部关闭，把精力集中到脑海里，构思，写文章。当然，在飞机上、火车上、汽车上，甚至自行车上，特别是在步行的时候，我脑海里更是思考不停。这就是我所说的利用时间的"边角废料"。积之既久，养成"恶"习，只要在会场一坐，一闻会味，心花怒放，奇思妙想，联翩飞来；"天才火花"，闪烁不停；此时文思如万斛泉涌，在鼓掌声中，一篇短文即可写成，还耽误不了鼓掌。倘多日不开会，则脑海活动，似将停止，"江郎"仿佛"才尽"。此时我反而期望开会了。这真叫做没有法子。

缘分与命运

　　缘分与命运本来是两个词儿,都是我们口中常说,文中常写的。但是,仔细琢磨起来,这两个词儿涵义极为接近,有时达到了难解难分的程度。

　　缘分和命运可信不可信呢?

　　我认为,不能全信,又不可不信。

　　我决不是为算卦相面的"张铁嘴"、"王半仙"之流的骗子来张目。算八字、算命那一套骗人的鬼话,只要一个异常简单的事实就能揭穿。试问普天之下——番邦暂且不算,因为老外那里没有这套玩意儿——同年、同月、同日、同时生的孩子有几万、几十万,他们一生的经历难道都能够绝对一样吗?绝对的不一样,倒近于事实。

　　可你为什么又说,缘分和命运不可不信呢?

　　我也举一个异常简单的事实。只要你把你最亲密的人,你的老伴——或者"小伴",这是我创造的一个名词儿,年轻的夫妻之谓也——同你自己相遇,一直到"有情人终成了眷属"的经过回想一下，便立即会同意我的意见。你们可能是一个生在天南，一个生在海北，中间经过了不知道多少偶然的机遇，有的机遇简直是间不容发，稍纵即逝，可终究没有错过，你们到底走到一起来了。即使是青梅竹马的关系，也同样有个"机遇"问题。这种"机遇"是报纸上的词儿，哲学上的术语是"偶然性"，老百姓嘴里就叫做"缘分"或"命运"。这种情况，谁能否认，又谁能解释呢？没有办法，只好称之为缘分或命运。

北京西山深处有一座辽代古庙名叫"大觉寺"。此地有崇山峻岭，茂林流泉，有三百年的玉兰树，二百年的藤萝花，是一个绝妙的地方。将近二十年前，我骑自行车去过一次。当时古寺虽已破败，但仍给我留下了深刻的印象，至今忆念难忘。去年春末，北大中文系的毕业生欧阳旭邀我们到大觉寺去剪彩，

原来他下海成了颇有基础的企业家。他毕竟是书生出身，念念不忘为文化做贡献。他在大觉寺里创办了一个明慧茶院，以弘扬中国的茶文化。我大喜过望，准时到了大觉寺。此时的大觉寺已完全焕然一新，雕梁画栋，金碧辉煌，玉兰已开过而紫藤尚开，品茗观茶道表演，心旷神怡，浑然欲忘我矣。

将近一年以来，我脑海中始终有一个疑团：这个英年岐嶷的小伙子怎么会到深山里来搞这么一个茶院呢？前几天，欧阳旭又邀我们到大觉寺去吃饭。坐在汽车上，我不禁向他提出了我的问题。他莞尔一笑，轻声说："缘分！"原来在这之前他携伙伴郊游，黄昏迷路，撞到大觉寺里来。爱此地之清幽，便租了下来，加以装修，创办了明慧茶院。

此事虽小，可以见大。信缘分与不信缘分，对人的心情影响是不一样的。信者胜可以做到不骄，败可以做到不馁，决不至胜则忘乎所以，败则怨天尤人。中国古话说："尽人事而听天命。"首先必须"尽人事"，否则馅儿饼决不会自己从天上落到你嘴里来。但又必须"听天命"。人世间，波诡云谲，因果错综。只有能做到"尽人事而听天命"，一个人才能永远保持心情的平衡。

1998 年 1 月 16 日

漫谈伦理道德

现在,以德治国的口号已经响彻祖国大地。大家都认为,这个口号提得正确,提得及时,提得响亮,提得明白。但是,什么叫"德"呢?根据我的观察,笼统言之,大家都理解得差不多。如果仔细一追究,则恐怕是言人人殊了。

我不揣谫陋,想对"德"字进一新解。

但是,我既不是伦理学家,对哲学家们那些冗见别扭的分析阐释又不感兴趣,我只能用自己惯常用的野狐参禅的方法来谈这个问题。既称野狐,必有其不足之处;但同时也必有其优越之处,他没有教条,不见框框,宛如天马行空,驰骋自如,兴之所至,灵气自生,谈言微中,搔着痒处,恐亦难免。坊间伦理学书籍为数必多,我一不购买,二不借阅,唯恐读了以后"污染"了自己观点。

近若干年以来,我一直在考虑一个问题。人生一世,必须处理好三个关系:第一,人与大自然的关系,也就是天人关系;第二,人与人的关系,也就是社会关系;第三,个人身、口、意中正确与错误的关系，也就是修身问题。这三个关系紧密联系，互为因果，缺一不可。这些说法也许有人认为太空洞，太玄妙。我看有必要分别加以具体的说明。

首先谈人与大自然的关系。在人类成为人类之前，他们是大自然的一个不可或缺的组成部分。等到成为人类之后，就同自然闹起独立性来，把自己放在自然的对立面上。尤有甚者，特别是在西方，自从产业革命以后，通过所谓发明创造，从大自然中得到了一些甜头，于是遂诛求无餍，最终提出了"征服自然"的口号。他们忘记了一个基本事实，人类的衣、食、住、行的所有资料都必须取自大自然。大自然不会说话，"天何言哉！"但是却能报复。恩格斯说过：

我们不能过分陶醉于我们对自然界的胜利，对于每一次这样的胜利，自然界都报复了我们。

在一百多年以前，大自然的报复还不十分明显，恩格斯竟能说出这样准确无误又含义深远的话，真不愧是马克思主义伟大的奠基人之一！到了今天，大自然的报复已经十分明显，十分触目惊心，举凡臭氧出洞，温室效应，全球变暖，淡水短缺，生态失衡，物种灭绝，人口爆炸，资源匮乏，新疾病产生，环境污染，如此等等，不胜枚举。其中哪一项如果得不到控制，都能影响人类的生存前途。到了这种危急关头，世界上一些有识之士才幡然醒悟，开了一些会，采取了一些措施。世界上一些国家的领导人也知道要注意环保问题了，这都是好事。但是，

根据我个人的看法,还都是不够的。我们必须努力发出狮子吼,对全世界发聋振聩。

其次,我想谈一谈人与人的关系。自从人成为人以后,就逐渐形成了一些群体,也就是我们现在称之为社会的组织。这些群体形形色色,组织形式不同,组织原则也不同,但其为群体则一也。人与人之间,有时候利益一致,有时候也难免产生矛盾。举一个极其简单的例子,比如讲民主,讲自由,都不能说是坏东西,但又都必须加以限制。就拿大城市交通来说吧,绝对的自由是行不通的,必须有红绿灯,这就是限制。如果没有这个限制,大城市一天也存在不下去。这里撞车,那里撞人,弄得人人自危,不敢出门,社会活动会完全停止,这还能算是一个社会吗?这只是一个小例子,类似的大小例子还能举出一大堆来。因此,我们必须强调要处理好社会关系。

最后,我要谈一谈个人修身问题。一个人,对大自然来讲,是它的对立面;对社会来讲,是它的最基本的组成部分,是它的细胞。因此,在宇宙间,在社会上,一个人所处的地位是十分关键的。一个人的思想、语言和行动方向的正确或错误是有重要意义的。一个人进行修身的重要性也就昭然可见了。

写到这里,也许有人要问:你不是谈伦理道德问题吗,怎么跑野马跑到正确处理三个关系上去了?我敬谨答曰:我谈正确处理三个关系,正是谈伦理道德问题。因为,三个关系处理得好,人类才能顺利发展,社会才能阔步前进,个人生活才能快乐幸福。这是最高的道德,其余那些无数的烦琐的道德教条都是从属于这个最高道德标准的。这个道理,即使是粗粗一想,也是不难明白的。如果这三个关系处理不好，就要根据"不好"的程度而定为道德上有缺乏、不道德或"缺德"，严重的"不好"，就是犯罪。这个道理也是容易理解的。

全世界都承认，中国是伦理道德的理论和实践最发达的国家。中国伦理道德的基础是先秦时期的儒家打下的，在其后发展的过程中，又掺杂进来了一些道家思想和佛家思想，终于形成了现在这样一个伦理体系，仍在支配着我们的社会行动。这个体系貌似清楚，实则是一个颇为模糊的体系。三教信条你中有我，我中有你，绝不是泾渭分明的，但仍以儒家为主，则是可以肯定的。

儒家的伦理体系在先秦初打基础时可以孔子和孟子为代表。孔子学说的中心，也可以说是伦理思想的中心，是一个"仁"字。这个说法已为学术界比较普遍地接受。孟子学说的中心，也可以说伦理思想的中心，是"仁"、"义"二字。对此，学术界没有异词。先秦其他儒家的学说，我们不一一论列了。至于先秦以后几千年儒家学者伦理道德的思想，我在这里也不一一论列了。一言以蔽之，他们基本上沿用孔孟的学说，间或有所增益或有新的解释，这是事物发展的必然规律，不足为怪。不这样，反而会是不可思议的。

多少年来，我个人就有个想法。我觉得，儒家伦理道德学说的重点不在理论而在实践。先秦儒家已经安排好了的：格物、致知、诚意、正心、修身、齐家、治国、平天下，是大家所熟悉的。这样的安排极有层次，煞费苦心，然而一点理论的色彩都没有。也许有人会说，人家在这里本来就不想讲理论而只想

二童图

讲实践的。我们即使承认这一句话是对的，但是，什么是"仁"，什么是"义"？这在理论上总应该有点交代吧，然而，提到"仁"、"义"的地方虽多，也只能说是模糊语言，读者或听者并不能得到一点清晰的概念。

秦代以后，到了唐代，以儒家道统传承人自命的大儒韩愈，对伦理道德的理论问题也并没有说清楚。他那一篇著名的文章《原道》一开头就说：

> 博爱之谓仁，行而宜之之谓义，由是而之焉之谓道，足乎己勿待于外之谓德。

句子读起来铿锵有力，然而他想什么呢？他只有对"仁"字下了一个"博爱"的定义？而这个定义也是极不深刻的。此外几乎全是空话。"行而宜之"的"宜"意思是"适宜"，什么是"适宜"呢？这等于没有说。"由是而之焉"的"之"字，意思是"走"。"道"是人走的道路，这又等于白说。至于"德"字，解释又是根据汉儒那一套"德者得也"，说了仍然是让人莫名其妙。至于其他朝代的其他儒家学者，对仁义道德的解释更是五花八门，莫衷一是。我不是伦理学者，现在也不是在写中国伦理学史，恕我不再一一列举了。

我在上面极其概括地讲了从先秦一直到韩愈儒家关于仁义道德的看法。现在，我忽然想到，我必须做一点必要的补充。我既然认为，处理好天人关系在道德范畴内居首要地位，就必须探讨一下，中国古代对于这个问题是怎样看的。换句话说，

我必须探讨一下先秦时代一些有代表性的哲学家对天、地、自然等概念是怎样界定的。

首先谈"天",一些中国哲学史家认为,在春秋末期哲学家们争论的主要问题之一是,"天"是否是有人格有意志的神?这些哲学家大体上可以分为两个阵营:一个阵营主张不是,他们认为天是物质性的东西,就是我们头顶的天。这可以老子为代表。汉代《说文解字》的:"天,颠也,至高无上",可以归入此类。一个阵营的主张是,他们认为天就是上帝,能决定人类的命运,决定个人的命运。这可以孔子为代表。有一些中国哲学史袭用从前苏联贩卖过来的办法,先给每一个哲学家贴上一张标签,不是唯心主义,就是唯物主义,把极端复杂的思想问题简单化了。这种做法为我所不取。

老子《道德经》中在几个地方都提到天、地、自然等等。他说:

人法地,地法天,天法道,道法自然。(二十五章)

在这一段话里老子哲学的几个重要概念都出现了。他首先提出"道"这个概念,在他以后的中国哲学史上起着重要的作用。这里的"天"显然不是有意志的上帝,而是与"地"相对的物质性的东西。这里的"自然"是最高原则。老子主张"无为","自然"不就是"无为"吗?他又说:

天地不仁,以万物为刍狗。(五章)

人生漫谈

明确说天地是没有意志的。他又说：

道之尊，德之贵，夫莫之命而常自然。（五十一章）

道德不发号施令，而是让万物自由自在地成长。总而言之，老子认为天不是神，而是物质的东西。

几乎可以说是，与老子形成对立面的是孔子。在《论语》中有许多讲到"天"的地方。孔子虽然说"子不语怪力乱神"，但是，在他的心目中是有神的，只不过是"敬鬼神而远之"而已。"天"在孔子看来也是有人格有意志的神。孔子关于"天"的话我引几条：

天何言哉！四时行焉，百物生焉，天何言哉！
天之将丧斯文也，后死者不得与于斯文也；天之未丧斯文也，匡人其如予何！
天生德于予，桓魋其如予何！

等等。孔子还提倡"天命"，也就是天的意志，天的命令。自命为孔子继承人的孟子，对"天"的看法同孔子差不多。他有一段常被征引的话：

天将降大任于斯人也，必先苦其心志，劳其筋骨；饿其体肤，空乏其身，行拂乱其所为。所以动心忍性，曾（增）益其所不能。

在这里,"天"也是一个有意志的主宰者。

也被认为是儒家的荀子,对"天"的看法却与老子接近,而与孔孟迥异其趣。他不承认天是有人格有意志的最高主宰者。有的哲学史家说,荀子直接把"天"解释为自然界。我个人认为,这是非常重要也非常正确的解释。荀子主要是在《天论》中对"天"做了许多唯物的解释,我不去抄录。我想特别提出"天养"说:"财非其类以养其类,夫是之谓天养。"意思是说人类利用大自然养活自己。这也是很重要的思想。多少年前我曾写过一篇论文《天人合一新解》,我当时没有注意到荀子对"天"的解释,所以自命为"新解",其实并不新了。荀子已先我二千多年言之矣。我的贡献在于结合当前世界的情况,把"天人合一"归入道德最高标准而已。这一点我在上面讲天人关系一节中已经讲到,请读者参阅。

我在上面只讲了老子、孔子、孟子和荀子。其他诸子对"天"的看法也是五花八门的。因为同我要谈的问题无关,我不一一论列。我只讲一下墨子,他认为"天"是有意志的,这同儒家的孔孟差不多。

我的补充解释就到此为止。

尽管荀子对"天"的认识已经达到了很高的水平,但是支配中国思想界的儒家仍然是保守的。我想再回头分析一下上面已经提到过的格、致等八个层次。前五项都与修身有关,后三项则讲的是社会关系,没有一项是天人关系的。这是什么原因呢?根据我个人肤浅的看法,先秦儒家,大概同一般老百姓一样,觉得天离开人们远,也有点恍兮惚兮,不容易捉摸,而人际关系则是摆在眼前的，时时处处都会碰上，不注意解决是不行的。我们汉族是一个偏重实际的民族，所以就把注意力大部分用在解决社会关系和个人修身上面了。

几千年来，在中国的封建社会中，有很多形成系列的道德教条，什么仁、义、礼、智、信，什么孝、悌、忠、信、廉、耻，如此等等，不一而足。每一个人在社会中的地位也排列得井井有条，比如五伦之类。亲属间的称呼也有条不紊，什么姑夫、舅父、表姑、表舅等等，世界上哪一种语言也翻译不出来，甚至在当前的中国，除了年纪大的一些人以外，年轻人自己也说不明白了。《白虎通》的三纲、六纪，陈寅恪先生认为是中国文化的精义之所寄，可见中国这一些处理社会关系的准则在他心目中的重要地位了。

上面讲的是社会关系和个人修身问题。至于天人关系，除了先秦诸子所讲的以外，中国历代还有一种说法，就是所谓"天子"，说皇帝是上天的儿子。这种说法对皇帝和臣民都有好处。皇帝以此来吓唬老百姓，巩固自己的地位。臣下也可以适当地利用它来给皇帝一点制约，比如利用日食、月食、彗星出现等等"天变"来向皇帝进谏，要他注意修德，要他注意自己的行动，这对人民多少有点好处。

把以上所讲的归纳起来看，本文中所讲的三个关系，第二个关系社会关系和第三个个人修身问题，人们早已注意到了，而且一贯加以重视了。至于天人关系，虽也已注意到，但只是片面讲，其间的关系则多所忽略，特别是对大自然能够报复则认识比较晚，这情况中西皆然。只是到了西方产业革命以后，

西方科技发展迅猛，人们忘乎所以，过分相信"人定胜天"的力量，以致受到了自然的报复，才出现了恩格斯所说的那种情况。到了今天，世界上一些有识之士，其中包括一些国家领导人，如梦初醒，惊呼"环保"不止。然而，从世界范围来看，并不是每个人都清醒够了，污染大气，破坏生态平衡的举动仍然到处可见，我个人的看法是不容乐观。因此我才把处理好天人关系提高到伦理道德的高标准来加以评断。

从一部人类发展前进的历史来看，三个关系的各自的对立面并不是固定不变的，而是变动不居的，因此制约这些关系的伦理道德教条也不可能一成不变。各个时代，各个民族，各个国家，情况不一，要求不一，道德标准也不可能统一。因此，我们必须提出，对过去的道德标准一定要批判继承。过去适用的，今天未必适用；今天适用的，将来未必适用。在道德教条中有的寿命长，有的寿命短。有的可能适用于全人类，有的只能适用于某一些地区。适用于一切时代、一切地区，万古长青的道德教条恐怕是绝无仅有的。

文章已经写得很长，必须结束了。我再着重说明一下，我不是伦理学家，没有研究过伦理学史。我只是习惯于胡思乱想。我常感觉到，中国以及世界上道德教条多如牛毛，如粒粒珍珠，熠熠闪光。可是都有点各自为政，不相贯联。我现在不揣冒昧提出了一条贯串众珠的线，把这些珠子穿了起来。是否恰当？自己不敢说。请方家不吝教正。

2001 年 5 月 25 日

第二辑 耄耋之言

老年人想到死,是非常自然的。关键是,想到以后,自己抱什么态度。惶惶不可终日,甚至饮恨吞声,最要不得,这样必将成陶渊明所说的促龄具。最正确的态度是顺其自然,泰然处之。

耄耋之言

一个老知识分子的心声

按我出生的环境，我本应该终生成为一个贫农。但是造化小儿却偏偏要播弄我，把我播弄成了一个知识分子。从小知识分子把我播弄成一个中年知识分子；又从中年知识分子把我播弄成一个老知识分子。现在我已经到了望九之年，耳虽不太聪，目虽不太明，但毕竟还是"难得糊涂"，仍然能写能读，焚膏继晷，兀兀穷年，仿佛有什么力量在背后鞭策着自己，欲罢不能。眼前有时闪出一个长队的影子，是北大教授按年龄顺序排成了的。我还没有站在最前面，前面还有将近二十来个人。这个长队缓慢地向前迈进，目的地是八宝山。时不时地有人"捷足先登"，登的不是泰山，而就是这八宝山。我暗暗下定决心：决不抢先加塞，我要鱼贯而进。什么时候鱼贯到我面前，我就要含笑挥手，向人间说一声"拜拜"了。

干知识分子这个行当是并不轻松的。在过去七八十年中，我尝够酸甜苦辣，经历够了喜怒哀乐。走过了阳关大道，也走过了独木小桥。有时候，光风霁月，有时候，阴霾蔽天。有时

候,峰回路转,有时候,柳暗花明。金榜上也曾题过名,春风也曾得过意,说不高兴是假话。但是,一转瞬间,就交了华盖运,四处碰壁,五内如焚。原因何在呢?古人说:"人生识字忧患始。"这实在是见道之言。"识字",当然就是知识分子了。一戴上这顶帽子,"忧患"就开始向你奔来。是不是杜甫的诗:"儒冠多误身"?"儒",当然就是知识分子了,一戴上儒冠就倒霉。我只举这两个小例子,就可以知道,中国古代的知识分子们早就对自己这一行腻味了。"诗必穷而后工",连作诗都必须先"穷"。"穷"并不一定指的是没有钱,主要指的也是倒霉。不倒霉就作不出好诗,没有切身经历和宏观观察,能说得出这样的话吗?司马迁《太史公自序》说:"昔西伯拘羑里,演《周易》;孔子厄陈、蔡,作《春秋》;屈原放逐,著《离骚》;左公失明,厥有《国语》;孙子膑脚,而论兵法;不韦迁蜀,世传《吕览》;韩非囚秦,《说难》、《孤愤》;《诗》三百篇,大抵圣贤发愤之所为作也。"司马迁算了一笔清楚的账。

  世界各国应该都有知识分子。但是,根据我七八十年的观察与思考,我觉得,既然同为知识分子,必有其共同之处,有知识,承担延续各自国家的文化的重任,至少这两点必然是共同的。但是不同之处却是多而突出。别的国家先不谈,我先谈一谈中国历代的知识分子,中国有五六千年或者更长的文化史,也就有五六千年的知识分子。我的总印象是:中国知识分子是一种很奇怪的群体,是造化小儿加心加意创造出来的一种"稀有动物"。虽然十年浩劫中,他们被批为"一心只读圣贤书"的"修正主义"分子。这实际上是冤枉的。这样的人不能说没有,但是，主流却正相反。几千年的历史可以证明，中国知识分子最关心时事，最关心政治，最爱国。这最后一点，是由中国历史环境所造成的。在中国历史上，没有哪一天没有虎视眈眈伺机入侵的外敌。历史上许多赫然有名的皇帝，都曾受到外敌的欺侮。老百姓更不必说了。存在决定意识，反映到知识分子头脑中，就形成了根深蒂固的爱国心。"天下兴亡，匹夫有责"，不管这句话的原形是什么样子，反正它痛快淋漓地表达了中国知识分子的心声。在别的国家是没有这种情况的。

然而，中国知识分子也是极难对付的家伙。他们的感情特别细腻、锐敏、脆弱、隐晦。他们学富五车，胸罗万象。有的或有时自高自大，自以为"老子天下第一"；有的或有时却又患了弗洛伊德讲的那一种"自卑情结"（inferiority complex）。他们一方面吹嘘想"通古今之变，究天人之际"，气魄贯长虹，浩气盈宇宙。有时却又为芝麻绿豆大的一点小事而长吁短叹，甚至轻生，"自绝于人民"。关键问题，依我看，就是中国特有的"国粹"——面子问题。"面子"这个词儿，外国文没法翻译，可见是中国独有的。俗话里许多话都与此有关，比如"丢脸"、"真不要脸"、"赏脸"，如此等等。"脸"者，面子也。中国知识分子是中国国粹"面子"的主要卫道士。

尽管极难对付，然而中国历代统治者哪一个也不得不来对付。古代一个皇帝说："马上得天下，不能马上治之！"真是一针见血。创业的皇帝决不会是知识分子，只有像刘邦、朱元璋等这样一字不识的，不顾身家性命，"厚"而且"黑"的，胆子最大的地痞流氓才能成为开国的"英主"。否则，都是磕头的把兄弟，为什么单单推他当头儿？可是，一旦创业成功，坐上金銮宝殿，这时候就用得着知识分子来帮他们治理国家。不用说国家大事，连定朝仪这样的小事，刘邦还不得不求助于知识分子叔孙通。朝仪一定，朝廷井然有序，共同起义的那一群铁哥儿们，个个服服帖帖，跪拜如仪，让刘邦"龙心大悦"，真正尝到了当皇帝的滋味。

同面子表面上无关实则有关的另一个问题，是中国知识分子的处世问题，也就是隐居或出仕的问题。中国知识分子很多都标榜自己无意为官，而实则正相反。一个最有典型意义又众所周知的例子就是"大名垂宇宙"的诸葛亮。他高卧隆中，看来是在隐居，实则他最关心天下大事，他的"信息源"看来是非常多的。否则，在当时既无电话电报，甚至连写信都十分困难的情况下，他怎么能对天下大势了如指掌，因而写出了有名的《隆中对》呢？他经世之心昭然在人耳目，然而却偏偏让刘先主三顾茅庐然后才出山"鞠躬尽瘁"。这不是面子又是什么呢？

我还想进一步谈一谈中国知识分子的一个非常古怪、很难以理解又似乎很容易理解的特点。中国古代知识分子贫穷落魄的多。有诗为证："文章憎命达。"文章写得好，命运就不亨通；命运亨通的人，文章就写不好。那些靠文章中状元、当宰相的人，毕竟是极少数。而且中国文学史上根本就没有哪一个伟大文学家中过状元。《儒林外史》是专写知识分子的小说。吴敬梓真把穷苦潦倒的知识分子写活了。没有中举前的周进和范进等的形象，真是入木三分，至今还栩栩如生。中国历史上一批穷困的知识分子,贫无立锥之地,决不会有面团团的富家翁相。中国诗文和老百姓嘴中有很多形容贫而瘦的穷人的话,什么"瘦骨嶙峋",什么"骨瘦如柴",又是什么"瘦得皮包骨头",等等,都与骨头有关。这一批人一无所有,最值钱的仅存的"财产"就是他们这一身瘦骨头。这是他们人生中最后的一点"赌注",轻易不能押上的,押上一输,他们也就"涅槃"了。然而他们却偏偏喜欢拼命,喜欢拼这一身瘦老骨头。他们称这个为"骨气"。同"面子"一样,"骨气"这个词儿也是无法译成外文的,是中国的国粹。要举实际例子的话,那就可以举出很多来。《三国演义》中的祢衡,就是这样一个人,结果被曹操假手黄祖给砍掉了脑袋瓜。近代有一个章太炎,胸佩大勋章,赤足站在新华门外大骂袁世凯,袁世凯不敢动他一根毫毛,只好钦赠美名"章疯子",聊以挽回自己的一点面子。

中国这些知识分子,脾气往往极大。他们又仗着"骨气"这个法宝,敢于直言不讳。一见不顺眼的事,就发为文章,呼天叫地,痛哭流涕,大呼什么"人心不古,世道日非",又是什么"黄钟毁弃,瓦釜雷鸣"。这种例子,俯拾即是。他们根本不给当政的最高统治者留一点面子,有时候甚至让他们下不了台。须知面子是古代最高统治者皇帝们的命根子,是他们的统治和尊严的最高保障。因此,我就产生了一个大胆的"理论":一部中国古代政治史,至少其中一部分就是最高统治者皇帝和大小知识分子互相利用又互相斗争,互相对付和应付,又有大棒,又有胡萝卜,间或甚至有剥皮凌迟的历史。

在外国知识分子中,只有印度的同中国的有可比性。印度

 李羡林散文

北京胡同

共有四大种姓,为首的是婆罗门。在印度古代,文化知识就掌握在他们手里,这个最高种姓实际上也是他们自封的。他们是地地道道的知识分子,在社会上受到普遍的尊敬。然而却有一件天大的怪事,实在出人意料。在社会上,特别是在印度古典戏剧中,少数婆罗门却受到极端的嘲弄和污蔑,被安排成剧中的丑角。在印度古典剧中,语言是有阶级性的。梵文只允许国王、帝师(当然都是婆罗门)和其他高级男士们说,妇女等低级人物只能说俗语。可是,每个剧中都必不可缺少的丑角也竟是婆罗门,他们插科打诨,出尽洋相,他们只准说俗语,不许说梵文。在其他方面也有很多嘲笑婆罗门的地方。这有点像中国古代嘲笑"腐儒"的做法。《儒林外史》中就不缺少嘲笑"腐儒"——也就是落魄的知识分子——的地方。鲁迅笔下的孔乙己也是这种人物。为什么中印同出现这个现象呢?这实在是一个有趣的研究课题。

我在上面写了我对中国历史上知识分子的看法。本文的主要目的就是写历史,连鉴往知今一类的想法我都没有。倘若有人要问:"现在怎样呢?"因为现在还没有变成历史,不在我写作范围之内,所以我不答复,如果有人愿意去推论,那是他们的事,与我无干。

最后我还想再郑重强调一下:中国知识分子有源远流长的爱国主义传统,是世界上哪一个国家也不能望其项背的。尽管眼下似乎有一点背离这个传统的倾向,例证就是苦心孤诣千方百计地想出国,有的甚至归化为"老外",永留不归。我自己对这个问题的看法是:这只能是暂时的现象,久则必变。就连

留在外国的人，甚至归化了的人，他们依然是"身在曹营心在汉"，依然要寻根，依然爱自己的祖国。何况出去又回来的人渐渐多了起来呢？我们对这种人千万不要"另眼相看"，当然也大可不必"刮目相看"。只要我们国家的事情办好了，情况会大大地改变的。至于没有出国也不想出国的知识分子占绝对的多数。如果说他们对眼前的一切都很满意，那不是真话。但是爱国主义在他们心灵深处已经生了根，什么力量也拔不掉的。甚至泰山崩于前，迅雷震于顶，他们会依然热爱我们这伟大的祖国。这一点我完全可以保证。只举一个众所周知的例子，就足够了。如果不爱自己的祖国，巴老为什么以老迈龙钟之身，呕心沥血来写《随想录》呢？对广大的中国老、中、青知识分子来说，我想借用一句曾一度流行的，我似非懂又似懂得的话：爱国没商量。

我生平优点不多，但自谓爱国不敢后人，即使把我烧成了灰，每一粒灰也还是爱国的。可是我对于当知识分子这个行当却真有点谈虎色变。我从来不相信什么轮回转生。现在，如果让我信一回的话，我就恭肃虔诚祷祝造化小儿，下一辈子无论如何也别再播弄我，千万别再把我弄成知识分子。

毫耋之言

一个老留学生的话

我是一个老留学生,在国外学习和工作了十年有余,后来我又到过全世界许多国家,对于留学生的情况,我应该说是了解的。但是,俗话说:"老年的皇历看不得了。"我回国至今已有半个世纪,可谓"老矣",我这一本皇历早已经看不得了。可为什么我现在竟斗胆来写这样一篇序呢?

原因当然是有的。虽然相距半个世纪,在这期间,沧海桑田,世界发生了天翻地覆的变化,留学生自不能例外。但是,既同称留学生,必然仍有其共同之处。我的一些看来似已过时的看法和经验,未必对今天的留学生没有用处。这有点像翻看旧书,偶尔会发现不知多少年前压在书中的一片红叶,岁月虽已流逝,叶片却仍红艳如新,它会勾引起我和别人一些对往事栩栩如在目前的回忆。

我现在就把这些回忆从心中移到纸上来。

中国之有"留学热",不自今日始。30年代初起一直到后来很长的时间内,此"热"未消,而且逐年增温。当年的大学生，一谈到留学，喜者有之，悲者亦有之。虽同样炽热，而心态却又天地悬殊。父母有权、有势、有钱，出国门易如反掌，自然是心旷神怡，睥睨一切。无此条件者，唯有考取官费一途，而官费则名额只有几名，僧多粥少，向隅而叹者，比比皆是，他们哪能不悲呢？我曾亲眼看到，有的人望"洋"兴叹，羡慕得浑身发抖，遍体生热。

留学的动机何在呢？高者胸怀"科学救国"的大志，当时"科学"只能到外国去学。低者则一心只想"镀金"。在当时大学毕业生找"饭碗"十分困难的情况下，想出国镀一下金，用现在的话说，就是"包装"。以便回国后在抢饭碗的搏斗中靠自己身上的金色来震撼有权势、有用人权者的心，其用心良苦，实亦未可厚非，我们大可以不必察察为明，细细地去追究别人心中的"活思想"和"一闪念"，像"四人帮"那样，这一帮人是彻头彻尾的伪君子。

尽管在当时留学生出国的目的各不相同，但是也有共同的地方。据我的观察，这个共同性是普遍的，几乎没有任何例外的。这就是：出国是为了回国，想待在或者赖在外国不回来的想法，我们连影儿都没有，甚至连"一闪念"中也没有闪过。

写到这里，我再也无法抑制住同今天的留学生比一比的念头。根据我所看到的或者听到的情况来看，今天的留学生，其数目大大地超过了五十年前。其中绝不缺少有"出国是为了回国"的仁人志士。但是大部分——大到什么程度，我没有做过统计，不敢乱说——却是"出国为了不回来"的。这种现象，自然会有其根源，而且根源还是明摆着的。无论什么根源也决

耄耋之言

不能为这个现象辩解。我虽年迈,但尚未昏聩。对于这个现象我真是大为吃惊,大为浩叹,不经意中竟成了九斤老太的信徒。

根据我多年的观察与思考,我觉得,世界上各国都有自己的知识分子。既然同为知识分子,必然有其共同点。这个共同点并不神秘,不用说人们也明白,这就是:他们都有知识,否则,没有知识,就不能成其为"知识分子"。但是,最重要的,还是他们都有不同之处。别的国家,我先不谈,只谈中国。同别的国家的知识分子比较起来,中国知识分子的特点是异常鲜明,异常突出的。也许有人会问:你不是正讲留学生吗?怎么忽然讲开了知识分子?原因十分清楚,因为留学生都是知识分子,是知识分子中一个独特的部分。所以讲留学生必须讲知识分子。

那么,中国知识分子的异常鲜明、异常突出之处究竟何在呢?归纳起来,我认为有两点:一是讲骨气,二是讲爱国。所谓"骨气",就是我们常说的"有骨头"、"有硬骨头"等等。还有"不吃嗟来之食"也属于这一类。至于"宁死不屈"、"宁为玉碎,不为瓦全"等等一类的话,更是俯拾即是。《孟子·滕文公上》说:"富贵不能淫,贫贱不能移,威武不能屈,此之谓大丈夫。"这说得多么具体,多么生动,掷地可作金石声。我们不但这样说,而且这样做。三国时祢衡击鼓骂曹,被曹操假黄祖之手砍掉了脑袋。近代章太炎胸佩大勋章,赤足站在新华门前,大骂住在里面的袁世凯,更是传为佳话,引起普遍的尊重。这种例子,中国历史上还多得很。其他国家,不能说一点也不提倡骨气;但决没有中国这样普遍,这样源远流长。

我觉得，我们中国人民，我们中国知识分子，我们中国留学生都必须有这样的骨气。

说到爱国，中国更为突出。在世界上众国之林中，没有哪一个国家宣传不爱国的。任何国家的人民都有权利和义务爱自己的国家。但是，我们必须对爱国主义加以分析。不能一见爱国主义，就认为是好东西。我个人认为，世界上有两种爱国主义，一真一假；一善一恶。被压迫、被侵略、被剥削国家和人民的爱国主义，是真爱国主义，是善的、正义的爱国主义。而压迫人、侵略人、剥削人的国家和人民的爱国主义，是邪恶的、非正义的，假爱国主义，实际上应该称之为"害国主义"。这情况一想就能明白。德国法西斯和日本军国主义者狂喊"爱国主义"，喊得震天价响。这样的国能爱吗？值得爱吗？谁爱这样的国，谁就沦为帮凶。而我们中国，以汉族为基础的中国，虽号称天朝大国，实则每一个朝代都有"边患"，我们反而是被侵略、被屠杀者。这些少数民族，现在已融入中华民族这个大家庭中；但在历史上却确是敌人。我们不能把古代史现代化。因为中国人民始终处在被侵略、被屠杀的环境中，存在决定意识，我们就形成了连绵数千年根深蒂固的爱国主义。中国历史上有名的爱国者灿如列星，光被四表。汉朝的苏武，宋朝的岳飞、文天祥、辛弃疾、陆游等等，至今都是家喻户晓的人物，为中华民族增添了正气，为我们后代作出了榜样，永远照亮我们前进的道路。

我觉得，我们中国人民，我们中国知识分子，我们中国留学生都必须爱国。

耄耋之言

说到这里，我不妨讲几个我们五六十年前老留学生的故事。在二战期间，我正在德国留学和工作。我们住在小城哥廷根的几个留学生，其中有原清华大学副校长、中国科学院院士张维教授等。我们常想，一个人在国内要讲人格。在国外，除了人格，还要讲国格。因为你在国外，在外国人眼中，你就是中国的代表。他们没有到过中国，你是什么样子，他们就认为中国是什么样子。你的一举一动，都不能掉以轻心。我们常讲，如果同德国学生有了冲突，他出言不逊，侮辱了我们自身，这样的情况还可以酌情原谅。如果他侮辱我们国家，我们必须跟他玩儿命。幸而，我们从来没有碰到这样的情况。我们十分感谢诚实可靠待人以礼的伟大的德国人民。

1942年，国民党政府的使馆从柏林撤走，取而代之的是日军走狗汉奸汪精卫的使馆。这对我们来说是一个十分关键、意义异常重大的事情。我同张维等商议，决不能同汉奸使馆发生任何关系。我们毅然走到德国警察局，宣布我们无国籍。要知道，宣布无国籍是有极大的危险性的。一个无国籍的人，就等于天空中的一只飞鸟，任何人都可以捕杀它，受不到任何方面的保护。我们冒着风险这样做了。一个有良心的中国人也只能这样去做。然而我们内心中却是十分欣慰的，认为自己还不是孬种，还够算得上一个堂堂正正的中国人。我们没有失掉人格，也没有失掉国格。

我说这一番话，好像是"老王卖瓜，自卖自夸"，意在吹捧自己。我全没有这样的想法。我比今天的留学生年龄要大上五六十岁。我不愿意专门说些好听的话，取悦于你们。如果我

还有什么优点的话，那就是：我敢于讲点真话，肯讲点真话。我上面讲到的今天留学生的情况，也全是真话，没有半句谎言。

如果真是这样的话，我岂不是认为"今不如昔"了吗？岂不是认为"黄鼬降老鼠，一窝不如一窝"了吗？我决不这样相信。我上面虽然说到：我成了九斤老太的信徒。其实并没有。我的信条一向是"长江后浪推前浪，世上新人换旧人"。我始终相信"雏凤清于老凤声"。我总认为人类总会越来越好的，而决不是相反。今天留学生的情况只能是暂时的现象。目前我们国家在生活福利方面还赶不上发达的国家，还有一些不尽如人意的地方。但这也只能是暂时的现象。我们有朝一日总会好起来的。今天有些留学生不想回国，我不谴责他们，我相信他们仍然是爱国的。即使已经"归化"了其他国家的人，他们的腔子里仍然会有一颗中国的心。那种手执刀叉，口咽大菜，怀里揣满了美元而认为心满意足，认为是实现了人生的意义与价值的人，毕竟只能是极少数。

我倚老卖老，唠唠不休，在上面讲了这一些并不是每一个人都爱听的话。俗话说："良药苦口利于病，忠言逆耳利于行。"我相信，我的话不会没有用处的。话中如果有可取之处，则请大家取之。如果认为根本没有用，则请大家弃之如敝屣，我决不会有任何怨言。

老年十忌

我已经在本栏写过谈老年的文章,意犹未尽,再写"十忌"。

忌,就是禁忌,指不应该做的事情。人的一生,都有一些不应该做的事情,这是共性。老年是人生的一个阶段,有一些独特的不应该做的事情,这是特性,老年禁忌不一定有十个。我因受传统的"十全大补"、"某某十景"之类的"十字迷"的影响,姑先定为十个。将来或多或少,现在还说不准。骑驴看唱本,走着瞧吧。

一忌:说话太多

说话,除了哑巴以外,是每人每天必有的行动。有的人喜欢说话,有的人不喜欢,这决定于一个人的秉性,不能强求一律。我在这里讲忌说话太多,并没有"祸从口出"或"金人三缄其口"的涵义。说话惹祸,不在话多话少,有时候,一句话就能惹大祸。口舌惹祸,也不限于老年人,中年和青年都可能由此致祸。

我先举几个例子。

某大学有一位老教授，道德文章，有口皆碑。虽年逾耄耋，而思维敏锐，说话极有条理。不足之处是：一旦开口，就如悬河泄水，滔滔不绝；又如开了闸，再也关不住，水不断涌出。在那个大学里流传着一个传说：在学校召开的会上，某老一开口发言，有的人就退席回家吃饭，饭后再回到会场，某老谈兴正浓。据说有一次博士生答辩会，规定开会时间为两个半小时，某老参加，一口气讲了两个小时，这个会会是什么结果，答辩委员会的主席会有什么想法和措施，他会怎样抓耳挠腮、坐立不安，概可想见了。

另一个例子是一位著名的敦煌画家。他年轻的时候，头脑清楚，并不喜欢说话。一进入老境，脾气大变，也许还有点老年痴呆症的原因，说话既多又不清楚。有一年，在北京国家图书馆新建的大礼堂中召开中国敦煌吐鲁番学会的年会，开幕式必须请此老讲话。我们都知道他有这个毛病，预先请他夫人准备了一个发言稿，简捷而扼要，塞入他的外衣口袋里，再三叮嘱他，念完就退席。然而，他一登上主席台就把此事忘得一干二净，摆开架子，开口讲话，听口气是想从开天辟地讲起，如果讲到那一天的会议，中间至少有三千年的距离，主席有点沉不住气了。我们连忙采取紧急措施，把他夫人请上台，从他口袋里掏出发言稿，让他照念，然后下台如仪，会议才得以顺利进行。

类似的例子还可以举出一些来，我不再举了。根据我个人的观察，不是每一个老人都有这个小毛病，有的人就没有。我说它是小毛病，其实并不小。试问，我上面举出的开会的例子，难道那还不会制造极为尴尬的局面吗？当然，话又说了回来，爱说长话的人并不限于老年，中青年都有，不过以老年为多而已。因此，我编了四句话，奉献给老人：年老之人，血气已衰；煞车失灵，戒之在说。

二忌：倚老卖老

五十年代和六十年代前期，中国政治生活还比较（我只说是比较）正常的时候，周恩来招待外宾后，有时候会把参加招待的中国同志在外宾走后留下来，谈一谈招待中有什么问题或纰漏，有点总结经验的意味。这时候刚才外宾在时严肃的场面一变而为轻松活泼，大家都争着发言，谈笑风生，有时候一直谈到深夜。

有一次，总理发言时使用了中国常见的"倚老卖老"这个词儿。翻译一时有点迟疑，不知道怎样恰如其分地译成英文。总理注意到了，于是在客人走后就留下中国同志，议论如何翻译好这个词儿。大家七嘴八舌，最终也没能得出满意的结论。我现在查了两部《汉英词典》，都把这个词儿译为：To take advantage of one's seniority or old age. 意思是利用自己的年老，得到某一些好处，比如脱落形迹之类。我认为基本能令人满意的；但是"达到脱落形迹的目的"，似乎还太狭隘了一点，应该是"达到对自己有利的目的"。

人世间确实不乏倚老卖老的人，学者队伍中更为常见。眼前请大家自己去找。我讲点过去的事情，故事就出在清吴敬梓

的《儒林外史》中。吴敬梓有刻画人物的天才，着墨不多，而能活灵活现。第十八回，他写了两个时文家。胡三公子请客：

四位走进书房，见上面席间先坐着两个人，方巾白须，大模大样。见四位进来，慢慢立起身。严贡生认得，便上前道："卫先生、随先生都在这里，我们公揖。"当下作过了揖，请诸位坐。那卫先生、随先生也不谦让，仍旧上席坐了。

倚老卖老，架子可谓十足。然而本领却并不怎么样，他们的诗，"且夫"、"尝谓"都写在内，其余也就是文章批语上采下来的几个字眼。一直到今天，倚老卖老，摆老架子的人大都如此。

平心而论，人老了，不能说是什么好事，老态龙钟，惹人厌恶；但也不能说是什么坏事。人一老，经验丰富，识多见广。他们的经验，有时会对个人甚至对国家是有些用处的。但是，这种用处是必须经过事实证明的，自己一厢情愿地认为有用处，是不会取信于人的。另外，根据我个人的体验与观察，一个人，老年人当然也包括在里面，最不喜欢别人瞧不起他。一感觉到自己受了怠慢，心里便不是滋味，甚至怒从心头起，拂袖而去。有时闹得双方都不愉快，甚至结下怨仇。这是完全要不得的。一个人受不受人尊敬，完全决定于你有没有值得别人尊敬的地方。在这里，摆架子，倚老卖老，都是枉然的。

三忌：思想僵化

人一老，在生理上必然会老化；在心理上或思想上，就会僵化。此事理之所必然，不足为怪。要举典型，有鲁迅的九斤老太在。

耄耋之言

从生理上来看，人的躯体是由血、肉、骨等物质的东西构成的，是物质的东西就必然要变化、老化，以至消逝。生理的变化和老化必然影响心理或思想，这是无法抗御的。但是，变化、老化或僵化却因人而异，并不能一视同仁。有的人早，有的人晚；有的人快，有的人慢。所谓老年痴呆症，只是老化的一个表现形式。

空谈无补于事，试举一标本，加以剖析。远在天边，近在眼前，标本就是我自己。

我已届九旬高龄，古今中外的文人能活到这个年龄者只占极少数。我不相信这是由于什么天老爷、上帝或佛祖的庇佑，而是享了新社会的福。现在，我目虽不太明，但尚能见物；耳虽不太聪，但尚能闻声。看来距老年痴呆和八宝山还有一段距离，我也还没有这样的计划。

但是，思想僵化的迹象我也是有的。我的僵化同别人或许有点不同：它一半自然，一半人为；前者与他人共之，后者则为我所独有。

我不是九斤老太一党，我不但不认为"一代不如一代"，而且确信"雏凤清于老凤声"。可是最近几年来，一批"新人类"或"新新人类"脱颖而出，他们好像是一批外星人，他们的思想和举止令我迷惑不解，惶恐不安。这算不算是自然的思想僵化呢？

至于人为的思想僵化，则多一半是一种逆反心理在作祟。就拿穿中山装来作例子，我留德十年，当然是穿西装的。解放以后，我仍然有时改着西装。可是改革开放以来，不知从哪吹来了一股风，一夜之间，西装遍神州大地矣。我并不反对穿西

装；但我不承认西装就是现代化的标志，而且打着领带锄地，我也觉得滑稽可笑。于是我自己就僵化起来，从此再不着西装，国内国外，大小典礼，我一律蓝色卡其布中山装一袭，以不变应万变矣。

还有一个"化"，我不知道怎样称呼它。世界科技进步，一日千里，没有科技，国难以兴，事理至明，无待赘言。科技给人类带来的幸福，也是有目共睹的。但是，它带来了危害，也无法掩饰。世界各国现在都惊呼环保，环境污染难道不是科技发展带来的吗？犹有进者。我突然感觉到，科技好像是龙虎山张天师镇妖瓶中放出来的妖魔，一旦放出来，你就无法控制。只就克隆技术一端言之，将来能克隆人，指日可待。一旦实现，则人类社会迄今行之有效的法律准则和伦理规范，必遭破坏。将来的人类社会变成什么样的社会呢？我有点不寒而栗。这似乎不尽属于僵化范畴，但又似乎与之接近。

四忌：不服老

服老，《现代汉语词典》的解释：承认年老，可谓简明扼要。人上了年纪，是一个客观事实，服老就是承认它，这是唯物主义的态度。反之，不承认，也就是不服老，倒迹近唯心了。

中国古代的历史记载和古典小说中，不服老的例子不可胜数，尽人皆知，无须列举。但是，有一点我必须在这里指出来：古今论者大都为不服老唱赞歌，这有点失于偏颇，绝对地、无条件地赞美不服老，有害无益。

空谈无补，举几个实例，包括我自己。

1949年春夏之交，解放军进城还不太久，忘记了是出于什么原因,毛泽东的老师徐特立约我在他下榻的翠明庄见面。我准时赶到,徐老当时年已过八旬,从楼上走下,卫兵想去扶他,他却不停地用胳膊肘捣卫兵的双手,一股不服老的劲头至今给我留下了难忘的印象。

再一个例子是北大二十年代的教授陈翰笙先生。陈先生生于1896年,跨越了三个世纪,至今仍然健在。他晚年病目失明,但这丝毫也没有影响了他的活动,有会必到。有人去拜访他,他必把客人送到电梯门口。有时还会对客人伸一伸胳膊,踢一踢腿,表示自己有的是劲。前几年,每天还安排时间教青年英文,分文不取。这样的不服老我是钦佩的。

也有人过于服老。年不到五十,就不敢吃蛋黄和动物内脏,怕胆固醇增高。这样的超前服老,我是不敢钦佩的。

至于我自己,我先讲一段经历。是在1995年,当时我已经达到了八十四岁高龄。然而我却丝毫没有感觉到,不知老之已至,正处在平生写作的第二个高峰中。每天跑一趟大图书馆,几达两年之久,风雪无阻。我已经有点忘乎所以了。一天早晨,我照例四点半起床,到东边那一单元书房中去写作。一转瞬间,肚子里向我发出信号:该填一填它了。一看表,已经六点多了。于是我放下笔,准备回西房吃早点。可是不知是谁把门从外面锁上了,里面开不开。我大为吃惊,回头看到封了顶的阳台上有一扇玻璃窗可以打开。我于是不假思索,立即开窗跳出,从窗口到地面约有一米八高。我一堕地就跌了一个大马趴,脚后跟有点痛。旁边就是洋灰台阶的角,如果脑袋碰上,后果真不堪设想,我后怕起来了。我当天上下午都开了会,第二天又长

驱数百里到天津南开大学去做报告。脚已经肿了起来。第三天，到校医院去检查，左脚跟有点破裂。

我这样的不服老，是昏聩糊涂的不服老，是绝对要不得的。

我在上面讲了不服老的可怕，也讲到了超前服老的可笑。然则何去何从呢？我认为，在战略上要不服老，在战术上要服老，二者结合，庶几近之。

五忌：无所事事

这是一个比较复杂的问题，必须细致地加以分析，区别对待，不能一概而论。

达官显宦，在退出政治舞台之后，幽居府邸，庭院深深深几许，我辈槛外人无法窥知，他们是无所事事呢，还是有所事事，无从谈起，姑存而不论。

富商大贾，一旦钱赚够了，年纪老了，把事业交给儿子、女儿或女婿，他们是怎样度过晚年的，我们也不得而知，我们能知道的只是钞票不能拿来炒着吃。这也姑且存而不论。

说来说去，我所能够知道的只是工、农和知识分子这些平头老百姓。中国古人说：一事不知，儒者之耻。今天，我这个儒者却无论如何也没有胆量说这样的大话。我只能安分守己，夹起尾巴来做人，老老实实地只谈论老百姓的无所事事。

我曾到过承德，就住在避暑山庄对面的一个旅馆里。每天清晨出门散步，总会看到一群老人，手提鸟笼，把笼子挂在树枝上，自己则分坐在山庄门前的石头上，闲坐说玄宗。一打听，才知道他们多是旗人，先人是守卫山庄的八旗兵，而今老了，无所事事，只有提鸟笼子。试思：他们除了提鸟笼子外还能干什么呢？他们这种无所事事，不必探究。

北大也有一批退休的老工人，每日以提鸟笼为业。过去他们常聚集在我住房附近的一座石桥上，鸟笼也是挂在树枝上，笼内鸟儿放声高歌，清脆嘹亮。我走过时，也禁不住驻足谛听，闻而乐之。这一群工人也可以说是无所事事，然而他们又怎样能有所事事呢？

现在我只能谈我自己也是其中一分子，因而我是最了解情况的知识分子。国家给年老的知识分子规定了退休年龄，这是合情合理的，应该感激的。但是，知识分子行当不同，身体条件也不相同。是否能做到老有所为，完全取决于自己，不取决于政府。自然科学和技术，我不懂，不敢瞎说。至于人文社会科学，则我是颇为熟悉的。一般说来，社会科学的研究不靠天才火花一时的迸发，而靠长期积累。一个人到了六十多岁退休的关头，往往正是知识积累和资料积累达到炉火纯青的时候。一旦退下，对国家和个人都是一个损失。有进取心有干劲者，可能还会继续干下去的。可是大多数人则无所事事。我在南北几个大学中都听到了有关"散步教授"的说法，就是一个退休教授天天在校园里溜达，成了全校著名的人物。我没同"散步教授"谈过话，不知道他们是怎样想的。估计他们也不会很舒服。锻炼身体，未可厚非。但是，整天这样锻炼，不也太乏味太单调了吗？学海无涯，何妨再跳进去游泳一番，再扎上两个猛子，不也会身心两健吗？蒙田说得好：如果大脑有事可做，有所制约，它就会在想象的旷野里驰骋，有时就会迷失方向。

六忌：提当年勇

我做了一个梦。

我驾着祥云或别的什么云，飞上了天宫，在凌霄宝殿多功能厅里，参加了一个务虚会。第一个发言的是项羽。他历数早年指挥雄师数十万，横行天下，各路诸侯皆俯首称臣，他是诸侯盟主，颐指气使，没有敢违抗者。鸿门设宴，吓得刘邦像一只小耗子一般。说到尽兴处，手舞足蹈，唾沫星子乱溅。这时忽然站起来了一位天神，问项羽："四面楚歌，乌江自刎是怎么一回事呀？"项羽立即垂下了脑袋，仿佛是一个泄了气的皮球。

第二个发言的是吕布，他手握方天画戟，英气逼人。他放言高论，大肆吹嘘自己怎样戏貂蝉、杀董卓，为天下人民除害；虎牢关力敌关、张、刘三将，天下无敌。正吹得眉飞色舞，一名神仙忽然高声打断了他的发言："白门楼上向曹操下跪，恳求饶命，大耳贼刘备一句话就断送了你的性命，是怎么一回事呢？"吕布面色立变，流满了汗，立即下台，像一只斗败了的公鸡。

第三个发言的是关羽。他久处天宫，大地上到处都有关帝庙，房子多得住不过来。他威仪俨然，放不下神架子。但发言时，一谈到过五关斩六将，用青龙偃月刀挑起曹操捧上的战袍时，便不禁圆睁丹凤眼，猛抖卧蚕眉，兴致淋漓，令人肃然。但是又忽然站起了一位天官，问道："夜走麦城是怎么一回事呢？"关公立即放下神架子，神色仓皇，脸上是否发红，不得而知，因为他的脸本来就是红的。他跳下讲台，在天宫里演了一出夜走麦城。

我听来听去，实在厌了，便连忙驾祥云回到大地上，正巧落在绍兴，又正巧阿Q被小D抓住辫子往墙上猛撞，阿Q大呼："我从前比你阔得多了！"可是小D并不买账。

谁一看都能知道，我的梦是假的。但是，在芸芸众生中，特别是在老年中，确有一些人靠自夸当年勇来过日子。我认为，这也算是一种自然现象。争胜好强也许是人类的一种本能。但一旦年老，争胜有心，好强无力，便难免产生一种自卑情结。可又不甘心自卑，于是只有自夸当年勇一途，可以聊以自慰。对于这种情况，别人是爱莫能助的。"解铃还须系铃人"，只有自己随时警惕。

现在有一些得了世界冠军的运动员有一句口头禅：从零开始。意思是，不管冠军或金牌多么灿烂辉煌，一旦到手，即成过去，从现在起又要从零开始了。

我觉得，从零开始是唯一正确的想法。

七忌：自我封闭

这里专讲知识分子，别的界我不清楚。但是，行文时也难免涉及社会其他阶层。

中国古人说：人生识字忧患始。其实不识字也有忧患。道家说，万物方生方死。人从生下的一刹那开始，死亡的历程也就开始了。这个历程可长可短，长可能到一百年或者更长，短则几个小时、几天，少年夭折者有之，英年早逝者有之，中年弃世者有之，好不容易跌跌撞撞、坎坎坷坷，熬到了老年，早已心力交瘁了。

能活到老年，是一种幸福，但也是一种灾难。并不是每一个人都能活到老年，所以说是幸福；但是老年又有老年的难处，所以说是灾难。

老年人最常见的现象或者灾难是自我封闭。封闭，有行动上的封闭，有思想感情上的封闭，形式和程度又因人而异。老年人有事理广达者，有事理欠通达者。前者比较能认清宇宙万物以及人类社会发展的规律，了解到事物的改变是绝对的，不变是相对的，千万不要要求事物永恒不变。后者则相反，他们要求事物永恒不变；即使变，也是越变越坏，上面讲到的九斤老太就属于此类人。这一类人，即使仍然活跃在人群中，但在思想感情方面，他们却把自己严密地封闭起来了。这是最常见的一种自我封闭的形式。

空言无益，试举几个例子。

我在高中读书时，有一位教经学的老师，是前清的秀才或举人。五经和四书背得滚瓜烂熟，据说还能倒背如流。他教我们《书经》和《诗经》，从来不带课本，业务是非常熟练的。

可学生并不喜欢他。因为他张口闭口："我们大清国怎样怎样。"学生就给他起了一个诨名"大清国"，他真实的姓名反隐而不彰了。我们认为他是老顽固，他认为我们是新叛逆。我们中间不是代沟，而是万丈深渊，是他把自己完全封闭起来了。

再举一个例子。

我有一位老友，写过新诗，填过旧词，毕生研究中国文学史，都达到了相当高的水平。他为人随和，性格开朗，并没有什么乖僻之处。可是，到了最近几年，突然产生了自我封闭的现象，不参加外面的会，不大愿意见人，自己一个人在家里高声唱歌。我曾几次以老友的身份，劝他出来活动活动，他都婉言拒绝。他心里是怎样想的，至今对我还是一个谜。

我认为，老年人不管有什么形式的自我封闭现象，都是对个人健康不利的。我奉劝普天下老年人力矫此弊。同青年人在一起，即使是"新新人类"吧，他们身上的活力总会感染老年人的。

八忌：叹老嗟贫

叹老嗟贫，在中国的读书人中，是常见的现象，特别是所谓怀才不遇的人们中，更是特别突出。我们读古代诗文，这样的内容随时可见。在现代的知识分子中，这种现象比较少见了，难道这也是中国知识分子进化或进步的一种表现吗？

我认为，这是一个十分值得研究的课题。它是中国知识分子学和中西知识分子比较学的重要内容。

我为什么又拉扯上了西方知识分子呢？因为他们与中国的不同，是现成的参照系。

西方的社会伦理道德标准同中国不同，实用主义色彩极浓。一个人对社会有能力做贡献，社会就尊重你。一旦人老珠黄，对社会没有用了，社会就丢弃你，包括自己的子孙也照样丢弃了你，社会舆论不以为忤。当年我在德国哥廷根时，章士钊的夫人也同儿子住在那里，租了一家德国人的三楼居住。我去看望章伯母时，走过二楼，经常看到一间小屋关着门，门外地上摆着一碗饭，一丝热气也没有。我最初认为是喂猫或喂狗用的。

后来一打听，才知道是给小屋内卧病不起的母亲准备的饭菜。同时，房东还养了一条大狼狗，一天要吃一斤牛肉。这种天上人间的情况无人非议，连躺在小屋内病床上的老太太大概也会认为所有这一切都是顺理成章的吧。

在这种狭隘的实用主义大潮中，西方的诗人和学者极少极少写叹老嗟贫的诗文。同中国比起来，简直不成比例。

在中国，情况则大大地不同。中国知识分子一向有学而优则仕的传统。过去一千多年以来，仕的途径只有一条，就是科举。千军万马过独木桥，所有的读书人都拥挤在这一条路上，从秀才举人向上爬，爬到进士参加殿试，僧多粥少，极少数极幸运者可以爬完全程，仕宦而至将相，富贵而归故乡，达到这个目的万中难得一人。大家只要读一读《儒林外史》，便一目了然。在这样的情况下，倘若科举不利，老而又贫，除了叹老嗟贫以外，实在无路可走了。古人说：诗必穷而后工。其中"穷"字也有科举不利这个涵义。古代大官很少有好诗文传世，其原因实在耐人寻味。

今天，时代变了。但是学而优则仕的幽灵未泯，学士、硕士、博士、院士代替了秀才、举人、进士、状元。骨子里并没有大变。在当今知识分子中，一旦有了点成就，便立即披上一顶乌纱帽，这现象难道还少见吗？

今天的中国社会已能跟上世界潮流，但是，封建思想的残余还不容忽视。我们都要加以警惕。

九忌：老想到死

好生恶死，为所有生物之本能。我们只能加以尊重，不能妄加评论。

作为万物之灵的人,更是不能例外。俗话说:黄泉路上无老少。可是人一到了老年,特别是耄耋之年,离那个长满了野百合花的地方越来越近了,此时常想到死,更是非常自然的。

　　今人如此,古人何独不然!中国古代的文学家、思想家、骚人、墨客大都关心生死问题。根据我个人的思考,各个时代是颇不相同的。两晋南北朝时期似乎更为关注。粗略地划分一下,可以分为三派。第一派对死十分恐惧,而且十分坦荡地说了出来。这一派可以江淹为代表。他的《恨赋》一开头就说:试望平原,蔓草萦骨,拱木敛魂。人生到此,天道宁论。最后几句话是:自古皆有死。莫不饮恨而吞声!话说得再清楚不过了。

　　第二派可以"竹林七贤"为代表。《世说新语·任诞等二十三》第一条就讲到阮籍、嵇康、山涛、刘伶、阮咸、向秀和王戎"常集于竹林之中,肆意酣畅"。这是一群酒徒。其中最著名的刘伶命人荷锹跟着他,说:"死便埋我!"对死看得十分豁达。实际上,情况正相反,他们怕死怕得发抖,聊作姿态以自欺欺人耳。其中当然还有逃避残酷的政治迫害的用意。

　　第三派可以陶渊明为代表。他的意见具见他的诗《神释》中。诗中有这样的话:老少同一死,贤愚无复数。日醉或能忘,将非促龄具!立善常所欣,谁当为此举?甚念伤吾生,正宜委运去。纵浪大化中,不喜亦不惧。应尽便须尽,无复独多虑。他反对酗酒麻醉自己,也反对常想到死。我认为,这是最正确的态度。最后四句诗成了我的座右铭。

　　我在上面已经说到,老年人想到死,是非常自然的。关键是,想到以后,自己抱什么态度。惶惶不可终日,甚至饮恨吞声,最要不得,这样必将成陶渊明所说的"促龄具"。最正确的

北京胡同

态度是顺其自然，泰然处之。

鲁迅不到五十岁，就写了有关死的文章。王国维则说：五十之年，只欠一死。结果投了昆明湖。我之所以能泰然处之，有我的特殊原因。十年浩劫中，我已走到过死亡的边缘上，一个千钧一发的偶然性救了我。从那以后，多活一天，我都认为是多赚的。因此就比较能对死从容对待了。

我在这里诚挚奉劝普天之下的年老又通达事情的人，偶尔想一下死，是可以的，但不必老想。我希望大家都像我一样，以陶渊明《神释》诗最后四句为座右铭。

十忌：愤世嫉俗

愤世嫉俗这个现象，没有时代的限制，也没有年龄的限制。古今皆有，老少具备，但以年纪大的人为多。它对人的心理和生理都会有很大的危害，也不利于社会的安定团结。

世事发生必有其因。愤世嫉俗的产生也自有其原因。归纳起来，约有以下诸端：

首先，自古以来，任何时代，任何朝代，能完全满足人民大众的愿望者，绝对没有。不管汉代的文景之治怎样美妙，唐代的贞观之治和开元之治怎样理想，宫廷都难免腐败，官吏都难免贪污，百姓就因而难免不满，其尤甚者就是愤世嫉俗。

其次，学而优则仕达不到目的，特别是科举时代名落孙山者，人不在少数，必然愤世嫉俗。这在中国古代小说中可以找出不少的典型。

再次，古今中外都不缺少自命天才的人。有的真有点天才或者才干，有的则只是个人妄想，但是别人偏不买账，于是就

愤世嫉俗。其尤甚者，如西方的尼采要"重新估定一切价值"，又如中国的徐文长。结果无法满足，只好自己发了疯。

最后，也是最常见的，对社会变化的迅猛跟不上，对新生事物看不顺眼，是九斤老太一党。九斤老太不识字，只会说：一代不如一代；识字的知识分子，特别是老年人，便表现为愤世嫉俗，牢骚满腹。

以上只是一个大体的轮廓，不足为据。

在中国文学史上，愤世嫉俗的传统，由来已久。《楚辞》的"黄钟毁弃，瓦釜雷鸣"等语就是最早的证据之一。以后历代的文人多有愤世嫉俗之作，形成了知识分子性格上的一大特点。

我也算是一个知识分子，姑以我自己为麻雀，加以剖析。愤世嫉俗的情绪和言论，我也是有的。但是，我又有我自己的表现方式。我往往不是看到社会上的一些不正常现象而牢骚满腹，怪话连篇，而是迷惑不解，惶恐不安。我曾写文章赞美过代沟，说代沟是人类进步的象征。这是我真实的想法。可是到了目前，我自己也傻了眼，横亘在我眼前的像我这样老一代人和一些"新人类"、"新新人类"之间的代沟，突然显得其阔无限，其深无底，简直无法逾越了，仿佛把人类历史断成了两截。我感到恐慌，我不知道这样发展下去将伊于胡底。我个人认为，这也是愤世嫉俗的一种表现形式，是要不得的；可我一时又改变不过来，为之奈何！

我不知道，与我想法相同或者相似的有没有人在，有的话，究竟有多少人。我想来想去，觉得还是毛泽东的两句诗好：牢骚太盛防肠断，风物长宜放眼量。

2000年2月22日

走运与倒霉

走运与倒霉,表面上看起来,似乎是绝对对立的两个概念。世人无不想走运,而决不想倒霉。

其实,这两件事是有密切联系的,互相依存的,互为因果的。说极端了,简直是一而二二而一者也。这并不是我的发明创造。两千多年前的老子已经发现了,他说:"祸兮福之所倚,福兮祸之所伏,孰知其极?其无正。"老子的"福"就是走运,他的"祸"就是倒霉。

走运有大小之别,倒霉也有大小之别,而二者往往是相通的。走的运越大,则倒的霉也越惨,二者之间成正比。中国有一句俗话说:"爬得越高,跌得越重。"形象生动地说明了这种关系。

吾辈小民,过着平平常常的日子,天天忙着吃、喝、拉、撒、睡;操持着柴、米、油、盐、酱、醋、茶。有时候难免走点小运,有的是主动争取来的,有的是时来运转,好运从天上掉下来的。高兴之余,不过喝上二两二锅头,飘飘然一阵了事。但有时又难免倒点小霉,"闭门家中坐,祸从天上来",没有人

去争取倒霉的。倒霉以后，也不过心里郁闷几天，对老婆孩子发点小脾气，转瞬就过去了。

但是，历史上和眼前的那些大人物和大款们，他们一身系天下安危，或者系一个地区、一个行当的安危。他们得意时，比如打了一个大胜仗，或者倒卖房地产、炒股票，发了一笔大财，意气风发，踌躇满志，自以为天上天下，唯我独尊。"固一世之雄也"，怎二两二锅头了得！然而一旦失败，不是自刎乌江，就是从摩天高楼跳下，"而今安在哉！"

从历史上到现在，中国知识分子有一个"特色"，这在西方国家是找不到的。中国历代的诗人、文学家，不倒霉则走不了运。司马迁在《太史公自序》中说："昔西伯拘羑里，演《周易》；孔子厄陈、蔡，作《春秋》；屈原放逐，著《离骚》；左丘失明，厥有《国语》；孙子膑脚，而论兵法；不韦迁蜀，世传《吕览》；韩非囚秦，《说难》、《孤愤》；《诗》三百篇，大抵贤圣发愤之所为作也。"司马迁算的这个总账，后来并没有改变。汉以后所有的文学大家，都是在倒霉之后，才写出了震古烁今的杰作。像韩愈、苏轼、李清照、李后主等等一批人，莫不皆然。从来没有过状元宰相成为大文学家的。

了解了这一番道理之后，有什么意义呢？我认为，意义是重大的。它能够让我们头脑清醒，理解祸福的辩证关系；走运时，要想到倒霉，不要得意过了头；倒霉时，要想到走运，不必垂头丧气。心态始终保持平衡，情绪始终保持稳定，此亦长寿之道也。

1998年11月2日

糊涂一点,潇洒一点

最近一个时期,经常听到人们的劝告:要糊涂一点,要潇洒一点。

关于第一点糊涂问题,我最近写过一篇短文《难得糊涂》。在这里,我把糊涂分为两种,一个叫真糊涂,一个叫假糊涂。普天之下,绝大多数的人,争名于朝,争利于市。尝到一点小甜头,便喜不自胜,手舞足蹈,心花怒放,忘乎所以。碰到一个小钉子,便忧思焚心,眉头紧皱,前途暗淡,哀叹不已。这种人滔滔者天下皆是也。他们是真糊涂,但并不自觉。他们是幸福的,愉快的,愿老天爷再向他们降福。

至于假糊涂或装糊涂,则以郑板桥的"难得糊涂"最为典型。郑板桥一流的人物是一点也不糊涂的。但是现实的情况又迫使他们非假糊涂或装糊涂不行。他们是痛苦的。我祈祷老天爷赐给他们一点真糊涂。

谈到潇洒一点的问题,首先必须对这个词儿进行一点解释。这个词儿圆融无碍,谁一看就懂,再一追问就糊涂。给这样一

山林远眺

个词儿下定义,是超出我的能力的。还是查一下词典好。《现代汉语词典》的解释是:"(神情、举止、风貌等)自然大方、有韵致,不拘束。"看了这个解释,我吓了一跳。什么"神情",什么"风貌",又是什么"韵致",全是些抽象的东西,让人无法把握。这怎么能同我平常理解和使用的"潇洒"挂上钩呢?我是主张模糊语言的,现在就让"潇洒"这个词儿模糊一下吧。我想到中国六朝时代一些当时名士的举动,特别是《世说新语》等书所记载的,比如刘伶的"死便埋我",什么"雪夜访戴",等等,应该算是"潇洒"吧。可我立刻又想到,这些名士,表面上潇洒,实际上心中如焚,时时刻刻担心自己的脑袋。有的还终于逃不过去,嵇康就是一个著名的例子。

写到这里,我的思维活动又逼迫我把"潇洒",也像糊涂一样,分为两类:一真一假。六朝人的潇洒是装出来的,因而是假的。

这些事情已经"俱往矣",不大容易了解清楚。我举一个现代的例子。上一个世纪30年代,我在清华读书的时候,一位教授(姑隐其名)总想充当一下名士,潇洒一番。冬天,他穿上锦缎棉袍,下面穿的是锦缎棉裤,用两条彩色丝带把棉裤紧紧地系在腿的下部。头上头发也故意不梳得油光发亮。他就这样飘飘然走进课堂,顾影自怜,大概十分满意。在学生们眼中,他这种矫揉造作的潇洒,却是丑态可掬,辜负了他一番苦心。

同这位教授唱对台戏的——当然不是有意的——是俞平伯先生。有一天,平伯先生把脑袋剃了个精光,高视阔步,昂然从城内的住处出来,走进了清华园。园中几千人中这是唯一的

一个精光的脑袋,见者无不骇怪,指指点点,窃窃私议,而平伯先生则全然置之不理,照样登上讲台,高声朗诵宋代名词,摇头晃脑,怡然自得。朗诵完了,连声高呼:"好!好!就是好!"此外再没有别的话说。古人说"是真名士自风流"。同那位教英文的教授一比,谁是真风流,谁是假风流;谁是真潇洒,谁是假潇洒,昭然呈现于光天化日之下。

这一个小例子,并没有什么深文奥义,只不过是想辨真伪而已。

为什么人们提倡糊涂一点,潇洒一点呢?我个人觉得,这能提高人们的和为贵的精神,大大地有利于安定团结。

写到这里,这一篇短文可以说是已经写完了。但是,我还想加上一点我个人的想法。

当前,我国举国上下,争分夺秒,奋发图强,巩固我们的政治,发展我们的经济,期能在预期的时间内建成名副其实的小康社会。哪里容得半点糊涂、半点潇洒!但是,我们中国人一向是按照辩证法的规律行动的。古人说:"文武之道,一张一弛。"有张无弛不行,有弛无张也不行。张弛结合,斯乃正道。提倡糊涂一点,潇洒一点,正是为了达到这个目的的。

难得糊涂

清代郑板桥提出来的亦书写出来的"难得糊涂"四个大字,在中国,真可以说是家喻户晓,尽人皆知的。一直到今天,二百多年过去了,但在人们的文章里,讲话里,以及嘴中常用的口语中,这四个字还经常出现,人们都耳熟能详。

我也是"难得糊涂"党的成员。

不过,在最近几个月中,在经过了一场大病之后,我的脑筋有点开了窍。我逐渐发现,糊涂有真假之分,要区别对待,不能眉毛胡子一把抓。

什么叫真糊涂,而什么又叫假糊涂呢?

用不着作理论上的论证,只举几个小事例就足以说明了。例子就从郑板桥举起。

郑板桥生在清代乾隆年间,所谓康乾盛世的下一半。所谓盛世历代都有,实际上是一块其大无垠的遮羞布。在这块布下面,一切都照常进行。只是外寇来得少,人民作乱者寡,大部分人能勉强吃饱了肚子,"不识不知,顺帝之则"了。最高统治者的宫廷斗争，仍然是血腥淋漓，外面小民是不会知道的。历代的统治者都喜欢没有头脑没有思想的人；有这两个条件的只是士这个阶层。所以士一直是历代统治者的眼中钉。可离开他们又不行。于是胡萝卜与大棒并举。少部分争取到皇帝帮闲或帮忙的人，大致已成定局。等而下之，一大批士都只有一条向上爬的路——科举制度。成功与否，完全看自己的运气。翻一翻《儒林外史》，就能洞悉一切。但同时皇帝也多以莫须有的罪名大兴文字狱，杀鸡给猴看。统治者就这样以软硬兼施的手法，统治天下。看来大家都比较满意。但是我认为，这是真糊涂，如影随形，就在自己身上，并不"难得"。

我的结论是：真糊涂不难得，真糊涂是愉快的，是幸福的。

此事古已有之，历代如此。楚辞所谓"举世皆浊我独清，众人皆醉我独醒。"所谓"醉"，就是我说的糊涂。

可世界上还偏有郑板桥这样的人，虽然人数极少极少，但毕竟是有的。他们为天地留了点正气。他已经考中了进士。据清代的一本笔记上说，由于他的书法不是台阁体，没能点上翰林，只能外放当一名知县，"七品官耳"。他在山东潍县做了一任县太爷，又偏有良心，同情小民疾苦，有在潍县衙斋里所作的诗为证。结果是上官逼，同僚挤，他忍受不了，只好丢掉乌纱帽，到扬州当八怪去了。他一生诗书画中都有一种愤懑不平之气，有如司马迁的《史记》。他倒霉就倒在世人皆醉而他独醒，也就是世人皆真糊涂而他独必须装糊涂，假糊涂。

我的结论是：假糊涂才真难得，假糊涂是痛苦，是灾难。

现在说到我自己。

毫耋之言

  我初进三〇一医院的时候，始终认为自己患的不过是癣疥之疾。隔壁房间里主治大夫正与北大校长商议发出病危通告，我这里却仍然嬉皮笑脸，大说其笑话。终医院里的四十六天，我始终没有危急感。现在想起来，真正后怕。原因就在，我是真糊涂，极不难得，极为愉快。
  我虔心默祷上苍，今后再也不要让真糊涂进入我身，我宁愿一生背负假糊涂这一个十字架。

老少之间

在任何国家，任何时代的任何社会里，都会有老年人和青少年人同时并存。从年龄上来说，这是社会的两极，中间是中年。这样一些不同年龄的阶层，共同形成了我们的社会，所谓芸芸众生者就是。

从社会方面来讲，这个模式是不变的，是固定的。但是，从每一个人来说，它却是不固定的，经常变动的。今天你是少年，转瞬就是中年。你如果不中途退席的话，前面还有一个老年阶段在等候着你。老年阶段以后呢？那谁都知道，用不着细说。

想要社会安定，就必须处理好这三个年龄阶段之间的关系，特别是社会两极的老年与少年的关系。现在人们有时候讲到"代沟"——我看这也是舶来品——有人说有，有人说无，我是承认有的。因为事实就是如此，是否认不掉的。而且从某种意义上来说，有"代沟"正标明社会在不断前进。如果不前进，"沟"从何来？

承认有"代沟",不就万事大吉。真要想保持社会的安定团结,还必须进一步对"沟"两边的具体情况加以分析。中年这一个中间阶段,我先不说,我只分析老少这两极。

一言以蔽之,这两极各有各的优缺点。老年人人生经历多,识多见广,这是优点。缺点往往是自以为是,执拗固执。动不动就是:"我吃的盐比你吃的面还多,我走过的桥比你走过的路还长。"个别人仕途失意,牢骚满腹:"世人皆醉而我独醒,世人皆浊而我独清。"简直变成了九斤老太,唠唠叨叨,什么都是从前的好。结果惹得大家都不痛快。

我在这里特别提出一个我个人观察到的老年人的缺点,就是喜欢说话,喜欢长篇发言。开一个会两小时,他先包办一半,甚至四分之三。别人不耐烦看表,他老眼昏花,不视不见,结果如何?一想便知。听说某大学有一位老教授,开会他一发言,有经验的人士就回家吃饭。酒足饭饱,回来看,老教授的发言还没有结束,仍然在那里"悬河泻水"哩。

因此,我对老年人有几句箴言:老年之人,血气已衰;刹车失灵,戒之在说。

至于年轻人,他们朝气蓬勃,进取心强。在他们眼前的道路上,仿佛铺满了玫瑰花。他们对任何事情都不畏缩,九天揽月,五洋捉鳖,易如反掌,唾手可得。这是一种非常可贵的精神,只能保护,不能挫伤。然而他们的缺点就正隐含在这种优点中。他们只看到玫瑰花的美,只闻到玫瑰花的香;他们却忘记了玫瑰花是带刺的,稍不留心,就会扎手。

那么,怎么办呢?我没有什么高招,我只有几句老生常谈:

老年少年都要有自知之明，越多越好。老的不要"倚老卖老"，少的不要"倚少卖少"。后一句话是我杜撰出来的，我个人认为，这个杜撰是正确的。应当互相了解、理解、谅解。最重要的是谅解。有了这个谅解，我们社会的安定团结就有了保证。

做人与处世

一个人活在世界上，必须处理好三个关系：第一，人与大自然的关系；第二，人与人的关系，包括家庭关系在内；第三，个人心中思想和感情矛盾与平衡的关系。这三个关系，如果能处理得好，生活就能愉快；否则，生活就有苦恼。

人本来也是属于大自然范畴的。但是，人自从变成了"万物之灵"以后，就同大自然闹起独立来，有时竟成了大自然的对立面。人类的衣食住行所有的资料都取自大自然，我们向大自然索取是不可避免的。关键是，怎样去索取？索取手段不出两途：一用和平手段，一用强制手段。我个人认为，东西文化之分野，就在这里。西方对待大自然的基本态度或指导思想是"征服自然"，用一句现成的套话来说，就是用处理敌我矛盾的方法来处理人与大自然的关系。结果呢，从表面上看上去，西方人是胜利了，大自然真的被他们征服了。自从西方产业革命以后，西方人屡创奇迹。楼上楼下，电灯电话。大至宇宙飞船，小至原子，无一不出自西方"征服者"之手。

山水

然而，大自然的容忍是有限度的，它是能报复的，它是能惩罚的。报复或惩罚的结果，人皆见之，比如环境污染，生态失衡，臭氧层出洞，物种灭绝，人口爆炸，淡水资源匮乏，新疾病产生，如此等等，不一而足。这些弊端中哪一项不解决都能影响人类生存的前途。我并非危言耸听，现在全世界人民和政府都高呼环保，并采取措施。古人说："失之东隅，收之桑榆。"犹未为晚。

中国或者东方对待大自然的态度或哲学基础是"天人合一"。宋人张载说得最简明扼要："民吾同胞，物吾与也。""与"的意思是伙伴。我们把大自然看做伙伴。可惜我们的行为没能跟上。在某种程度上，也采取了"征服自然"的办法，结果也受到了大自然的报复，前不久南北的大洪水不是很能发人深省吗？

至于人与人的关系，我的想法是：对待一切善良的人，不管是家属，还是朋友，都应该有一个两字箴言：一曰真，二曰忍。真者，以真情实意相待，不允许弄虚作假。对待坏人，则另当别论。忍者，相互容忍也。日子久了，难免有点磕磕碰碰。在这时候，头脑清醒的一方应该能够容忍。如果双方都不冷静，必致因小失大，后果不堪设想。唐朝张公艺的"百忍"是历史上有名的例子。

至于个人心中思想感情的矛盾，则多半起于私心杂念。解之之方，唯有消灭私心，学习诸葛亮的"淡泊以明志，宁静以致远"，庶几近之。

1998年11月17日

三思而行

"三思而行",是我们现在常说的一句话。是劝人做事不要鲁莽,要仔细考虑,然后行动,则成功的可能性会大一些,碰壁的可能性会小一些。

要数典而不忘祖,也并不难。这个典故就出在《论语·公冶长第五》:"季文子三思而后行。子闻之曰:'再,斯可矣。'"这说明,孔老夫子是持反对意见的。吾家老祖宗文子(季孙行父)的三思而后行的举动,二千六七百年以来,历代都得到了几乎全天下人的赞扬,包括许多大学者在内。查一查《十三经注疏》,就能一目了然。《论语正义》说:"三思者,言思之多,能审慎也。"许多书上还表扬了季文子,说他是"忠而有贤行者"。甚至有人认为三思还不够。《三国志·吴志·诸葛恪传注》中说:有人劝恪"每事必十思"。可是我们的孔圣人却冒天下之大不韪,批评了季文子三思过多,只思二次(再)就够了。

这怎么解释呢?究竟谁是谁非呢?

我们必须先弄明白,什么叫"三思"。总起来说,对此有两个解释。一个是"言思之多",这在上面已经引过。一个是"君子之谋也,始衷(中)终皆举之而后入焉。"这话虽为文子自己所说,然而孔子以及上万上亿的众人却不这样理解。他们理解,一直到今天,仍然是"多思"。

多思有什么坏处呢?又有什么好处呢?根据我个人几十年来的体会,除了下围棋、象棋等等以外,多思有时候能使人昏昏,容易误事。平常骂人说是"不肖子孙",意思是与先人的行动不一样的人。我是季文子的最"肖"子孙。我平常做事不但三思,而且超过三思,是否达到了人们要求诸葛恪做的"十思",没做统计,不敢乱说。反正是思过来,思过去,越思越糊涂,终而至于头昏昏然,而仍不见行动,不敢行动。我这样一个过于细心的人,有时会误大事的。我觉得,碰到一件事,决不能不思而行,鲁莽行动。记得当年在德国时,法西斯统治正如火如荼。一些盲目崇拜希特勒的人,常常使用一个词儿Darauf-galngertum,意思是"说干就干,不必思考"。这是法西斯的做法,我们必须坚决扬弃。遇事必须深思熟虑。先考虑可行性,考虑的方面越广越好。然后再考虑不可行性,也是考虑的方面越广越好。正反两面仔细考虑完以后,就必须加以比较,做出决定,立即行动。如果你考虑正面,又考虑反面之后,再回头来考虑正面,又再考虑反面,那么,如此循环往复,终无宁日,最终成为考虑的巨人,行动的侏儒。

所以,我赞成孔子的"再,斯可矣"。

知足知不足

曾见冰心老人为别人题座右铭:"知足知不足,有为有不为。"言简意赅,寻味无穷。特写短文两篇,稍加诠释。先讲知足知不足。

中国有一句老话:"知足常乐。"为大家所遵奉。什么叫"知足"呢?还是先查一下字典吧。《现代汉语词典》说:"知足,满足于已经得到的(指生活、愿望等)。"如果每个人都能满足于已经得到的东西,则社会必能安定,天下必能太平,这个道理是显而易见的。可是社会上总会有一些人不安分守己,癞蛤蟆想吃天鹅肉。这样的人往往要栽大跟头的。对他们来说,"知足常乐"这句话就成了灵丹妙药。

但是,知足或者不知足也要分场合的。在旧社会,穷人吃草根树皮,阔人吃燕窝鱼翅。在这样的场合下,你劝穷人知足,能劝得动吗?正相反,应当鼓励他们不能知足,要起来斗争。

这样的不知足是正当的,是有重大意义的,它能伸张社会正义,能推动人类社会前进。

除了场合以外,知足还有一个"分"的问题。什么叫"分"?笼统言之,就是适当的限度。人们常说的"安分"、"非分"等等,指的就是限度。这个限度也是极难掌握的,是因人而异、因地而异的。勉强找一个标准的话,那就是"约定俗成"。我想,冰心老人之所以写这一句话,其意不过是劝人少存非分之想而已。

至于"知不足",在汉文中虽然字面上相同,其含义则有差别。这里所谓"不足",指的是"不足之处","不够完美的地方"。这句话同"自知之明"有联系。

自古以来,中国就有一句老话:"人贵有自知之明。"这一句话暗示给我们,有自知之明并不容易,否则这一句话就用不着说了。事实上也确实如此。就拿现在来说,我所见到的人,大都自我感觉良好。专以学界而论,有的人并没有读几本书,却不知天高地厚,以天才自居,靠自己一点小聪明——这能算得上聪明吗?——狂傲恣睢,骂尽天下一切文人,大有用一管毛锥横扫六合之慨,令明眼人感到既可笑、又可怜。这种人往往没有什么出息。因为,又有一句中国老话:"学如逆水行舟,不进则退。"还有一句中国老话:"学海无涯。"说的都是真理。但在这些人眼中,他们已经穷了学海之源,往前再没有路了,进步是没有必要的。他们除了自我欣赏之外,还能有什么出息呢?

古代希腊人也认为自知之明是可贵的,所以语重心长地说

出了:"要了解你自己!"中国同希腊相距万里,可竟说了几乎是一模一样的话,可见这些话是普遍的真理。中外几千年的思想史和科学史,也都证明了一个事实:只有知不足的人才能为人类文化做出贡献。

2001 年 2 月 21 日

有为有不为

"为",就是"做"。应该做的事,必须去做,这就是"有为"。不应该做的事必不能做,这就是"有不为"。

在这里,关键是"应该"二字。什么叫"应该"呢?这有点像仁义的"义"字。韩愈给"义"字下的定义是"行而宜之之谓义"。"义"就是"宜",而"宜"就是"合适",也就是"应该",但问题仍然没有解决。要想从哲学上,从伦理学上,说清楚这个问题,恐怕要写上一篇长篇论文,甚至一部大书。我没有这个能力,也认为根本无此必要。我觉得,只要诉诸一般人都能够有的良知良能,就能分辨清是非善恶了,就能知道什么事应该做,什么事不应该做了。

中国古人说:"勿以善小而不为,勿以恶小而为之。"可见善恶是有大小之别的,应该不应该也是有大小之别的,并不是都在一个水平上。什么叫大,什么叫小呢?这里也用不

雨荷

着烦琐的论证，只需动一动脑筋，睁开眼睛看一看社会，也就够了。

小恶、小善，在日常生活中随时可见。比如，在公共汽车上给老人和病人让座。能让，算是小善；不能让，也只能算是小恶，够不上大逆不道。然而，从那些一看到有老人或病人上车就立即装出闭目养神的样子的人身上，不也能由小见大看出了社会道德的水平吗？

至于大善大恶，目前社会中也可以看到，但在历史上却看得更清楚。比如宋代的文天祥。他为元军所虏，如果他想活下去，屈膝投敌就行了，不但能活，而且还能有大官做，最多是在身后被列入"贰臣传"，"身后是非谁管得"，管那么多干嘛呀。然而他却高赋《正气歌》，从容就义，留下英名万古传，至今还在激励着我们的爱国热情。

通过上面举的一个小恶的例子和一个大善的例子，我们大概对大小善和大小恶能够得到一个笼统的概念了。凡是对国家有利，对人民有利，对人类发展前途有利的事情就是大善，反之就是大恶。凡是对处理人际关系有利，对保持社会安定团结有利的事情可以称之为小善，反之就是小恶。大小之间有时难以区别，这只不过是一个大体的轮廓而已。

大小善和大小恶有时候是有联系的。俗话说："千里之堤，溃于蚁穴。"拿眼前常常提到的贪污行为而论，往往是先贪污少量的财物，心里还有点打鼓。但是，一旦得逞，尝到甜头，又没被人发现，于是胆子越来越大，贪污的数量也越来越多，终至于一发而不可收拾，最后受到法律的制裁，悔之晚矣。也

有个别的识时务者，迷途知返，就是所谓浪子回头者，然而难矣哉！

我的希望很简单，我希望每个人都能有为有不为。一旦"为"错了，就毅然回头。

2001 年 2 月 23 日

老马识途

无论是在文章中,还是在口头上,"老马识途"是常常使用的一个典故。由于使用的频率颇高,因此而变成了一句俗语。

这个典故的出处是《韩非子·说林上》,与管仲和齐桓公有关。有一次,齐桓公伐孤竹,"春往冬反,迷惑失道。管仲曰:'老马之智可用也。'乃放老马而随之,遂得道。"不管历史事实怎样,老马的故事是绝对可信的。不但马能识途,连驴、骡、猫、狗等等动物都有识途的本领或者本能。

但是,切不可迷信。

在古代,老马等之所以能够识途,因为它们老走同一条道路,而古代道路的变化很少,道路两旁的建筑物变化也不会大。久而久之,这些牲畜们就记住了。只要把缰绳放开,让它们自由行动,它们必然能找到回家的道路。也许这些牲畜们还有什么"特异功能",我没有研究过,暂且不说。

但是,人类社会前进的速度越来越快,道路和建筑物的变化也越来越大。到了今天,简直一日数变。住在大城市里的人,

三天不出门，再一出门，就有可能认不清街道。原来是一片空地，现在却像幻术一样，突然矗立在你的眼前的是一座摩天高楼。原来是一条羊肠小道，现在却突然变成了一条柏油马路。会晕头转向，这不必说了。即使老马一流的动物真有"特异功能"，也将无所用其技了。

我就有一个亲身的经验。有一天，我走出北大南门到黄庄邮局去，我在海淀已经住了将近半个世纪，是这里的一匹地地道道的老马。我也颇有自信，即使把我的眼蒙住，我也能够找回家来。然而，这一回我却出了丑，现了眼。我走了一条新路，一走出去，是一条大马路，车如流水马如龙。我一时傻了眼：这是什么地方呀？我的黄庄在哪里呀！我一时目眩口呆，只觉得天昏地转，大有白天"鬼挡墙"之感。我好不容易定了定神，猛抬头看到马路上驶过去的332路公共汽车，我才如梦方醒，终于安全地走回到了学校。

像我这样一匹老马，脑筋是"难得糊涂"的，眼耳都还能准确地使用；然而在距北大咫尺之地竟然栽了这样一个跟头，这个跟头在我心中摔出了一个"顿悟"。我悟到，千万不要再迷信老马识途，千万不要在任何方面，包括研究学问方面以老马自居。到了现在，我觉得倒是"小马识途"。因为年轻人无所蔽，无所惧，常常出门，什么摩天大楼，什么柏油马路，在他们眼中都很平常。

我们这些老马千万要向小马学习。

耄耋之言

温馨,家庭不可或缺的气氛

大千世界,芸芸众生,除了看破红尘出家当和尚的以外,每一个人都会有一个家。一提到家,人们会不由自主地漾起一点温暖之意、一丝幸福之感。

不这样也是不可能的。不管是单职工还是双职工,白天在政府机构、学校、公司、工厂、商店等等五花八门的场所工作劳动。不管是脑力劳动,还是体力劳动,都会付出巨大的力量,应付错综复杂的局面,会见性格各异的人物,有时会弄得筋疲力尽。有道是:"不如意事常八九"。哪里事事都会让你称心如意呢?到了下班以后,有如倦鸟还巢一般,带着一身疲惫,满怀喜悦,回到自己家里。这是一个真正的安身立命之处。在这里人们主要祈求的就是温馨。有父母的,向老人问寒问暖,老少都感到温馨;有子女的,同孩子谈上几句,亲子都感到温馨;夫妻说上几句悄悄话,男女都感到温馨。当是时也,白天一天操劳,身心两方面的倦意,间或有心中的愤懑、工作中或竞争中偶尔的挫折、在处理事务中或人际关系中碰的一点小钉子等

等,都会烟消云散,代之而兴的是融融的愉悦。总之,感到的是不能用任何语言表达的温馨。

你还可以便装野服,落拓形迹。白天在外面有时不得不戴着的假面具,完全可以甩掉。有时不得不装腔作势,以求得能适应应对进退的所谓礼貌,也统统可以丢开,还你一个本来面目,圆通无碍,纯然真我。天下之乐,宁有过于此者乎?所有这一切都来自家庭中真正的温馨。

但是,是不是每一个家庭都是温馨天成、唾手可得呢?不,不,绝不是的。家庭中虽有夫妻关系、亲子关系、血缘关系,但是,所有这一些关系,都不能保证温馨气氛必然出现。俗话说:锅碗瓢盆都会相撞。每个人的脾气不一样,爱好不一样,习惯不一样,信念不一样,而且人是活人,喜怒哀乐,时有突变的情况,情绪也有不稳定的时候,特别是在自己的亲人面前,更容易表露出来。有时候为一点芝麻绿豆大的小事,也会意见相左,处理不得法,也能产生龃龉。天天耳鬓厮磨,谁也不敢保证这种情况不会发生。

那么,我们应当怎么办呢?就我个人来看,处理这样清官难断的家务事,说难极难,说不难也颇易。只要能做到"真"、"忍"二字,虽不中,不远矣。"真"者,真情也。"忍"者,容忍也。我归纳成了几句顺口溜:相互恩爱,相互诚恳,相互理解,相互容忍,出以真情,不杂私心,家庭和睦,其乐无垠。

有人可能不理解,我为什么把容忍强调到这样的高度。要知道,容忍是中华美德之一。我们的往圣先贤,大都教导我们要容忍。民间谚语中,也有不少容忍的内容,教人忍让。有的说法，看似消极，实有积极意义，比如"忍辱负重"，韩信就是一个有名的例子。《唐书》记载，张公艺九世同居，唐高宗问他睦族之道。公艺提笔写了一百多个"忍"字递给皇帝。从那以后，姓张的多自命为"百忍家声"。佛家也十分强调忍辱之要义，经中有很多忍辱仙人的故事。常言道："小不忍则乱大谋"。在家庭中则是"小不忍则乱家庭"。夫妻、父母、子女之间，有时难免有不同的意见，如果一方发点小脾气，你让他(她)一下，风暴便可平息。等到他(她)心态平衡以后，自己会认错的。此时，如果你也不冷静，火冒三丈，轻则动嘴，重则动手，最终可能告到法庭，宣判离婚，岂不大可哀哉！父母兄弟姊妹之间，也有同样的情况。结果，一个好端端的家庭，会弄得分崩离析。这轻则会影响你暂时的情绪，重则影响你的生命前途。难道我这是危言耸听吗？

　　总之，温馨是家庭不可或缺的气氛，而温馨则是需要培养的。培养之道，不出两端，一真一忍而已。

爱情

一

人们常说,爱情是文艺创作的永恒主题。不同意这个意见的人,恐怕是不多的。爱情同时也是人生不可缺少的东西。即使后来出家当了和尚,与爱情完全"拜拜",在这之前也曾趟过爱河,受过爱情的洗礼,有名的例子不必向古代去搜求,近代的苏曼殊和弘一法师就摆在眼前。

可是为什么我写《人生漫谈》已经写了三十多篇还没有碰爱情这个题目呢?难道爱情在人生中不重要吗?非也。只因它太重要,太普遍,但却又太神秘,太玄乎,我因而不敢去碰它。

中国俗话说:"丑媳妇迟早要见公婆的。"我迟早也必须写关于爱情的漫谈的。现在,适逢有一个机会:我正读法国大散文家蒙田的随笔《论友谊》这一篇,里面谈到了爱情。我干脆抄上几段,加以引申发挥,借他人的杯,装自己的酒,以了此一段公案。以后倘有更高更深刻的领悟,还会再写的。

蒙田说：我们不可能将爱情放在友谊的位置上。我承认，爱情之火更活跃，更激烈，更灼热……但爱情是一种朝三暮四、变化无常的感情，它狂热冲动，时高时低，忽冷忽热，把我们系于一发之上。而友谊是一种普遍和通用的热情……再者，爱情不过是一种疯狂的欲望，越是躲避的东西越要追求……爱情一旦进入友谊阶段，也就是说，进入意愿相投的阶段，它就会衰弱和消逝。爱情是以身体的快感为目的，一旦享有了，就不复存在。

总之，在蒙田眼中，爱情比不上友谊，不是什么好东西。我个人觉得，蒙田的话虽然说得太激烈，太偏颇，太极端，然而我们却不能不承认，它有合理的实事求是的一方面。

根据我个人的观察与思考，我觉得，世人对爱情的态度可以笼统分为两大流派：一派是现实主义，一派是理想主义。蒙田显然属于现实主义，他没有把爱情神秘化、理想化。如果他是一个诗人的话，他也决不会像一大群理想主义的诗人那样，写出些卿卿我我，鸳鸯蝴蝶，有时候甚至拿肉麻当有趣的诗篇，令普天下的才子佳人们击节赞赏。他干净利落地直言不讳，把爱情说成是朝三暮四、变化无常的感情。对某一些高人雅士来说，这实在有点大煞风景，仿佛在佛头上着粪一样。

我不才，窃自附于现实主义一派。我与蒙田也有不同之处：我认为，在爱情的某一个阶段上，可能有纯真之处，否则就无法解释日本青年恋人在相爱达到最高潮时有的就双双跳入火山口中，让他们的爱情永垂不朽。

二

像这样的情况,在日本恐怕也是极少极少的,在别的国家,则未闻之也。

当然,在别的国家也并不缺少歌颂纯真爱情的诗篇、戏剧、小说,以及民间传说。莎士比亚的《罗密欧与朱丽叶》,中国的梁山伯与祝英台是世所周知的。谁能怀疑这种爱情的纯真呢?专就中国来说,民间类似梁祝爱情的传说,还能够举出不少来。至于"誓死不嫁"和"誓死不娶"的真实的故事,则所在多有。这样一来,爱情似乎真同蒙田的说法完全相违,纯真圣洁得不得了啦。

我在这里想分析一个有名的爱情的案例。这就是杨贵妃和唐玄宗的爱情故事,这是一个古今艳称的故事。唐代大诗人白居易的《长恨歌》歌颂的就是这一件事。你看,唐玄宗失掉了杨贵妃以后,他是多么想念,多么情深:"夕殿萤飞思悄然,孤灯挑尽未成眠。"这一首歌最后两句诗是:"天长地久有时尽,此恨绵绵无绝期。"写得多么动人心魄,多么令人同情,好像他们两人之间的爱情真正纯真到了无以复加的程度。但是,常识告诉我们,爱情是有排他性的,真正的爱情不容有一个第三者。可是唐玄宗怎样呢?后宫佳丽三千人,小老婆真够多的。即使是三千宠爱在一身,这在一身能可靠吗?白居易以唐代臣子,竟敢乱谈天子宫闱中事,这在明清是绝对办不到的。这先不去说它,白居易真正头脑简单到相信这爱情是纯真的才加以歌颂

毫耋之言

吗？抑或另有别的原因？

这些封建的爱情"俱往矣"。今天我们怎样对待爱情呢？我明人不说暗话，我是颇有点同意蒙田的意见的。中国古人说：食、色，性也。爱情，特别是结婚，总是同色相联系的。家喻户晓的《西厢记》歌颂张生和莺莺的爱情，高潮竟是一幕"酬简"，也就是以身相许。个中消息，很值得我们参悟。

我们今天的青年怎样对待爱情呢？这我有点不大清楚，也没有什么青年人来同我这望九之年的老古董谈这类事情。据我所见所闻，那一套封建的东西早为今天的青年所扬弃。如果真有人想向我这爱情的盲人问道的话，我也可以把我的看法告诉他们的。如果一个人不想终生独身的话，他必须谈恋爱以至结婚。这是人间正道。但是千万别浪费过多的时间，终日卿卿我我，闹得神魂颠倒，处心积虑，不时闹点小别扭，学习不好，工作难成，最终还可能是竹篮子打水一场空。这真是何苦来！我并不提倡二人一见倾心，立即办理结婚手续。我觉得，两个人必须有一个互相了解的过程。这过程不必过长，短则半年，多则一年。余出来的时间应当用到刀刃上，搞点事业，为了个人，为了家庭，为了国家，为了世界。

三

已经写了两篇关于爱情的短文，但觉得仍然是言犹未尽，现在再补写一篇。像爱情这样平凡而又神秘的东西，这样一种社会现象或心理活动，即使再将篇幅扩大十倍，二十倍，一百倍，

也是写不完的。补写此篇，不过聊补前两篇的一点疏漏而已。

在旧社会实行"父母之命，媒妁之言"的办法，男女青年不必伤任何脑筋，就入了洞房。我们可以说，结婚是爱情的开始。但是，不要忘记，也有"绿叶成荫子满枝"而终于不知爱情为何物的例子，而且数目还不算太少。到了现代，实行自由恋爱了，有的时候竟成了结婚是爱情的结束。西方和当前的中国，离婚率颇为可观，就是一个具体的例证。据说，有的天主教国家教会禁止离婚。但是，不离婚并不等于爱情能继续，只不过是外表上合而不离，实际上则各寻所欢而已。

爱情既然这样神秘，相爱和结婚的机遇用一个哲学的术语就是偶然性——又极其奇怪，极其突然，决非我们个人所能掌握的。在困惑之余，东西方的哲人俊士束手无策，还是老百姓有办法，他们乞灵于神话。

一讲到神话，据我个人的思考，就有中外之分。西方人创造了一个爱神，叫做Jupiter或Cupid，是一个手持弓箭的童子。他的箭射中了谁，谁就坠入爱河。印度古代文化毕竟与欧洲古希腊、罗马有缘。他们也创造了一个叫做Kāmaolliva的爱神，也是手持弓箭，被射中者立即相爱，决不敢有违。这个神话当然是同一来源，此不具论。

在中国，我们没有爱神的信仰，我们另有办法。我们创造了一个月老，他手中拿着一条红线，谁被红线拴住，不管是相距多么远，天涯海角，恍若比邻，二人必然走到一起，相爱结婚。从前西湖有一座月老祠，有一副对联是天下闻名的："愿天下有情人都成了眷属，是前生注定事莫错过姻缘。"多么质朴，

毫耋之言

多么有人情味！只有对某些人来说，"前生"和"姻缘"显得有点渺茫和神秘。可是，如果每一对夫妇都回想一下你们当初相爱和结婚的过程的话，你能否定月老祠的这一副对联吗？

我自己对这副对联是无法否认的，但又找不到科学根据。我倒是想忠告今天的年轻人，不妨相信一下。我对现在西方和中国青年人的相爱和结婚的方式，无权说三道四，只是觉得不大能接受。我自知年已望九，早已属于博物馆中的人物，我力避发九斤老太之牢骚，但有时又如骨鲠在喉不得不一吐为快耳。

1997年11月22日

论压力

《参考消息》今年7月3日以半版的篇幅介绍了外国学者关于压力的说法。我也正考虑这个问题，因缘和合，不免唠叨上几句。

什么叫压力？上述文章中说："压力是精神与身体对内在与外在事件的生理与心理反应。"下面还列了几种特性，今略。我一向认为，定义这玩意儿，除在自然科学上可能确切外，在人文社会科学上则是办不到的。上述定义我看也就行了。

是不是每一个人都有压力呢？我认为，是的。我们常说，人生就是一场拼搏，没有压力，哪来的拼搏？佛家说，生、老、病、死、苦。苦也就是压力。过去的国王、皇帝，近代外国的独裁者，无法无天，为所欲为，看上去似乎一点压力都没有。然而他们却战战兢兢，时时如临大敌，担心边患，担心宫廷政变，担心被毒害被刺杀。他们是世界上最孤独的人，压力比任何人都大。大资本家钱太多了，担心股市升降，房地产价波动，等等。至于吾辈平民老百姓，家家有一本难念的经，这些都是

耄耋之言

压力,谁能躲得开呢?

压力是好事还是坏事?我认为是好事。从大处来看,现在全球环境污染,生态平衡破坏,臭氧层出洞,人口爆炸,新疾病丛生等等,人们感觉到了,这当然就是压力,然而压出来却是增强忧患意识,增强防范措施,这难道不是天大的好事吗?对一般人来说,法律和其他一切合理的规章制度,都是压力。然而这些压力何等好啊!没有它,社会将会陷入混乱,人类将无法生存。这个道理极其简单明了,一说就懂。我举自己做一个例子。我不是一个没有名利思想的人——我怀疑真有这种人,过去由于一些我曾经说过的原因,表面上看起来,我似乎是淡泊名利,其实那多半是假象。但是,到了今天,我已至望九之年,名利对我已经没有什么用,用不着再争名于朝,争利于市,这方面的压力没有了。但是却来了另一方面的压力,主要来自电台采访和报刊以及友人约写文章。这对我形成颇大的压力。以写文章而论,有的我实在不愿意写,可是碍于面子,不得不应。应就是压力。于是搜冗苦思,往往能写出有点新意的文章。对我来说,这就是压力的好处。

压力如何排除呢?粗略来分类,压力来源可能有两类:一被动,一主动。天灾人祸,意外事件,属于被动,这种压力,无法预测,只有泰然处之,切不可杞人忧天。主动的来源于自身,自己能有所作为。我的"三不主义"的第三条是"不嘀咕",我认为,能做到遇事不嘀咕,就能排除自己造成的压力。

1998年7月8日

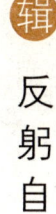

第三辑 反躬自省

怀旧就是有"人味"的一种表现,而有"人味"是有很高的报酬的:怀旧能净化人的灵魂。亲故老友逝去了,或者离开自己远了。但是,他们身上那一些优良的品质,离开自己越远,时间越久,越能闪出异样的光芒。

我写我

"我写我",真是一个绝妙的题目;但是,我的文章却不一定妙,甚至很不妙。

每一个人都有一个"我",二者亲密无间,因为实际上是一个东西。按理说,人对自己的"我"应该是十分了解的;然而,事实上却不尽然。依我看,大部分人是不了解自己的,都是自视过高的。这在人类历史上竟成了一个哲学上的大问题。否则古希腊哲人发出的狮子吼:"要认识你自己!"岂不成了一句空话吗?

我认为,我是认识自己的,换句话说,是有点自知之明的。我经常像鲁迅先生说的那样剖析自己。然而结果并不美妙,我剖析得有点过了头,我的自知之明过了头,有时候真感到自己一无是处。

这表现在什么地方呢?

拿写文章做一个例子。专就学术文章而言,我并不认为"文章是自己的好"。我真正满意的学术论文并不多。反而别人

的学术文章,包括一些青年后辈的文章在内,我觉得是好的。为什么会出现这种心情呢?我还没得到答案。

再谈文学作品。在中学时候,虽然小伙伴们曾赠我一个"诗人"的绰号,实际上我没有认真写过诗。至于散文,则是写的,而且已经写了六十多年,加起来也有七八十万字了。然而自己真正满意的也屈指可数。在另一方面,别人的散文就真正觉得好的也十分有限。这又是什么原因呢?我也还没得到答案。

在品行的好坏方面,我有自己的看法。什么叫好?什么又叫坏?我不通伦理学,没有深邃的理论,我只能讲几句大白话。我认为,只替自己着想,只考虑个人利益,就是坏。反之能替别人着想,考虑别人的利益,就是好。为自己着想和为别人着想,后者能超过一半,他就是好人。低于一半,则是不好的人;低得过多,则是坏人。

拿这个尺度来衡量一下自己,我只能承认自己是一个好人。我尽管有不少的私心杂念,但是总起来看,我考虑别人的利益还是多于一半的。至于说真话与说谎,这当然也是衡量品行的一个标准。我说过不少谎话,因为非此则不能生存。但是我还是敢于讲真话的。我的真话总是大大地超过谎话。因此我是一个好人。

我这样一个自命为好人的人,生活情趣怎样呢?我是一个感情充沛的人,也是兴趣不老少的人。然而事实上生活了80年以后,到头来自己都感到自己枯燥乏味,干干巴巴,好像是一棵枯树,只有树干和树枝,而没有一朵鲜花,一片绿叶。自己搞的所谓学问,别人称之为"天书"。自己写的一些专门的学术著作，别人视之为神秘。年届耄耋，过去也曾有过一些幻想，想在生活方面改弦更张，减少一点枯燥，增添一点滋润，在枯枝粗干上开出一点鲜花，长上一点绿叶；然而直到今天，仍然是忙忙碌碌，有时候整天连轴转，"为他人作嫁衣裳"，而且退休无日，路穷有期，可叹亦复可笑！

我这一生，同别人差不多，阳关大道，独木小桥，都走过跨过。坎坎坷坷，弯弯曲曲，一路走了过来。我不能不承认，我运气不错，所得到的成功，所获得的虚名，都有点名不副实。在另一方面，我的倒霉也有非常人所可得者。在那骇人听闻的所谓什么"大革命"中，因为敢于仗义执言，几乎把老命赔上。皮肉之苦也是永世难忘的。

现在，我的人生之旅快到终点了。我常常回忆八十年来的历程，感慨万端。我曾问过自己一个问题：如果真有那么一个造物主，要加恩于我，让我下一辈子还转生为人，我是不是还走今生走的这一条路？经过了一些思虑，我的回答是：还要走这一条路。但是有一个附带条件：让我的脸皮厚一点，让我的心黑一点，让我考虑自己的利益多一点，让我自知之明少一点。

1992 年 11 月 16 日

我的座右铭

多少年以来,我的座右铭一直是:

纵浪大化中,不喜亦不惧。
应尽便须尽,无复独多虑。

老老实实的、朴朴素素的四句陶诗,几乎用不着任何解释。

我是怎样实行这个座右铭的呢?无非是顺其自然、随遇而安而已,没有什么奇招。

"应尽便须尽,无复独多虑。"(到了应该死的时候,你就去死,用不着左思右想),这句话应该是关键性的。但是在我几十年的风华正茂的期间内,"尽"什么的是很难想到的。在这期间,我当然既走过阳关大道,也走过独木小桥。即使在走独木桥时,好像路上铺的全是玫瑰花,没有荆棘。这与"尽"的距离太远太远了。

到了现在,自己已经九十多岁了。离人生的尽头不会太远

反躬自省

了。我在这时候，根据座右铭的精神，处之泰然，随遇而安。我认为，这是唯一正确的态度。

我不是医生，我想贸然提出一个想法。所谓老年忧郁症恐怕十有八九同我上面提出的看法有关，怎样治疗这种病症呢？我本来想用"无可奉告"来答复。但是，这未免太简慢，于是改写一首打油诗，题曰"无题"：

人生在世一百年，
天天有些小麻烦，
最好办法是不理，
只等秋风过耳边。

我的怀旧观

《怀旧集》这个书名我曾经想用过，这就是现在已经出版了的《万泉集》。因为集中的文章怀念旧人者颇多。我记忆的丝缕又挂到了一些已经逝世的师友身上，感触极多。我因此想到了《昭明文选》中潘安仁的《怀旧赋》中的文句："宵展转而不寐，骤长叹以达晨；独郁结其谁语，聊缀思于斯文。"我把那一个集子定名为《怀旧集》。但是，原来应允出版的出版社提出了异议："怀旧"这个词儿太沉闷，太不响亮，会影响书的销路，劝我改一改。我那时候出书还不能像现在这样到处开绿灯。我出书心切，连忙巴结出版社，立即遵命改名，由"怀旧"改为"万泉"。然而出版社并不赏脸，最终还是把稿子退回，一甩了之。

这一段公案应该说是并不怎样愉快。好在我的《万泉集》换了一个出版社出版了，社会反应还并不坏。我慢慢地就把这一件事忘记了。

反躬自省

最近，出我意料之外，北大出版社的老友张文定先生一天忽然对我说："你最近写的几篇悼念或者怀念旧人的文章，情真意切，很能感动人，能否收集在一起，专门出一个集子？"他随便举了一个例子，就是悼念胡乔木同志的文章。他这个建议过去我没有敢想过，然而实获我心。我首先表示同意，立即又想到：《怀旧集》这个名字可以复活了，岂不大可喜哉！

怀旧是一种什么情绪，或感情，或心理状态呢？我还没有读到过古今中外任何学人给它下的定义。恐怕这个定义是非常难下的。根据我个人的想法，古往今来，天底下的万事万物，包括人和动植物，总在不停地变化着，总在前进着。既然前进，留在后面的人或物，或人生的一个阶段，就会变成旧的，怀念这样的人或物，或人生的一个阶段，就是怀旧。人类有一个缺点或优点，常常觉得过去的好，旧的好，古代好，觉得当时天比现在要明朗，太阳比现在要光辉，花草树木比现在要翠绿，总之，一切比现在都要好，于是就怀，就"发思古之幽情"，这就是怀旧。

但是，根据常识，也并不是一切旧人、旧物都值得怀。有的旧人，有的旧事，就并不值得去怀。有时一想到，简直就令人作呕，弃之不暇，哪里还能怀呢？也并不是每一次怀人或者怀事都能写成文章。感情过分地激动，过分悲哀，一想到，心里就会流血，到了此时，文章无论如何是写不出来的。这个道理并不难懂，每个人一想就会明白的。

同绝大多数的人一样，我是一个非常平常的人。人的七情六欲，我一应俱全。尽管我有不少的缺点，也做过一些错事；

但是，我从来没有故意伤害别人；如有必要，我还伸出将伯之手。因此，不管我打算多么谦虚，我仍然把自己归入好人一类，我是一个"性情中人"。我对亲人、对朋友，怀有真挚的感情。这种感情看似平常，但实际上却非常不平常。我生平颇遇到一些人，对人毫无感情。我有时候难免有一些腹诽，我甚至想用一个听起来非常刺耳的词儿来形容这种人：没有"人味"。按说，既然是个人，就应当有"人味"。然而，我积八十年之经验，深知情况并非如此。"人味"，岂易言哉！岂易言哉！

怀旧就是有"人味"的一种表现，而有"人味"是有很高的报酬的：怀旧能净化人的灵魂。亲故老友逝去了，或者离开自己远了。但是，他们身上那一些优良的品质，离开自己越远，时间越久，越能闪出异样的光芒。它仿佛成为一面镜子，在照亮着自己，在砥砺着自己。怀这样的旧人，在惆怅中感到幸福，在苦涩中感到甜美。这不是很高的报酬吗？对逝去者的怀念，更能激发起我们"后死者"的责任感。先死者固然能让我们哀伤，后死者更值得同情，他们身上的心灵上的担子更沉重。死者已矣，他们不知不觉了。后死者却还活着，他们能知能觉。先死者的遗志要我们去实现，他们没有完成的工作要我们去做。即使有时候难免有点想懈怠一下，休息一下。但一想到先人的声音笑貌，立即会振奋起来。这样的怀旧，报酬难道还不够高吗？

古代希腊哲人说，悲剧能净化(katharsis)人们的灵魂。我看，怀旧也同样能净化人们的灵魂。这一种净化的形式，比悲剧更深刻，更深入灵魂。

这就是我的怀旧观。

我庆幸我能怀旧,我庆幸我的"人味"支持我怀旧,我庆幸我的《怀旧集》这个书名在含冤蒙尘十几年以后又得以重见天日,我乐而为之序。

(原文为《怀旧集》自序)

我的美人观

说清楚一点,就是:我怎样看待美人。

纵观动物世界,我们会发现,在雌雄之间,往往是雄的漂亮、高雅,动人心魄,惹人瞩目。拿狮子来说,雄狮多么威武、雄壮、英气磅礴。如果张口一吼,则震天动地,无怪有人称之为兽中王。再拿孔雀来看,雄的倘一开屏,则遍体金碧耀目,非言语所能形容。仪态万方,令人久久不能忘怀。

但是,一讲到人美,情况竟完全颠倒过来。我们不知道,造物主囊中卖的是什么药。她(他,它)先创造人中雌(女人)。此时她大概心情清爽,兴致昂扬,精雕细琢,刮垢磨光。结果是创造出来的女子美妙、漂亮、悦目、闪光。她看到了自己的作品,左看右看,十分满意,不禁笑上脸庞。

但是,她立刻就想到,只造女人是不行的。这样怎么能传宗接代呢?必须再创造人中雌的对应物人中雄。这样创造活动才算完成。

这样想过,她立即着手创造人中雄。此时,她的心情比较粗疏，因此手法难以细腻。结果是，造出来的人中雄，一反禽兽的标格，显得有点粗陋。连她自己都并不怎样满意。但是，既然造出来了，就只能听之任之，不必再返工了。

到了此时，造物主老年忽发少年狂，决心在本来已经很秀丽、美妙、赏心悦目的人中雌中再创造几个出类拔萃、傲视群雌的超级美人。于是人类中就出现了西施、明妃、赵飞燕、貂蝉、二乔、杨贵妃、柳如是、董小宛、陈圆圆等等出类拔萃的超级美人。这样一来，在中国老百姓的中国史观中，就凭空增添了几分靓丽，几分滋润，几分光彩，几分清芬。

打油诗一首：

中华自古重美人，西施貂蝉论纷纭。
美人至今仍然在，各为神州添馨淳。

但是，我还是有问题的。世界文明古国，特别是亚洲文明古国，不止中国一个。为什么只有中国传留下来这么多超级美人，而别的国家则毫无所闻呢？我个人认为，这决不是一个无足轻重的问题。如果研究比较文化史，这个问题绝对躲不过去的。目前，我对于这个问题考虑得还不够深透。我只能说，中国老百姓的中国史观，是丰富多彩的，有滋有味的，不是一堆干巴巴的相斫书。

我现在越来越不安分了，越来胆子越大了。我想在太岁头上动一下土，探讨一下"美人"这个美字的含义。我没有研究过美学，只记得在很多年以前，中国美学论坛上忽然爆发了一

仕女图

场论战。我以一个外行人的身份，从窗外向论坛上瞥了一眼，只见专家们意气风发，舌剑唇枪争得极为激烈。有的学者主张美是主观的。有的学者主张美是客观的。有的学者主张美是主客观相结合的。像美这样扑朔迷离、玄之又玄的现象或者问题，一向难以得到大家一致同意的结论或者解释的。专家们讨论完了，一哄而散，问题仍然摆在那里，原封未动。

我想从一个我认为是新的观点中解决问题。我认为，美人之所以被称为美人，必然有其异于非美人者。但是，她们也只具有五官四肢，造物主并没有给她们多添上一官一肢，也没有挪动官肢的位置，只在原有的排列上卖弄了一点手法，使这个排列显得更匀称，更和谐，更能赏心悦目。

美人身上有多处美的亮点，我现在不可能一一研究。我只选其中一个最引人注意的来谈一谈，这就是细腰的问题。这是一个极老的问题；但是，无论多么古老，也古老不到蒙昧的远古。那时候，人类首要的问题是采集野果，填饱肚子。男女都整天奔波，男女的腰都是粗而又粗的。哪里有什么余裕来要妇女细腰呢？大概到了先秦时期，情况有了改变。《诗经》第一篇中的"窈窕淑女，君子好逑。"窈窕二字，无论怎样解释也离不开妇女的腰肢。先秦典籍中还有"楚王好细腰，宫中多饿死"的记载。可见此风在高贵不劳动的妇女中已经形成。流风所及，延续未断，可以说到今天也并没有停住。

中国古典诗词中，颇有一些描绘美人的文章。其中讲到美人的各个方面，细腰当然不会遗漏。我现在从宋词中选取几个例子，以见一斑。

1. 柳永《乐章集·木兰花》

　　酥娘一搦腰肢袅，回雪萦尘皆尽妙。几多狎客看无厌，一辈舞童功不到。星眸顾指精神峭，罗袖迎风身段小。而今长大懒婆娑，只要千金酬一笑。

2. 柳永《乐章集·浪淘沙令》

　　有个人人，飞燕精神，急锵环佩上华裀。促拍尽随红袖举，风柳腰身。

3. 柳永《乐章集·合欢带》

　　身材儿、早是妖娆，算风措、实难描。一个肌肤浑似玉，更都来、占了千娇。妍歌艳舞，莺惭巧舌，柳妒纤腰。自相逢，便觉韩娥价减，飞燕声消。

4. 柳永《乐章集·少年游》

　　世间尤物意中人，轻细好腰身。

5. 欧阳修《桃源忆故人》

　　妒云恨雨腰支袅，眉黛不忺重扫。薄倖不来春老，羞带宜男草。

6. 赵长卿《淮海集·昭君怨》

　　隔叶乳鸦声软。啼断日斜影转。杨柳小腰肢，画楼西。

7. 贺方回《苗而秀·采桑子》

　　吴都佳丽苗而秀，燕样腰身，按舞华茵。

8. 秦观《淮海集·满江红》

　　越艳风流，占天上、人间第一。须信道、绝尘标致，倾城颜色。翠绾垂螺双髻小。柳柔花媚娇无力。笑从来、到处只闻名,今相识。

9. 辛弃疾《临江仙》

小鬟人怜都恶瘦,曲眉天与长颦。沈思欢事惜腰身。枕添离别泪,粉落却深匀。

宋词里面讲到细腰的地方,大体就是这样。遗漏几个地方,无关大局,不影响我的推论。

中国其他古典诗词中,也有关于细腰的叙述。因为同我要谈的主要问题无关,我就不谈了。

我现在的首要任务是解释一下,为什么细腰这个现象会同美联系起来。简捷了当地说一句话,我是想使用德国心理学家Lipps的"感情移入"的学说来解决这个问题。比如说,你看一个细腰的美女走在你的眼前,步调轻盈、柔软,好像是曹子建眼中的洛神。你一时失神,产生了感情移入的效应,仿佛与细腰女郎化为一体,得大喜悦,飘飘欲仙了。真诚的喜悦,同美感是互相沟通的。

十年回顾

自己觉得德国十年的学术回忆好像是写完了。但是，仔细一想，又好像是没有写完，还缺少一个总结回顾，所以又加上了这一段。把它当作回忆的一部分，或者让它独立于回忆之外，都是可以的。

在我一生六十多年的学术研究的过程中，德国十年是至关重要的关键性的十年。我在上面已经提到过，如果我的学术研究有一个发轫期的话，真正的发轫不是在清华大学，而是在德国哥廷根大学。我也提到过，如果我不是由于一个非常偶然的机遇来到德国的话，我的一生将会完完全全是另一个样子。我今天究竟会在什么地方，还能不能活着，都是一个未知数。

但是，这个十年并不是一个简单的十年，有它辉煌成功的一面，也有它阴暗悲惨的一面。所有这一切都比较详细地写在我的《留德十年》一书中，读者如有兴趣，可参阅。因为我现在写的《自述》重点是在学术。在生活方面，如无必要，我不涉及。我在上面写的我在哥廷根十年的学术活动，主要以学术论文为经，写出了我的经验与教训。我现在想以读书为纲，写我读书的情况。我辈知识分子一辈子与书为伍，不是写书，就是读书，二者是并行的，是非并行不可的。

我已经活过了八个多十年，已经到了望九之年。但是，在读书条件和读书环境方面，哪一个十年也不能同哥廷根的十年相比。在生活方面，我是一个最枯燥乏味的人，所有的玩的东西，我几乎全不会，也几乎全无兴趣。我平生最羡慕两种人：一个是画家，一个是音乐家。而这两种艺术是最需天才的，没有天赋而勉强对付，绝无成就。可是造化小儿偏偏跟我开玩笑，只赋予我这方面的兴趣，而不赋予我那方面的天才。《汉书·董仲舒传》说："古人有言曰：'临渊羡鱼，不如退而结网。'"我极想"退而结网"，可惜找不到结网用的绳子，一生只能做一个羡鱼者。我自己对我这种个性也并不满意。我常常把自己比作一盆花，只有枝干而没有绿叶，更谈不到有什么花。

在哥廷根的十年，我这种怪脾气发挥得淋漓尽致。哥廷根是一个小城，除了一个剧院和几个电影院以外，任何消遣的地方都没有。我又是一介穷书生，没有钱，其实也是没有时间冬夏两季到高山和海滨去旅游。我所有的仅仅是时间和书籍。学校从来不开什么会。有一些学生会偶尔举行晚会跳舞，我去了以后，也只能枯坐一旁，呆若木鸡。这里中国学生也极少，有一段时间，全城只有我一个中国人。这种孤独寂静的环境，正好给了我空前绝后的读书的机会。我在国内不是没有读过书，但是，从广度和深度两个方面来看，什么时候也比不上在哥廷根。

我读书有两个地方,分两大种类,一个是有关梵文、巴利文和吐火罗文等等的书籍,一个是汉文的书籍。我很少在家里读书,因为我没有钱买专业图书,家里这方面的书非常少。在家里,我只在晚上临睡前读一些德文的小说,Thomas Mann 的名《Buddenbrooks》就是这样读完的。我早晨起床后在家里吃早点,早点极简单,只有两片面包和一点黄油和香肠。到了后来,第二次世界大战爆发后,首先在餐桌上消逝的是香肠,后来是黄油,最后只剩一片有鱼腥味的面包了。最初还有茶可喝,后来只能喝白开水了。早点后,我一般是到梵文研究所去,在那里一待就是一天,午饭在学生食堂或者饭馆里吃,吃完就回研究所。整整十年,不懂什么叫午睡,德国人也没有午睡的习惯。

我读梵文、巴利文、吐火罗文的书籍,一般都是在梵文研究所里。因此,我想先把梵文研究所图书收藏的情况介绍一下。哥廷根大学的各个研究所都有自己的图书室。梵文图书室起源于何时、何人,我当时就没有细问。可能是源于 Franz Kielhorn,他是哥廷根大学的第一个梵文教授。他在印度长年累月搜集到的一些极其珍贵的碑铭的拓片,都收藏在研究所对面的大学图书馆里。他的继任人 Hermann Oldenberg 在他逝世后把大部分藏书都卖给了或者赠给了梵文研究所。其中最珍贵的还不是已经出版的书籍,而是零篇的论文。当时 Oldenberg 是国际上赫赫有名的梵学大师,同全世界各国的同行们互通声气,对全世界梵文研究的情况了如指掌。广通声气的做法不外一是互相邀请讲学,二是互赠专著和单篇论文。专著易得,而单篇论文,由于国别太多,杂志太多,搜集颇为困难。只有像 Oldenberg 这样的大学者才有可能搜集比较完备。Oldenberg 把这些单篇论文都装订成册,看样子是按收到时间的先后顺序装订起来的,并没有分类。皇皇几十巨册,整整齐齐地排列书架上。我认为,这些零篇论文是梵文研究所的镇所之宝。除了这些宝贝以外,其他梵文、巴利文一般常用的书都应有尽有。其中也不乏名贵的版本,比如 Max Müller 校订出版的印度最古的典籍《梨俱吠陀》原刊本,Whitney 校订的《阿闼婆吠陀》原刊本。Boehtlingk 和 Roth 的被视为词典典范的《圣彼得堡梵德大词典》原本和缩短本,也都是难得的书籍。至于其他字典和工具书,无不应有尽有。

我每天几乎是一个人坐拥书城,"躲进小楼成一统",我就是这些宝典的伙伴和主人,它们任我支配,其威风虽南面王不易也。整个 Gauss-Weber-Haus 平常总是非常寂静,里面的人不多,而德国人又不习惯于大声说话,干什么事都只静悄悄的。门外介于研究所与大学图书馆之间的马路,是通往车站的交通要道;但是哥廷根城还不见汽车,于是本应该喧阗的马路,也如"结庐在人境,而无车马喧"。这真是一个读书的最理想的地方。

除了礼拜天和假日外,我每天就到这里来。主要工作是同三大厚册的 Mah-vastu 拼命。一旦感到疲倦,就站起来,走到摆满了书的书架旁,信手抽出一本书来,或浏览,或仔细阅读。积时既久,我对当时世界上梵文、巴利文和佛教研究的情况,心中大体上有一个轮廓。世界各国的有关著作,这里基本上都有。而且德国还有一种特殊的购书制度，除了大学图书馆有充足的购书经费之外，每一个研究所都有自己独立的购书经费，教授可以任意购买他认为有用的书，不管大学图书馆是否有复本。当 Waldschmidt 被征从军时，这个买书的权力就转到了我的手中。我愿意买什么书，就买什么书。书买回来以后，编目也不一定很科学，把性质相同或相类的书编排在一起就行了。借书是绝对自由的，有一个借书簿，自己写上借出书的书名、借出日期；归还时，写上一个归还日期就行了。从来没有人来管，可是也从来没有丢过书，不管是多么珍贵的版本。除了书籍以外，世界各国有关印度学和东方学的杂志，这里也应有尽有。总之，这是一个很不错的专业图书室。

我就是在这样的情况下畅游于书海之中。我读书粗略地可以分为两类：一类是细读的，一类是浏览的。细读的数目不可能太多。学梵文必须熟练地掌握语法。我上面提到的 Stenzler 的《梵文基础读本》，虽有许多优点，但是毕竟还太简略；入门足够，深入却难。在这时候必须熟读 Kielhorn 的《梵文文法》，我在这一本书上下过苦工夫，读了不知多少遍。其次，我对 Oldenberg 的几本书，比如《佛陀》等等都从头到尾细读过。他的一些论文，比如分析 Mah vastu 的文体的那一篇，为了写论文，我也都细读过。Whitney 和 Wackernagel 的梵文文法，Debruner 续 Wackernagel 的那一本书，以及 W·Geiger 的关于巴利文的著作，我都下过工夫。但是，我最服膺的还是我的太老师 Heinrich Lüders，他的书，我只要能得到，就一定仔细阅读。他的论文集《Philologica Indica》是一部很大的书，我从头到尾仔细读过一遍,有的文章读过多遍。像这样研究印度古代语言、宗教、文学、碑铭等的对一般人来说都是极为枯燥、深奥的文章,应该说是最乏味的东西。喜欢读这样文章的人恐怕极少极少,然而我却情有独钟;我最爱读中外两位大学者的文章,中国是陈寅恪先生,西方就是 Lüders 先生。这两位大师实有异曲同工之妙。他们为文,如剥春笋,一层层剥下去,愈剥愈细;面面俱到,巨细无遗;叙述不讲空话,论证必有根据;从来不引僻书以自炫,所引者多为常见书籍;别人视而不见的,他们偏能注意;表面上并不艰深玄奥,于平淡中却能见神奇;有时真如"山重水复疑无路",转眼间"柳暗花明又一村";迂回曲折,最后得出结论,让你顿时觉得豁然开朗,口服心服。人们一般读文学作品能得美感享受,身轻神怡。然而我读两位大师的论文时得到的美感享受,与读文学作品时所得到的迥乎不同,却似乎更深更高。也许有人会认为这是我个人的怪癖;我自己觉得,这确实是"癖",然而毫无"怪"可言。"此中有真意,欲辨已忘言",实不足为外人道也。

上面谈的是我读梵文著作方面的一些感受。但是,当时我读的书绝不限于梵文典籍。我在上面已经说到,哥廷根大学有一个汉学研究所。所内有一个比梵文研究所图书室大到许多倍的汉文图书室。为什么比梵文图书室大这样多呢?原因是大学图书馆中没有收藏汉籍,所有的汉籍以及中国少数民族的语言,如藏文、蒙文、西夏文、女真文之类的典籍都收藏在汉学研究所中。这个所的图书室,由于 Gustav Haloun 教授的惨淡经营,大量从中国和日本购进汉文典籍,在欧洲颇有点名气。我曾在那里会见过许多世界知名的汉学家,比如英国的 Athur Waley 等等。汉学研究所所在的大楼比 Gauss-Weber-Haus 要大得多,也宏伟得多,房子极高极大。汉学研究所在二楼上,上面还有多少层,我不清楚。我始终也没有弄清楚,偌大一座大楼是做什么用的。十年之久,我不记得,除了打扫卫生的一位老太婆,还在这里见到过什么人。院子极大,有极高极粗的几棵古树,样子都有五六百年的树龄,地上绿草如茵。楼内楼外,干干净净,比梵文研究所更寂静,也更幽雅,真是读书的好地方。

我每个礼拜总来这里几次,有时是来上课,更多地是来看书。我看得最多的是日本出版的《大正新修大藏经》。有一段时间,我帮助 Waldschmidt 查阅佛典。他正写他那一部有名的关于释迦牟尼涅槃前游行的叙述的大著。他校刊新疆发现的佛经梵文残卷,也需要汉译佛典中的材料,特别是唐义净译的那几部数量极大的"根本说一切有部的律"。至于我自己读的书,则范围广泛。十几万册汉籍,本本我都有兴趣。到了这里,就仿佛回到了祖国一般。我记得这里藏有几部明版的小说,是否是宇内孤本,因为我不通此道,我说不清楚。即使是的话,也都埋在深深的"矿井"中,永世难见天日了。自从 1937 年 Gustav Haloun 教授离开哥廷根大学到英国剑桥大学去任汉学讲座教授以后,有很长一段时间,汉学研究所就由我一个人来管理。我每次来到这里,空荡荡的六七间大屋子就只有我一个人,万籁俱寂,静到能听到自己心跳的声音。在绝对的寂静中,我盘桓于成排的大书架之间,架上摆的是中国人民智慧的结晶,我心中充满了自豪感。我翻阅的书很多;但是我读得最多的还是一

反躬自省

大套上百册的中国笔记丛刊,具体的书名已经忘记了。笔记是中国特有的一种著述体裁,内容包罗万象,上至宇宙,下至鸟兽虫鱼,以及身边琐事、零星感想,还有一些历史和科技的记述,利用得好,都是十分有用的资料。我读完了全套书,可惜我当时还没有研究糖史的念头,很多有用的资料白白地失掉了。及今思之,悔之晚矣。

我在哥廷根读梵、汉典籍,情况大体如此。

1997 年

赋得永久的悔

题目是韩小蕙女士出的,所以名之曰"赋得"。但文章是我心甘情愿作的,所以不是八股。

我为什么心甘情愿作这样一篇文章呢?一言以蔽之,题目出得好,不但实获我心,而且先获我心:我早就想写这样一篇东西了。

我已经到了望九之年。在过去的七八十年中,从乡下到城里;从国内到国外;从小学、中学、大学到洋研究院;从"志于学"到超过"从心所欲不逾距",曲曲折折,坎坎坷坷。既走过阳关大道,也走过独木小桥;既经过"山重水复疑无路",又看到"柳暗花明又一村"。喜悦与忧伤并驾,失望与希望齐飞,我的经历可谓多矣。要讲后悔之事,那是俯拾皆是。要选其中最深切、最真实、最难忘的悔,也就是永久的悔,那也是唾手可得,因为它片刻也没有离开过我的心。

我这永久的悔就是:不该离开故乡,离开母亲。

我出生在鲁西北一个极端贫困的村庄里。我们家是贫中之

反躬自省

贫,真可以说是贫无立锥之地。十年浩劫中,我自己跳出来反对北大那一位倒行逆施但又炙手可热的"老佛爷",被她视为眼中钉,必欲除之而后快。她手下的小喽啰们曾两次窜到我的故乡,处心积虑地把我"打"成地主,他们那种狗仗人势穷凶极恶的教师爷架子,并没有能吓倒我的乡亲。我小时候的一位伙伴指着他们的鼻子,大声说:"如果让整个官庄来诉苦的话,季羡林家是第一家!"

这一句话并没有夸大,他说的是实情。我祖父母早亡,留下了我父亲等三个兄弟,孤苦伶仃,无依无靠。最小的一叔送了人。我父亲和九叔饿得没有办法,只好到别人家的枣林里去捡落到地上的干枣充饥。这当然不是长久之计。最后兄弟俩被逼背井离乡,盲流到济南去谋生。此时他俩也不过十几二十岁。在举目无亲的大城市里,必然是经过千辛万苦,九叔在济南落住了脚。于是我父亲就回到了故乡,说是农民,但又无田可耕。又必然是经过千辛万苦,九叔从济南有时寄点钱回家,父亲赖以生活。不知怎么一来,竟然寻上了媳妇,她就是我的母亲。母亲的娘家姓赵,门当户对,她家穷得同我们家差不多,否则也决不会结亲。她家里饭都吃不上,哪里有钱、有闲上学。所以我母亲一个字也不识,活了一辈子,连个名字都没有。她家是在另一个庄上,离我们庄五里路。这个五里路就是我母亲毕生所走的最长的距离。

北京大学那一位"老佛爷"要"打"成"地主"的人,也就是我,就出生在这样一个家庭里,就有这样一位母亲。

后来我听说,我们家确实也"阔"过一阵。大概在清末民

初,九叔在东三省用口袋里剩下的最后五角钱,买了十分之一的湖北水灾奖券,中了奖。兄弟俩商量,要"富贵而归故乡",回家扬一下眉,吐一下气。于是把钱运回家,九叔仍然留在城里,乡里的事由父亲一手张罗,他用荒唐离奇的价钱,买了砖瓦,盖了房子。又用荒唐离奇的价钱,置了一块带一口水井的田地。一时兴会淋漓,真正扬眉吐气了。可惜好景不长,我父亲又用荒唐离奇的方式,仿佛宋江一样,豁达大度,招待四方朋友。一转瞬间,盖成的瓦房又拆了卖砖、卖瓦,有水井的田地也改变了主人。全家又回归到原来的情况。我就是在这个时候,在这样的情况下降生到人间来的。

母亲当然亲身经历了这个巨大的变化。可惜,当我同母亲住在一起的时候,我只有几岁,告诉我,我也不懂。所以,我

反躬自省

们家这一次陡然上升,又陡然下降,只像是昙花一现,我到现在也不完全明白。这个谜恐怕要成为永恒的谜了。

不管怎样,我们家又恢复到从前那种穷困的情况。后来听人说,我们家那时只有半亩多地。这半亩多地是怎么来的,我也不清楚。一家三口人就靠这半亩多地生活。城里的九叔当然还会给点接济,然而像中湖北水灾奖那样的事儿,一辈子有一次也不算少了。九叔没有多少钱接济他的哥哥了。

家里日子是怎样过的,我年龄太小,说不清楚。反正吃得极坏,这个我是懂得的。按照当时的标准,吃"白的"(指麦子面)最高,其次是吃小米面或棒子面饼子,最次是吃红高粱饼子,颜色是红的,像猪肝一样。"白的"与我们家无缘。"黄的"(小米面或棒子面饼子颜色都是黄的)与我们缘分也不大。终日为伍者只有"红的"。这"红的"又苦又涩,真是难以下咽。但不吃又害饿,我真有点谈"红"色变了。

但是,小孩子也有小孩子的办法。我祖父的堂兄是一个举人,他的夫人我喊她奶奶。他们这一支是有钱有地的。虽然举人死了,但家境依然很好。我这一位大奶奶仍然健在。她的亲孙子早亡,所以把全部的钟爱都倾注到我身上来。她是整个官庄能够吃"白的"的仅有的几个人中之一。她不但自己吃,而且每天都给我留出半个或者四分之一个白面馍馍来。我每天早晨一睁眼,立即跳下炕来向村里跑,我们家住在村外。我跑到大奶奶跟前,清脆甜美地喊上一声:"奶奶!"她立即笑得合不上嘴,把手缩回到肥大的袖子,从口袋里掏出一小块馍馍,递给我,这是我一天最幸福的时刻。

此外,我也偶尔能够吃一点"白的",这是我自己用劳动换来的。一到夏天麦收季节,我们家根本没有什么麦子可收。对门住的宁家大婶子和大姑——她们家也穷得够呛——就带我到本村或外村富人的地里去"拾麦子"。所谓"拾麦子"就是别家的长工割过麦了,总还会剩下那么一点点麦穗,这些都是不值得一捡的,我们这些穷人就来"拾"。因为剩下的决不会多,我们拾上半天,也不过拾半篮子,然而对我们来说,这已经是如获至宝了。一定是大婶和大姑对我特别照顾,以一个四五岁、五六岁的孩子,拾上一个夏天,也能拾上十斤八斤麦粒。这些都是母亲亲手搓出来的。为了对我加以奖励,麦季过后,母亲便把麦子磨成面,蒸成馍馍,或贴成白面饼子,让我解馋。我于是就大快朵颐了。

记得有一年,我拾麦子的成绩也许是有点"超常"。到了中秋节——农民嘴里叫"八月十五"——母亲不知从哪里弄了点月饼,给我掰了一块,我就蹲在一块石头旁边,大吃起来。在当时,对我来说,月饼可真是神奇的东西,龙肝凤髓也难以比得上的,我难得吃一次。我当时并没有注意,母亲是否也在吃。现在回想起来,她根本一口也没有吃。不但是月饼,连其他"白的",母亲从来都没有尝过,都留给我吃了。她大概是毕生就与红色的高粱饼子为伍。到了歉年,连这个也吃不上,那就只有吃野菜了。

至于肉类,吃的回忆似乎是一片空白。我老娘家隔壁是一家卖煮牛肉的作坊。给农民劳苦耕耘了一辈子的老黄牛,到了老年,耕不动了,几个农民便以极其低的价钱买来,用极其野蛮的办法杀死，把肉煮烂，然后卖掉。老牛肉难煮，实在没有办法，农民就在肉锅里小便一通，这样肉就好烂了。农民心肠好，有了这种情况，就昭告四邻："今天的肉你们别买！"老娘家穷，虽然极其疼爱我这个外孙，也只能用土罐子，花几个制钱，装一罐子牛肉汤，聊胜于无。记得有一次，罐子里多了一块牛肚子，这就成了我的专利。我舍不得一气吃掉，就用生了锈的小铁刀，一块一块地割着吃，慢慢地吃。这一块牛肚真可以同月饼媲美了。

"白的"、月饼和牛肚难得，"黄的"怎样呢？"黄的"也同样难得。但是，尽管我只有几岁，我却也想出了办法。到了春、夏、秋三个季节，庄外的草和庄稼都长起来了，我就到庄外去割草，或者到人家高粱地里去劈高粱叶。劈高粱叶，田主不但不禁止，而且还欢迎；因为叶子一劈，通风情况就能改进，高粱长得就能更好，粮食打得就能更多。草和高粱叶都是喂牛用的。我们家穷，从来没有养过牛。我二大爷家是有地的，经常养着两头大牛。我这草和高粱叶就是给它们准备的。每当我这个不到三块豆腐高的孩子背着一大捆草或高粱叶走进二大爷的大门，我心里有所恃而不恐，把草放在牛圈里，赖着不走，总能蹭上一顿"黄的"吃，不会被二大娘"卷"（我们那里的土话，意思是"骂"）出来。到了过年的时候，自己心里觉得在过去的一年里，自己喂牛立了功，又有了勇气到二大爷家里赖着吃黄面糕。黄面糕是用黄米面加上枣蒸成的。颜色虽黄，却位列"白的"之上，因为一年只在过年时吃一次，物以稀为贵，于是黄面糕就贵了起来。

我上面讲的全是吃的东西。为什么一讲到母亲就讲起吃的东西来了呢？原因并不复杂。第一，我作为一个孩子容易关心吃的东西。第二，所有我在上面提到的好吃的东西，几乎都与母亲无缘。除了"黄的"以外，其余她都不沾边儿。我在她身边只呆到六岁，以后两次奔丧回家，待的时间也很短。现在我回忆起来，连母亲的面影都是迷离模糊的，没有一个清晰的轮廓。特别有一点让我难解而又易解：我无论如何也回忆不起母亲的笑容来，她好像是一辈子都没有笑过。家境贫困，儿子远离，她受尽了苦难，笑容从何而来呢？有一次我回家听对面的宁大婶子告诉我说："你娘经常说：'早知道送出去回不来，我无论如何也不会放他走的！'"简短的一句话里面含着多少辛酸，多少悲伤啊！母亲不知有多少日日夜夜，眼望远方，盼望自己的儿子回来啊！然而这个儿子却始终没有归去，一直到母亲离开这个世界。

对于这个情况，我最初懵懵懂懂，理解得并不深刻。到了上高中的时候，自己大了几岁，逐渐理解了。但是自己寄人篱下，经济不能独立，空有雄心壮志，怎奈无法实现，我暗暗地下定了决心，立下了誓愿：一旦大学毕业，自己找到工作，立即迎养母亲，然而没有等到我大学毕业，母亲就离开我走了，永远永远地走了。古人说："树欲静而风不止，子欲养而亲不待。"这话正应到我身上。我不忍想象母亲临终思念爱子的情况，一想到，我就会心肝俱裂，眼泪盈眶。当我从北平赶回济南，又从济南赶回清平奔丧的时候，看到了母亲的棺材，看到那简陋的屋子，我真想一头撞死在棺材上，随母亲于地下。我

反躬自省

后悔，我真后悔，我千不该万不该离开了母亲。世界上无论什么名誉，什么地位，什么幸福，什么尊荣，都比不上待在母亲身边，即使她一个字也不识，即使整天吃"红的"。

这就是我的"永久的悔"。

1994年3月5日

我的心是一面镜子

我生也晚,没有能看到二十世纪的开始。但是,时至今日,再有七年,二十一世纪就来临了。从我目前的身体和精神两个方面来看,我能看到两个世纪的交接,是丝毫也没有问题的。在这个意义上来讲,我也可以说是与二十世纪共始终了,因此我有资格写"我与中国二十世纪"。

对时势的推移来说,每一个人的心都是一面镜子。我的心当然也不会例外。我自认为是一个颇为敏感的人,我这一面心镜,虽不敢说是纤毫必显,然确实并不迟钝。我相信,我的镜子照出了二十世纪长达九十年的真实情况,是完全可以依赖的。

我生在1911年辛亥革命那一年。我下生两个月零四天以后,那一位"末代皇帝"就从宝座上被请了下来。因此,我常常戏称自己是"清朝遗少"。到了我能记事儿的时候,还有时候听乡民肃然起敬地谈到北京的"朝廷"(农民口中的皇帝),仿佛他们仍然高踞宝座之上。我不理解什么是"朝廷",他似乎是人,又似乎是神,反正是极有权威、极有力量的一种动物。

这就是我的心镜中照出的清代残影。

我的家乡山东清平县（现归临清市）是山东有名的贫困地区。我们家是一个破落的农户。祖父母早亡，我从来没有见过他们。祖父之爱我是一点也没有尝到过的。他们留下了三个儿子，我父亲行大（在大排行中行七）。两个叔父，最小的一个无父无母，送了人，改姓刁。剩下的两个，上无怙恃，孤苦伶仃，寄人篱下，其困难情景是难以言说的。恐怕哪一天也没有吃饱过。饿得没有办法的时候，兄弟俩就到村南枣树林子里去，捡掉在地上的烂枣，聊以果腹。这一段历史我并不清楚，因为兄弟俩谁也没有对我讲过。大概是因为太可怕、太悲惨，他们不愿意再揭过去的伤疤，也不愿意让后一代留下让人惊心动魄的回忆。

但是，乡下无论如何是待不下去了，待下去只能成为饿殍。不知道怎么一来，兄弟俩商量好，到外面大城市里去闯荡一下，找一条活路。最近的大城市只有山东首府济南。兄弟俩到了那里，两个毛头小伙子，两个乡巴佬，到了人烟稠密的大城市里，举目无亲。他们碰到多少困难，遇到多少波折，这一段历史我也并不清楚，大概是出于同一个原因，他们谁也没有对我讲过。

后来，叔父在济南立定了脚跟，至多也只能像是石头缝里的一棵小草，艰难困苦地挣扎着。于是兄弟俩商量，弟弟留在济南挣钱，哥哥回家务农，希望有朝一日，混出点名堂来，即使不能衣锦还乡，也得让人另眼相看，为父母和自己争一口气。

但是，务农要有田地，这是一个最简单的常识。可我们家所缺的正是田地这玩意儿。大概我祖父留下了几亩地，父亲就

靠这个来维持生活。至于他怎样侍弄这点地，又怎样成的家，这一段历史对我来说又是一个谜。

我就是在这时候来到人间的。

天无绝人之路。正在此时或稍微前一点，叔父在济南失了业，流落在关东。用身上仅存的一元钱买了湖北水灾奖券，结果中了头奖，据说得到了几千两银子。我们家一夜之间成了暴发户。父亲买了六十亩带水井的地。为了耀武扬威起见，要盖大房子。一时没有砖，他便昭告全村：谁愿意拆掉自己的房子，把砖卖给他，他肯出几十倍高的价钱。俗话说："重赏之下，必有勇夫。"别人的房子拆掉，我们的房子盖成。东、西、北房各五大间。大门朝南，极有气派。兄弟俩这一口气总算争到了。

然而好景不长，我父亲是乡村中朱家郭解一流的人物，仗"义"施财，忘乎所以。有时候到外村去赶集，他一时兴起，全席棚里喝酒吃饭的人，他都请了客。据说，没过多久，60亩上好的良田被卖掉，新盖的房子也把东房和北房拆掉，卖了砖瓦。这些砖瓦买进时似黄金，卖出时似粪土。

一场春梦终成空。我们家又成了破落户。

在我能记事儿的时候，我们家已经穷到了相当可观的程度。一年大概只能吃一两次"白的"（指白面），吃得最多的是红高粱饼子，棒子面饼子也成为珍品。我在春天和夏天，割了青草，或劈了高粱叶，背到二大爷家里，喂他的老黄牛。赖在那里不走，等着吃上一顿棒子面饼子，打一打牙祭。夏天和秋天，对门的宁大婶和宁大姑总带我到外村的田地里去拾麦子和豆子，把拾到的可怜分分的一把麦子或豆子交给母亲。不知道积攒多

反躬自省

少次，才能勉强打出点麦粒，磨成面，吃上一顿"白的"。我当然觉得如吃龙肝凤髓。但是，我从来不记得母亲吃过一口。她只是坐在那里，瞅着我吃，眼里好像有点潮湿。我当时哪里能理解母亲的心情呀！但是，我也隐隐约约地立下一个决心：有朝一日，将来长大了，也让母亲吃点"白的"。可是，"树欲静而风不止，子欲养而亲不待"。还没有等到我有能力让母亲吃"白的"，母亲竟舍我而去，留下了一个我终生难补的心灵伤痕，抱恨终天！

我们家，我父亲一辈，大排行兄弟十一个。有六个因为家贫，下了关东。从此音讯杳然。留下的只有五个，一个送了人，我上面已经说过。这五个人中，只有大大爷有一个儿子，不幸早亡，我从来没有见过他。我生下以后，就成了唯一的一个男孩子。在封建社会里，这意味着什么，大家自然能理解。在济南的叔父只有一个女儿。于是兄弟俩一商量，要把我送到济南。当时母亲什么心情，我太年幼，完全不能理解。很多年以后，我才听人告诉我说，母亲曾说过："要知道一去不回头的话，我拼了命也不放那孩子走！"这一句不是我亲耳听到的话，却终生回荡在我耳边。"谁言寸草心，报得三春晖？"

我终于离开了家，当年我六岁。

一个人的一生难免稀奇古怪的。个人走的路有时候并不由自己来决定。假如我当年留在家里，走的路是一条贫农的路。生活可能很苦，但风险绝不会大。我今天的路怎样呢？我广开了眼界，认识了世界，认识了人生，获得了虚名。我曾走过阳关大道，也曾走过独木小桥；坎坎坷坷，又颇顺顺当当，一直

走到了耄耋之年。如果当年让我自己选择道路的话，我究竟要选哪一条呢？概难言矣！

离开故乡时，我的心镜中留下的是一幅一个贫困至极的、一时走了运、立刻又垮下来的农村家庭的残影。

到了济南以后，我眼前换了一个世界。不用说别的，单说见到济南的山，就让我又惊又喜。我原来以为山只不过是一个个巨大无比的石头柱子。

叔父当然非常关心我的教育，我是季家唯一的传宗接代的人。我上过大概一年的私塾，就进了新式的小学校，济南一师附小。一切都比较顺利。五四运动波及了山东。一师校长是新派人物，首先采用了白话文教科书。国文教科书中有一篇寓言，名叫《阿拉伯的骆驼》，故事讲的是得寸进尺，是国际上流行的。无巧不成书，这一篇课文偏偏让叔父看到了，他勃然变色，大声喊道："骆驼怎么能说话呀！这简直是胡闹！赶快转学！"于是我就转到了新育小学。当时转学好像是非常容易，似乎没有走什么后门就转了过来。只举行一次口试，教员写了一个"骡"字，我认识，我的比我大一岁的亲戚不认识。我直接插入高一，而他则派进初三。一字之差，我硬是沾了一年的光。这就叫做人生！最初课本还是文言，后来则也随时代潮流改了白话，不但骆驼能说话，连乌龟蛤蟆都说起话来，叔父却置之不管了。

叔父是一个非常有天才的人。他并没有受过什么正规教育。在颠沛流离中，完全靠自学，获得了知识和本领。他能作诗，能填词，能写字，能刻图章。中国古书也读了不少。按照他的出身,他无论如何也不应该对宋明理学发生兴趣;然而他竟然发生了兴趣,而且还极为浓烈,非同一般。这件事我至今大惑不解。我每看到他正襟危坐,威仪俨然,在读《皇清经解》一类十分枯燥的书时,我都觉得滑稽可笑。

这当然影响了对我的教育。我这一根季家的独苗他大概想要我诗书传家。《红楼梦》、《三国演义》、《水浒传》等等,他都认为是"闲书",绝对禁止看。大概出于一种逆反心理,我爱看的偏是这些书。中国旧小说,包括《金瓶梅》、《西厢记》等等几十种,我都偷着看了个遍。放学后不回家,躲在砖瓦堆里看,在被窝里用手电照着看。这样大概过了有几年的时间。

叔父的教育则是另外一回事。在正谊时,他出钱让我在下课后跟一个国文老师念古文,连《左传》等都念。回家后,吃过晚饭,立刻又到尚实英文学社去学英文,一直到深夜。这样天天连轴转,也有几年的时间。

叔父相信"中学为体",这是可以肯定的。但是是否也相信"西学为用"呢?这一点我说不清楚。反正当时社会上都认为,学点洋玩意儿是能够升官发财的。这是一种实用主义的"崇洋","媚外"则不见得。叔父心目中"夷夏之辨"是很显然的。

大概是1926年,我在正谊中学毕了业,考入设在北园白鹤庄的山东大学附设高中文科去念书。这里的教员可谓极一时之选。国文教员王崑玉先生,英文教员尤桐先生、刘先生和杨先生,数学教员王先生,史地教员祁蕴璞先生,伦理学教员鞠思敏先生(正谊中学校长),伦理学教员完颜祥卿先生(一中校长),还有教经书的"大清国"先生(因为诨名太响亮,真名忘

记了),另一位是前清翰林。两位先生教《书经》、《易经》、《诗经》,上课从不带课本,五经四书连注都能背诵如流。这些教员全是佼佼者。再加上学校环境有如仙境,荷塘四布,垂柳蔽天,是念书再好不过的地方。

我有意识地认真用功,是从这里开始的。我是一个很容易受环境支配的人。在小学和初中时,成绩不能算坏,总在班上前几名,但从来没有考过甲等第一。我毫不在意,照样钓鱼、摸虾。到了高中,国文作文无意中受到了王崑玉先生的表扬,英文是全班第一。其他课程考个高分并不难,只需稍稍一背,就能应付裕如。结果我生平第一次考了一个甲等第一,平均分数超过九十五分,是全校唯一的一个学生。当时山大校长兼山东教育厅厅长前清状元王寿彭,亲笔写了一副对联和一个扇面奖给我。这样被别人一指,我的虚荣心就被抬起来了。从此认真注意考试名次,再不掉以轻心。结果两年之内,四次期考,我考了四个甲等第一,威名大振。

在这一段时间内,外界并不安宁。军阀混乱,鸡犬不宁。直奉战争、直皖战争,时局瞬息万变,"你方唱罢我登场"。有一年山大祭孔,我们高中学生受命参加。我第一次见到当时的奉系山东土匪督军——不知道自己有多少兵、多少钱和多少姨太太的张宗昌,他穿着长袍、马褂,匍匐在地,行叩头大礼。此情此景,至今犹在眼前。

到了1928年,蒋介石假"革命"之名,打着孙中山先生的招牌,算是一股新力量,从广东北伐,有共产党的协助,以雷霆万钧之力,一路扫荡,宛如劲风卷残云,大军占领了济南。

此时，日本军国主义分子想趁火打劫，出兵济南，酿成了有名的"五卅惨案"。高中关了门。

在这一段时间内，我的心镜中照出来的影子是封建又兼维新的教育再加上军阀混战。

日寇占领了济南，国民党军队撤走。学校都不能开学。我过了一年临时亡国奴生活。

此时日军当然是全济南至高无上的唯一的统治者。同一切非正义的统治者一样，他们色厉内荏，十分害怕中国老百姓，简直害怕到风声鹤唳、草木皆兵的程度。天天如临大敌，常常搞一些突然袭击，到居民家里去搜查。我们一听到日军到附近某地来搜查了，家里就像开了锅。有人主张关上大门，有人坚决反对。前者说：不关门，日本兵会说："你怎么这样大胆呀！竟敢双门大开！"于是捅上一刀。后者则说：关门，日本兵会说："你们一定有见不得人的勾当；不然的话，皇军驾到，你们应该开门恭迎嘛！"于是捅上一刀。结果是，一会儿开门，一会儿又关上，如坐针毡，又如热锅上的蚂蚁。此情此景，非亲身经历者，是绝不能理解的。

我还有一段个人经历。我无学可上，又深知日本人最恨中国学生，在山东焚烧日货的"罪魁祸首"就是学生。我于是剃光了脑袋，伪装是商店的小徒弟。有一天，走在东门大街上，迎面来了一群日军，检查过往行人。我知道，此时万不能逃跑，一定要镇定，否则刀枪无情。我貌似坦然地走上前去。一个日兵搜我的全身，发现我腰里扎的是一条皮带。他如获至宝，发出狞笑，说道："你的，狡猾的大大地。你不是学徒，你是学生。学徒的,是不扎皮带的!"我当头挨了一棒,幸亏还没有昏过去,我向他解释:现在小徒弟们也发了财,有的能扎皮带了。他坚决不信。正在争论的时候,另外一个日军走了过来,大概是比那一个高一级的,听了那个日军的话,似乎有点不耐烦,一摆手:"让他走吧!"我于是死里逃生,从阴阳界上又转了回来。我身上出了多少汗,只有我自己知道。

在这一年内,我心镜上照出的是临时或候补亡国奴的影像。

1929年,日军撤走,国民党重进。我在求学的道路上,从此开辟了一个新天地。

此时,北园高中关了门,新成立了一所山东省立济南高中,是全省唯一的一所高级中学。我没有考试,就入了学。

校内换了一批国民党的官员,"党"气颇浓,令人生厌。但是总的精神面貌却是焕然一新。最明显不过的是国文课。"大清国"没有了,经书不念了,文言作文改成了白话。国文教员大多是当时颇为著名的新文学家。我的第一个国文教员是胡也频烈士。他很少讲正课,每一堂都是宣传"现代文艺",亦名"普罗文学",也就是无产阶级文学。一些青年,其中也有我,大为兴奋,公然在宿舍门外摆上桌子,号召大家参加"现代文艺研究会"。还准备出刊物,我为此写了一篇文章,叫做《现代文艺的使命》,里面生吞活剥抄了一些从日文译过来的所谓马克思主义文艺理论的文句。译文像天书,估计我也看不懂,但是充满了革命义愤和口号的文章,却堂而皇之地写成了。文章还没有来得及刊出,国民党通缉胡先生,他慌忙逃往上海,一两年后就被国民党杀害。我的革命梦像肥皂泡似的破灭了,从此再也

反躬自省

没有"革命",一直到了解放。

接胡先生的是董秋芳(冬芬)先生。他算是鲁迅的小友,北京大学毕业,翻译了一本《争自由的波浪》,有鲁迅写的序。不知道怎样一来,我写的作文得到了他的垂青,他发现了我的写作"天才",认为是全班、全校之冠。我有点飘飘然,是很自然的。到现在,在六十年漫长的过程中,不管我搞什么样的研究工作,写散文的笔从来没有放下过。写得好坏,姑且不论。对我自己来说,文章能抒发我的感情,表露我的喜悦,缓解我的愤怒,激励我的志向。这样的好处已经不算少了。我永远怀念我这位尊敬的老师!

在这一年里,我的心镜照出来的仿佛是我的新生。

1930年夏天,我们高中一级的学生毕了业。几十个举子联合"进京赶考"。当时北京的大学五花八门,国立、私立、教会立,纷然杂陈。水平极端参差不齐,吸引力也就大不相同。其中最受尊重的,同今天完全一样,是北大与清华,两个"国立"大学。因此,全国所有的赶考的举子没有不报考这两所大学的。这两所大学就仿佛变成了龙门,门槛高得可怕。往往几十人中录取一个。被录取的金榜题名,鲤鱼变成了龙。我来投考的那一天,有一个山东老乡已经报考了五次,次次名落孙山。这一年又同我们报考,也就是第六次,结果仍然榜上无名。他精神失常,一个人恍恍惚惚在西山一带漫游了七天,才清醒过来。他从此断了大学梦,回到了山东老家,后不知所终。

我当然也报了北大与清华。同别的高中同学不同的是,我只报这两个学校,仿佛极有信心——其实我当时并没有考虑这

样多,几乎是本能地这样干了——别的同学则报很多大学,二流的、三流的、不入流的,有的人竟报到七八所之多。我一辈子考试的次数成百成千,从小学一直考到获得最高学位;但我考试的运气好,从来没有失败过。这一次又撞上了喜神,北大和清华我都被录取,一时成了人们羡慕的对象。

但是,北大和清华对我来说,却成了鱼与熊掌。何去何从?一时成了挠头的问题。我左考虑,右考虑,总难以下这一步棋。当时"留学热"不亚于今天,我未能免俗。如果从留学这个角度来考虑,清华似乎有一日之长。至少当时人们都是这样看的。"吾从众",终于决定了清华,入的是西洋文学系(后改名外国语文系)。

在旧中国,清华西洋文学系名震神州。主要原因是教授几乎全是外国人,讲课当然用外国话,中国教授也多用外语(实际上就是英语)授课。这一点就具有极大的吸引力。夷考其实,外国教授几乎全部不学无术,在他们本国恐怕连中学都教不上。因此,在本系所有的必修课中,没有哪一门课我感到满意。反而是我旁听和选修的两门课,令我终生难忘,终生受益。旁听的是陈寅恪先生的"佛经翻译文学",选修的是朱光潜先生的"文艺心理学",就是美学。在本系中国教授中,叶公超先生教我们大一英文。他英文大概是好的,但有时故意不修边幅,好像要学习竹林七贤,给我没有留下好印象。吴宓先生的两门课"中西诗之比较"和"英国浪漫诗人",给我留下了深刻的印象。

此外,我还旁听了或偷听了很多外系的课。比如朱自清、俞平伯、谢婉莹（冰心）、郑振铎等先生的课，我都听过，时间长短不等。在这种旁听活动中，我有成功，也有失败。最失败的一次，是同许多男同学被冰心先生婉言赶出了课堂。最成功的是旁听西谛先生的课。西谛先生豁达大度，待人以诚，没有教授架子，没有行帮意识。我们几个年轻大学生——吴组缃、林庚、李长之，还有我自己——由听课而同他有了个人来往。他同巴金、靳以主编大型的《文学季刊》是当时轰动文坛的大事。他也竟让我们名不见经传的无名小卒，充当《季刊》的编委或特约撰稿人，名字赫然印在杂志的封面上，对我们来说这实在是无上的光荣。结果我们同西谛先生成了忘年交，终生维持着友谊，一直到1958年他在飞机失事中遇难。到了今天，我们一想到郑先生还不禁悲从中来。

此时政局是非常紧张的。蒋介石在拼命"安内"，日军已薄古北口，在东北兴风作浪，更不在话下。"九一八"后，我也曾参加清华学生卧轨绝食，到南京去请愿，要求蒋介石出兵抗日。我们满腔热血，结果被满口谎言的蒋介石捉弄，铩羽而归。

美丽安静的清华园也并不安静。国共两方的学生斗争激烈。此时，胡乔木（原名胡鼎新）同志正在历史系学习，与我同班。他在进行革命活动，其实也并不怎么隐蔽。每天早晨，我们洗脸盆里塞上的传单，就出自他之手。这是一个公开的秘密，尽人皆知。他曾有一次在深夜坐在我的床上，劝说我参加他们的组织。我胆小怕事，没敢答应。只答应到他主办的工人子弟夜校去上课，算是聊助一臂之力，稍报知遇之恩。

学生中国共两派的斗争是激烈的，详情我不得而知。我算

是中间偏左的逍遥派，不介入，也没有兴趣介入这种斗争。不过据我的观察，两派学生也有联合行动，比如到沙河、清河一带农村中去向农民宣传抗日。我参加过几次，记忆中好像也有倾向国民党的学生参加。原因大概是，尽管蒋介石不抗日，青年学生还是爱国的多。在中国知识分子中，爱国主义的传统是源远流长的，根深蒂固的。

这几年，我们家庭的经济情况颇为不妙。每年寒暑假回家，返校时筹集学费和膳费，就煞费苦心。清华是国立大学，花费不多。每学期收学费40元，但这只是一种形式，毕业时学校把收的学费如数还给学生，供毕业旅行之用。不收宿费，膳费每月六块大洋，顿顿有肉。即使是这样，我也开支不起。我的家乡清平县，国立大学生恐怕只有我一个，视若"县宝"，每年津贴我50元。另外，我还能写点文章，得点稿费，家里的负担就能够大大地减轻。我就这样在颇为拮据的情况中度过了四年，毕了业，戴上租来的学士帽照过一张相，结束了我的大学生活。

当时流行着一个词儿，叫"饭碗问题"，还流行着一句话，是"毕业即失业"。除了极少数高官显宦、富商大贾的子女以外，谁都会碰到这个性命交关的问题。我从三年级开始就为此伤脑筋。我面临着承担家庭主要经济负担的重任。但是，我吹拍乏术，奔走无门。夜深人静之时，自己脑袋里好像是开了锅，然而结果却是一筹莫展。

眼看快要到1934年的夏天，我就要离开学校了。真好像是大旱之年遇到甘霖，我的母校济南省立高中校长宋还吾先生，

反躬自省

托人邀我到母校去担任国文教员。月薪大洋160元,是大学助教的一倍。大概因为我发表过一些文章,我就被认为是文学家,而文学家都一定能教国文,这就是当时的逻辑。这一举真让我受宠若惊,但是我心里却打开了鼓:我是学西洋文学的,高中国文教员我当得了吗?何况我的前任是被学生"架"(当时学生术语,意思是"赶")走的,足见学生不易对付。我去无疑是自找麻烦,自讨苦吃,无异于跳火坑。我左考虑,右考虑,终于举棋不定,不敢答复。然而,时间是不饶人的。暑假就在眼前,离校已成定局,最后我咬了咬牙,横下了一条心:"你有勇气请,我就有勇气承担!"

于是在1934年秋天,我就成了高中的国文教员。校长待我是好的,同学生的关系也颇融洽。但是同行的国文教员对我却有挤对之意。全校三个年级,十二个班,四个国文教员,每人教三个班。这就来了问题:其他三位教员都比我年纪大得多,其中一个还是我的老师一辈,都是科班出身,教国文成了老油子,根本用不着备课。他们却每人教一个年级的三个班,备课只有一个头。我教三个年级剩下的那个班,备课有三个头,其困难与心里的别扭是显而易见的。所以在这一年里,收入虽然很好(160元的购买力约与今天的3200元相当),心情却是郁闷。眼前的留学杳无踪影,手中的饭碗飘忽欲飞。此种心情,实不足为外人道也。

但是,幸运之神(如果有的话)对我是垂青的。正在走投无路之际,母校清华大学同德国学术交换处签订了互派留学生的合同,我喜极欲狂,立即写信报了名,结果被录取。这比考

上大学金榜题名的心情,又自不同,别是一番滋味在心头。积年愁云,一扫而空,一生幸福,一锤定音。仿佛金饭碗已经捏在手中。自己身上一镀金,则左右逢源,所向无前。我现在看一切东西,都发出玫瑰色的光泽了。

然而,人是不能脱离现实的。我当时的现实是:亲老,家贫,子幼。我又走到了我一生最大的一个岔路口上。何去何从?难以决定。这个岔路口,对我来说,意义真正是无比地大。不向前走,则命定一辈子当中学教员,饭碗还不一定经常能拿在手中,向前走,则会是另一番境界。"马前桃花马后雪,教人怎敢再回头?"

经过了痛苦的思想矛盾,经过了细致的家庭协商,决定了向前迈步。好在原定期限只有两年,咬一咬牙就过来了。

我于是在1935年夏天离家,到北平和天津办理好出国手续,乘西伯利亚火车,经苏联,到了柏林。我自己的心情是:万里投荒第二人。

在这一段从大学到教书一直到出国的时期中,我的心镜中照见的是:蒋介石猖狂反共,日本军野蛮入侵,时局动荡不安,学生两极分化,这样一幅十分复杂矛盾的图像。

马前的桃花,远看异常鲜艳,近看则不见得。

我在柏林待了几个月,中国留学生人数颇多,认真读书者当然有之,终日鬼混者也不乏其人。国民党的大官自蒋介石起,很多都有子女在德国"流学"。这些高级"衙内"看不起我,我更藐视这一群行尸走肉的家伙,羞与他们为伍。"此地信莫非吾土",到了深秋,我就离开柏林,到了小城又是科学名城的哥廷根。从此以后，在这里一住就是七年，没有离开过。

德国给我一月120马克，房租约占百分之四十多，吃饭也差不多。手中几乎没有余钱。同官费学生一个月800马克相比，真如小巫见大巫。我在德国住了那么久的时间，从来没有寒暑假休息，从来没有旅游，一则因为"阮囊羞涩"，二则珍惜寸阴，想多念一点书。

我不远万里而来，是想学习的。但是，学习什么呢？最初并没有一个十分清楚的打算。第一学期，我选了希腊文，样子是想念欧洲古典语言文学。但是，在这方面，我无法同德国学生竞争，他们在中学里已经学了八年拉丁文，六年希腊文。我心里彷徨起来。

到了1936年春季始业的那一学期，我在课程表上看到了瓦尔德施米特开的梵文初学课，我狂喜不止。在清华时，受了陈寅恪先生讲课的影响，就有志于梵学。但在当时，中国没有人开梵文课，现在竟于无意中得之，焉能不狂喜呢？于是我立即选了梵文课。在德国，要想考取哲学博士学位，必须修三个系，一主二副。我的主系是梵文、巴利文，两个副系是英国语言学和斯拉夫语言学。我从此走上了正规学习的道路。

1937年，我的奖学金期满。正在此时，日军发动了卢沟桥事变，虎视眈眈，意在吞并全中国和亚洲。我是望乡兴叹，有家难归。但是天无绝人之路，汉文系主任夏伦邀我担任汉语讲师，我实在像久旱逢甘霖，当然立即同意，走马上任。这个讲师工作不多，我照样当我的学生，我的读书基地仍然在梵文研究所，偶尔到汉学研究所来一下。这情况一直继续到1945年秋天我离开德国。

1939年，第二次世界大战正式开幕。我原以为像这样杀人盈野、积血成河的人类极端残酷的大搏斗，理应震撼三界，摇动五洲，使禽兽颤抖，使人类失色。然而，我有幸身临其境，只不过听到几次法西斯头子狂嚎——这在当时的德国是司空见惯的事——好像是春梦初觉，无声无息地就走进了战争。战争初期阶段，德军的胜利使德国人如疯如狂，对我则是一个打击。他们每胜利一次，我就在夜里服安眠药一次。积之既久，失眠成病，成了折磨我几十年的终生痼疾。

最初生活并没有怎样受到影响。慢慢地肉和黄油限量供应了，慢慢地面包限量供应了，慢慢地其他生活用品也限量供应了。在不知不觉中，生活的螺丝越拧越紧。等到人们明确地感觉到时，这螺丝已经拧得很紧很紧了，但是除了极个别的反法西斯的人以外，我没有听到老百姓说过一句怨言。德国法西斯头子统治有术，而德国人民也是一个十分奇特的民族，对我来说，简直像个谜。

后来战火蔓延，德国四面被封锁，供应日趋紧张。我天天挨饿，夜夜做梦，梦到中国的花生米。我幼无大志，连吃东西也不例外。有雄心壮志的人，梦到的一定是燕涎、鱼翅，哪能像我这样没出息的人只梦到花生米呢？饿得厉害的时候，我简直觉得自己是处在饿鬼地狱中，恨不能把地球都整个吞下去。

我仍然继续念书和教书。除了挨饿外，天上的轰炸最初还非常稀少。我终于写完了博士论文。此时瓦尔德施米特教授被征从军，他的前任已退休的老教授 Prof.E.Sieg（西克）替他上课。他用了几十年的时间读通了吐火罗文，名扬全球。按岁数来讲，他等于我的祖父。他对我也完全是一个祖父的感情。他一定要把自己全部拿手的好戏都传给我：印度古代语法、吠陀，而且不容我提不同意见，一定要教我吐火罗文。我乘瓦尔德施米特教授休假之机，通过了口试，布劳恩口试俄文和斯拉夫文，罗德尔口试英文。考试及格后，仍在西克教授指导下学习。我们天天见面，冬天黄昏，在积雪的长街上，我搀扶着年逾八旬的异国的老师，送他回家。我忘记了战火，忘记了饥饿，我心中只有身边这个老人。

我当然怀念我的祖国，怀念我的家庭。此时邮政早已断绝。杜甫诗："烽火连三月；家书抵万金。"我却是"烽火连三年，家书抵亿金"。事实上根本收不到任何信。这大大地加强了我的失眠症，晚上吞服的药量与日俱增，能安慰我的只有我的研究工作。此时英美的轰炸已成家常便饭，我就是在饥饿与轰炸中写成了几篇论文。大学成了女生的天下，男生都抓去当了兵。过了没有多久，男生有的回来了，但不是缺一只手，就是缺一条腿。双拐击地的声音在教室大楼中往复回荡，形成了独特的合奏。

到了此时，前线屡战屡败，法西斯头子的牛皮虽然照样厚颜无耻地吹，然而已经空洞无力，有时候牛头不对马嘴。从我们外国人眼里来看，败局已定，任何人也回天无力了。

德国人民怎么样呢？经过我十年的观察与感受，我觉得，德国人不愧是世界上最优秀的人民之一。文化昌明，科学技术处于世界前列，大文学家、大哲学家、大音乐家、大科学家，近代哪一个民族也比不上。而且为人正直、淳朴，各个都是老实巴交的样子。在政治上，他们却是比较单纯的，真心拥护希特勒者占绝大多数。令我大惑不解的是，希特勒极端诬蔑中国人，视为文明的破坏者。按理说，我在德国应当遇到很多麻烦。然而，实际上，我却一点麻烦也没有遇到。听说，在美国，中国人很难打入美国人社会。可我在德国，自始至终就在德国人社会之中，我就住在德国人家中，我的德国老师、我的德国同学、我的德国同事、我的德国朋友，从来待我如自己人，没有丝毫歧视。这一点让我终生难忘。

这样一个民族现在怎样看待垂败的战局呢？他们很少跟我谈论战争问题，对生活的极端艰苦，轰炸的极端野蛮，他们好像都无动于衷，他们有点茫然、漠然。一直到1945年春，美国军队攻入哥廷根，法西斯彻底完蛋了，德国人仍然无动于衷，大有逆来顺受的意味，又仿佛当头挨了一棒，在茫然、漠然之外，又有点昏昏然、懵懵然。

惊心动魄的世界大战，持续了六年，现在终于闭幕了。我在惊魂甫定之余，顿时想到了祖国，想到了家庭，我离开祖国已经十年了，我在内心深处感到了祖国对我这个海外游子的召唤。几经交涉，美国占领军当局答应用吉普车送我们到瑞士去。我辞别德国师友时，心里十分痛苦，特别是西克教授，我看到这位耄耋老人面色凄楚，双手发颤，我们都知道，这是最后一面了。我连头也不敢回，眼里流满了热泪。我的女房东对我放声大哭。她儿子在外地，丈夫已死，我这一走，房子里空空洞洞，只剩下她一个人。几年来她实际上是同我相依为命，而今

以后,日子可怎样过呀!离开她时,我也是头也没有敢回,含泪登上美国吉普。我在心里套一首旧诗想成了一首诗:

留学德国已十霜,
归心日夜忆旧邦。
无端越境入瑞士,
客树回望成故乡。

这十年在我的心镜上照出的是法西斯统治,极端残酷的世界大战,游子怀乡的残影。

1945年10月,我们到了瑞士。在这里待了几个月。1946年春天,离开瑞士,经法国马赛,乘为法国运兵的英国巨轮,到了越南西贡。在这里待到夏天,又乘船经香港回到上海,别离祖国将近十一年,现在终于回来了。

此时,我已经通过陈寅恪先生的介绍,胡适之先生、傅斯年先生和汤用彤先生的同意,到北大来工作。我写信给在英国剑桥大学任教的哥廷根旧友夏伦教授,谢绝了剑桥之聘,决定不再回欧洲。同家里也取得了联系,寄了一些钱回家。我感激叔父和婶母,以及我的妻子彭德华,他们经过千辛万苦,努力苦撑了十一年,我们这个家才得以完整安康地留了下来。

当时正值第二次革命战争激烈进行,交通中断,我无法立即回济南老家探亲。我在上海和南京住了一个夏天。在南京曾叩见过陈寅恪先生,到中央研究院拜见过傅斯年先生。1946年深秋,从上海乘船到秦皇岛,转乘火车,来到了暌别十一年的

北平。深秋寂冷,落叶满街,我心潮起伏,酸甜苦辣,说不出来是什么滋味。阴法鲁先生到车站去接我们,把我暂时安置在北大红楼。第二天,会见了文学院长汤用彤先生。汤先生告诉我,按北大以及其他大学规定,得学位回国的学人,最高只能给予副教授职称,在南京时傅斯年先生也告诉过我同样的话。能到北大来,我已经心满意足,焉敢妄求?但是过了没有多久,大概只有个把礼拜,汤先生告诉我,我已被定为正教授兼东方语言文学系主任,时年三十五岁。当副教授时间之短,我恐怕是创了新纪录。这完全超出了我的想望。我暗下决心:努力工作,积极述作,庶不负我的老师和师辈培养我的苦心!

此时的时局却是异常恶劣的。以蒋介石为首的国民党,剥掉自己的一切画皮,贪污成性,贿赂公行,大搞"五子登科",接收大员满天飞,"法币"天天贬值,搞了一套银元券、金圆券之类的花样,毫无用处。人民生活在水深火热之中,大学教授也不例外。手中领到的工资,一个小时以后,就能贬值。大家纷纷换银元、换美元,用时再换成法币。每当手中攥上几个大头时,心里便暖呼呼的,仿佛得到了安全感。

在学生中,新旧势力的斗争异常激烈。国民党垂死挣扎,进步学生猛烈进攻。当时流传着一个说法:在北平有两个解放区,一个是北大的民主广场,一个是清华园。我住在红楼,有几次也受到了国民党北平市党部纠集的天桥流氓等闯进来捣乱的威胁。我们在夜里用桌椅封锁了楼口,严阵以待,闹得人心惶惶,我们觉得又可恨,又可笑。

但是,腐败的东西终究会灭亡的,这是一条人类和大自然中进化的规律。1949年春，北平终于解放了。

在这三年中，我的心镜中照出的是黎明前的一段黑暗。

如果把我的一生分成两截的话，我习惯的说法是，前一截是旧社会，共三十八年。后一截是新社会，年数现在还没法确定，我一时还不想上八宝山，我无法给我的一生画上句号。

为什么要分为两截呢？一定是认为两个社会差别极大，非在中间划上鸿沟不行。实际上，我同当时留下没有出国或到台湾去的中老年知识分子一样，对共产党并不了解，对共产主义也不见得那么向往，但是对国民党我们是了解的。因此，解放军进城我们是欢迎的，我们内心是兴奋的，希望而且也觉得从此换了人间。解放初期，政治清明，一团朝气，许多措施深得人心。旧社会留下的许多污泥浊水，荡涤一清。我们都觉得从此河清有日，幸福来到了人间。

但是，我们也有一个适应过程。别的比我年老的知识分子的真实心情，我不了解。至于我自己，我当时才四十岁，算是刚刚进入中年，但是我心中需要克服的障碍就不老少。参加大会，喊"万岁"之类的口号，最初我张不开嘴。连脱掉大褂换上中山装这样的小事，都觉得异常别扭，他可知矣。

对我来说，这个适应过程并不长，也没有感到什么特殊的困难，我一下子像是变了一个人。觉得一切的一切都是美好的，都是善良的。我觉得天特别蓝，草特别绿，花特别红，山特别青。全中国仿佛开遍了美丽的玫瑰花，中华民族前途光芒万丈，我自己仿佛又年轻了十岁，简直变成了一个大孩子。开会时、游行时、喊口号、呼"万岁"，我的声音不低于任何人，我的激情不下于任何人。现在回想起来,那是我一生最愉快的时期。

但是,反观自己,觉得百无是处。我从内心深处认为自己是一个地地道道的"摘桃派"。中国人民站起来了,自己也跟着挺直了腰板。任何类似贾桂的思想,都一扫而空。我享受着"解放"的幸福,然而我干了什么事呢?我做出了什么贡献呢?我确实没有当汉奸,也没有加入国民党,没有屈服于德国法西斯。但是,当中华民族的优秀儿女把脑袋挂在裤腰带上,浴血奋战,壮烈牺牲的时候,我却躲在万里之外的异邦,在追求自己的名山事业。天下可耻事宁有过于此者乎?我觉得无比地羞耻。连我那一点所谓学问——如果真正有的话——也是极端可耻的。

我左思右想,沉痛内疚,觉得自己有罪,觉得知识分子真是不干净。我仿佛变成了一个基督教徒,深信"原罪"的说法。在好多好多年,这种"原罪"感深深地印在我的灵魂中。

我当时时发奇想,我希望时间之轮倒拨回去,拨回到战争年代,给我一个机会,让我立功赎罪。我一定会不惜牺牲自己的性命,为了革命,为了民族。我甚至有近乎疯狂的幻想:如果我们的领袖遇到生死危机,我一定会挺身而出,用自己的鲜血与性命来保卫领袖。

我处处自惭形秽。我当时最羡慕、最崇拜的是三种人:老干部、解放军和工人阶级。对我来说,他们的形象至高无上,神圣不可侵犯。在我眼中,他们都是"最可爱的人",是我终生学习也无法赶上的人。

就这样,我背着沉重的"原罪"的十字架,随时准备深挖自己思想，改造自己的资产阶级思想，真正树立无产阶级思想——除了"毫不利己，专门利人"之外，我到今天也说不出什么是无产阶级思想——脱胎换骨，重新做人。风风雨雨，坎坎坷坷，一会儿山重水复，一会儿柳暗花明，走过了漫长的三十年。

解放初期第一场大型的政治运动，是"三反"、"五反"、思想改造运动。我认真严肃地怀着满腔的虔诚参加了进去。我一辈子不贪污公家一分钱，"三反"、"五反"与我无缘。但是思想改造，我却认为，我的任务是艰巨的，是迫切的。当时，当众检查自己的思想叫做"洗澡"，"洗澡"有小、中、大三盆。我是系主任，必须洗中盆，也就是在系师生大会上公开检查。因为我没有什么民愤，没有升入"大盆"，也就是没有在全校师生大会上检查。

在中盆里，水也是够热的。大家发言异常激烈，有的出于真心实意，有的也不见得。我生平破天荒第一次经过这个阵势，句句话都像利箭一样，射向我的灵魂。但是，因为我仿佛变成一个基督教徒，怀着满腔虔诚的"原罪"感，好像话越是激烈，我越感到舒服，我舒服得浑身流汗，仿佛洗的是土耳其蒸气浴。大会最后让我通过以后，我感动得真流下了眼泪，感到身轻体健，资产阶级思想仿佛真被廓清。

像我这样虔诚的信徒，还有不少，但是也有想蒙混过关的。有一位洗大盆的教授，小盆、中盆，不知洗过多少遍了，群众就是不让通过，终于升至大盆。他破釜沉舟，想一举过关。检讨得痛快淋漓，把自己骂得狗血喷头，连同自己的资产阶级父

母,都被波及,他说了父母不少十分难听的话。群众大受感动。然而无巧不成书,主席瞥见他的检讨稿上用红笔写上了几个大字"哭"。每到这地方,他就号啕大哭。主席一宣布,群众大哗。结果如何,就不用说了。

跟着来的是批判电影《武训传》,批判《早春二月》,批判资产阶级学术思想,胡适、俞平伯都榜上有名。后面是揭露和批判胡风"反革命集团",这是属于敌我矛盾的事件。胡风本人以外,被牵涉到的人数不少,艺术界和学术界都有。附带进行了一次清查"历史反革命"的运动,自杀的人时有所闻。北大一位汽车司机告诉我,到了这样的时候,晚上开车,要十分警惕,怕冷不防有人从黑暗中一下子跳出来,甘愿做轮下之鬼。

到了1957年,政治运动达到了第一次高潮。从规模上来看,从声势上来看,从涉及面之广来看,从持续时间之长来看,都无愧是空前的。

最初只说是党内整风,号召大家提意见,"知无不言,言无不尽"。当时党的威言至高无上。许多爱党而头脑简单的人,就真提开了意见,有的话说得并不好听,但是绝大部分人是出于一片赤诚之心,结果被揪住了小辫子,划为右派。根据"上头"的意见,右派是敌我矛盾,作为人民内部矛盾处理,而且信誓旦旦说:右派永远不许翻案。

有些被抓住辫子的人恍然大悟:原来不是说不抓辫子,不打棍子,不戴帽子吗?这是不是一场阴谋?答曰:否,这不是阴谋,而是阳谋。到了此时,悔之晚矣。戴上右派帽子的人,虽说是人民内部,但是游离于敌我之间,徒倚于人鬼之隙,滋味是够受的。有的人到了20年之后才被摘掉帽子，然而老夫耄矣。无论如何，这证明了，共产党有改正错误的勇气，是有力量有信心的表现。

当时究竟划了多少右派，确数我不知道。听说右派是有指标的，这指标下达到每一个基层单位，如果没有完成，必须补划。传说出了不少笑话，这都先不去管它。有一件事情，我脑筋里开了点窍：这一场运动，同以前的运动一样，是针对知识分子的。我怀着根深蒂固的"原罪"感，衷心拥护这一场运动。

到了1958年，轰轰烈烈的反击右派运动逐渐接近了尾声。但是，车不能停驶，马不能停蹄，立即展开了新的运动，而且这一次运动在很多方面都超越了以前的运动。这一次是精神和物质一齐抓，既要解放生产力，又要肃清资产阶级思想。后者主要是针对学校里的教授，美其名曰"拔白旗"。"白"就代表落后，代表倒退，代表资产阶级思想，是与代表前进、代表革命、代表无产阶级思想的"红"相对立的。大学里和中国科学院里一些"资产阶级教授"，狠狠地被拔了一下白旗。

前者则表现在大炼钢铁上。至于人民公社，则好像是兼而有之。"共产主义是天堂，人民公社是桥梁"，是当时最响亮的口号，大炼钢铁实际上是一场巨大的灾难。全国人民响应号召，到处搜捡废铁，加以冶炼，这件事本来未可厚非。但是，废铁捡完了，为了完成指标，就把完整的铁器，包括煮饭的锅在内，砸成"废铁"，回炉冶炼。全国各地，炼钢的小炉，灿若群星，日夜不熄，蔚为宇宙伟观。然而炼出来的却是一炉炉的废渣。

人人都想早上天堂，于是人民公社，一夜之间，遍布全国，

适逢粮食丰收，大家敞开肚皮吃饭。个人的灶都撤掉了，都集中在公共食堂中吃饭。有的粮食烂在地里，无人收割。把群众运动的威力夸大到无边无际，把人定胜天的威力也夸大到无边无际。麻雀被定为四害之一，全国人民起来打之。把粮食的亩产量也无限夸大，从几百斤、几千斤，到几万斤。各地竞相弄虚作假，大放"卫星"。有人说，如果亩产几万斤，则一亩地里光麦粒或谷粒就得铺得老厚，那是完全不可信的。

那时我已经有四十七八岁，不是小孩子了；我是受过高等教育、留过洋的大学教授，然而我对这一切都深信不疑。"人有多大胆，地有多大产"，我是坚信的。我在心中还暗暗地嘲笑那一些"思想没有解放"的"胆小鬼"，觉得唯我独马，唯我独革。

跟着来的是三年灾害。真是"自然灾害"吗？今天看来，未必是的。反正是大家都挨了饿。我在德国挨过五年的饿，"曾经沧海难为水"，我现在一点没有感到难受，半句怪话也没有说过。

从全国形势来看，当时的政策已经"左"到不能再"左"的程度，当务之急当然是反"左"。据说中央也是这样打算的。但是，在庐山会议上，忽然杀出来了一个彭德怀。他上了"万言书"，说了几句真话，这就惹了大祸。于是一场反"左"变为反"右"。一直到今天，开国元勋中，我最崇拜、最尊敬的无过于彭大将军。他是一个难得的硬汉子，豁出命去，也不阿谀奉承，代表了中华民族的浩然正气。

上面既然号召反右，那么就反吧。知识分子们，经过十几年连续不断的运动,都已锻炼成了"运动健将",都已成了运动的内行里手。这一次我整你,下一次你整我,大家都已习惯这一套了。于是乱乱哄哄,时松时紧,时强时弱,一直反到"社教"运动。

据我看,"社教"运动实际上是"无产阶级文化大革命"的前奏曲。我现在就把这两场运动摆在一起来讲。

社会主义教育运动,北大是试点,先走了一步,运动开始后不久学校里就泾渭分明地分了派:被整的与整人的。我也懵懵懂懂地参加了整人的行列。可是有一件事情我不明白,也想不通,解放后第一次萌动了一点"反动思想":学校的领导都是上面派来的老党员、老干部,我们资产阶级知识分子并起不了多大作用,为什么上头的意思说我们"统治"了学校呢?我百思不得其解。

后来北京市委进行了干预,召开了国际饭店会议,为被批的校领导平反,这里就伏下了"文化大革命"的起因。

1965年秋天,我参加完了国际饭店会议,被派到京郊南口村去搞农村"社教"运动。在这里我们真成了领导了,党政财文大权统统掌握在我们手里。但是要求也是非常严格的:不许自己开火做饭,在全村轮流吃派饭,鱼肉蛋不许吃。自己的身份和工资不许暴露,当时农民每日工分不过三四角钱,我的工资是四五百,这样放了出去,怕农民吃惊。时隔三十年,到了今天,再到农村去,我们工资的数目是不肯说,怕说出去让农民笑话。抚今追昔,真不禁感慨系之矣!

这一年的冬天,姚文痞的文章《评新编历史剧〈海瑞罢官〉》

发表，敲响了"文化大革命"的钟声。所谓"三家村"的三位主人，我全认识，我在南口村无意中说了出来。这立即被我的一位"高足"牢记在心。后来在"文革"中，这位高足原形毕露。为了出人头地，颇多惊人之举，比如说贴口号式的大字报，也要署上自己的名字，引起了轰动。他对我也落井下石，把我"打"成了"三家村"的小伙计。

我于1966年6月4日奉召回校，参加"文化大革命"。最初的一个阶段，是批所谓的"资产阶级学术权威"。这次运动又是针对知识分子的，是再明显不过的了，我自然在被批之列。我虽不敢以"学术权威"自命，但是，说自己是资产阶级，我则心悦诚服，毫无怨言。尽管运动来势迅猛，我没有费多大力量就通过了。

后来，北大成立了"革命委员会"，头子就是那位所谓写第一张"马列主义大字报"的"老佛爷"。此人是有后台的，广通声气，据说还能通天，与江青关系密切。她不学无术，每次讲话，必出错误；但是却骄横跋扈，炙手可热。此时她成了全国名人，每天到北大来"取经"朝拜的上万人，上十万人。弄得好端端一个燕园乱七八糟，乌烟瘴气。

随着运动的发展，北大逐渐分了派。"老佛爷"这一派叫"新北大公社"，是抓掌大权的"当权派"。它的对立面叫"井冈山"，是被压迫的。两派在行动上很难说有多少区别，都搞打、砸、抢，都不懂什么叫法律。上面号召："革命无罪，造反有理。"这就是至高无上的法律。

我越过第一阵强烈的风暴，问题算是定了。我逍遥了一阵子，日子过得满惬意。如果我这样逍遥下去的话，太大的风险不会再有了。我现在无异是过了昭关的伍子胥。我是一个胆小怕事的人，这是常态；但是有时候我胆子又特别大。在我一生中，这样的情况也出现过几次，这是变态。及今思之，我这个人如果有什么价值的话，价值就表现在变态上。这种变态在"文化大革命"又出现过一次。

在"老佛爷"仗着后台硬为所欲为无法无天的时候，校园里残暴野蛮的事情越来越多。抄家，批斗，打人，骂人，脖子上挂大木牌子，头上戴高帽子，任意污辱人，放胆造谣言，以至发展到用长矛杀人，不用说人性，连兽性都没有了。我认为这不符合群众路线，不符合什么人的"革命路线"。放着安稳的日子不过，我又发了牛脾气，自己跳了出来，其中危险我是知道的。我在日记里写过："为了保卫什么人的革命路线，虽粉身碎骨，在所不辞。"这完全是真诚的，半点虚伪也没有。

同时，我还有点自信：我头上没有辫子，屁股上没有尾巴。我没有参加过国民党或任何反动组织，没有干反人民的事情。我怀着冒险、侥幸又还有点自信的心情，挺身出来反对那一位"老佛爷"。我完完全全是"自己跳出来"的。

没想到，也可以说是已经想到，这一跳就跳进了"牛棚"。我在群众中有一定的影响，我起来在太岁头上动土，"老佛爷"恨我入骨，必欲置之死地而后快。我被抄家，被批斗，被打得头破血流，鼻青脸肿。我并不是那种豁达大度什么都不在乎的人。我一时被斗得晕头转向，下定决心，自己结束自己的性命。决心既下，我心情反而显得异常平静，简直平静得有点可怕。

我把历年积攒的安眠药片和药水都装到口袋里,最后看了与我共患难的婶母和老伴一眼,刚准备出门跳墙逃走,大门上响起了雷鸣般的撞门声:"新北大公社"的红卫兵来押解我到大饭厅去批斗了。这真正是千钧一发呀!这一场批斗进行得十分激烈,十分野蛮,我被打得躺在地上站不起来。然而我一下得到了"顿悟":一个人忍受挨打折磨的能力,是没有极限的。我能够忍受下去的!我不死了!我要活下去!

我的确活下来了。然而,在刚离开"牛棚"的时候,我已经虽生犹死,我成了一个半白痴,到商店去买东西,不知道怎样说话。让我抬起头来走路,我觉得不习惯。耳边不再响起"妈的!""混蛋!""王八蛋!"一类的词儿,我觉得奇怪。见了人,我是口欲张而嗫嚅,足欲行而趑趄。我几乎成了一具行尸走肉,我已经"异化"为"非人"。

我的确活下来了,然而一个念头老在咬我的心。我一向信奉的"士可杀,不可辱"的教条,怎么到了现在竟被我完全地抛到脑后了呢?我有勇气仗义执言,打抱不平,为什么竟没有勇气用自己的性命来抗议这种暴行呢?我有时甚至觉得,隐忍苟活是可耻的。然而,怪还不怪在我的后悔,而在于我在很长的时间内并没有把这件事同整个的"文化大革命"联系在一起。一直到1976年"四人帮"被打倒,我一直拥护七八年一次、一次七八年的"革命"。可见我的政治嗅觉是多么迟钝。

我做了四十多年的梦,我怀拥"原罪感"四十多年。上面提到的我那三个崇拜对象,我一直崇拜了四十多年。所有这一些对我来说是十分神圣的东西,都被"文革"打得粉碎,而今安在哉!我不否认,我这几个崇拜对象大部分还是好的,我不应从一个极端走向另一个极端。至于我衷心拥护了十年的"文化大革命",则另是一码事。这是中国历史上空前的最野蛮、最残暴、最愚昧、最荒谬的一场悲剧,它给伟大的中华民族脸上抹了黑。我们永远不应忘记!

"四人帮"垮台,"无产阶级文化大革命"结束以后,中央拨乱反正,实行了改革开放的政策,受到了全国人民的拥护。时间并不太长,取得的成绩有目共睹。在全国人民眼前,全国知识分子眼前,天日重明,又有了希望。

我在上面讲述了解放后四十多年来的遭遇和感受。在这一段时间内,我的心镜里照出来的是运动、运动、运动;照出来的是我个人和众多知识分子的遭遇;照出来的是我个人由懵懂到清醒的过程;照出来的是全国人民从政治和经济危机的深渊岸边回头走向富庶的转机。

我在二十世纪生活了八十多年了。再过七年,这一世纪这一千纪就要结束了。这是一个非常复杂、变化多端的世纪。我心里这一面镜子照见的东西当然也是富于变化的,五花八门的,但又多姿多彩的。它既照见了阳关大道,也照见了独木小桥;它既照见了山重水复,也照见了柳暗花明。我不敢保证我这一面心镜绝对通明锃亮,但是我却相信,它是可靠的,其中反映的倒影是符合实际的。

我揣着这一面镜子,一揣揣了八十多年。我现在怎样来评价镜子里照出来的二十世纪呢?我现在怎样来评价镜子里照出来的我的一生呢?呜呼,慨难言矣!慨难言矣!"却道天凉好

个秋"。我效法这一句词,说上一句:天凉好个冬!

只有一点我是有信心的:二十一世纪将是中国文化(东方文化的核心)复兴的世纪。现在世界上出现了许多影响人类生存前途的弊端,比如人口爆炸,大自然被污染,生态平衡被破坏,臭氧被破坏,粮食生产有限,淡水资源匮乏等等,这只有中国文化能克服,这就是我的最后信念。

反躬自省

假若我再上一次大学

"假若我再上一次大学",多少年来我曾反复思考过这个问题。我曾一度得到两个截然相反的答案:一个是最好不要再上大学,"知识越多越反动",我实在心有余悸;一个是仍然要上,而且偏偏还要学现在学的这一套。后一个想法最终占了上风,一直到现在。

我为什么还要上大学而又偏偏要学现在这一套呢?没有什么堂皇的理由。我只不过觉得,我走过的这一条道路,对己,对人,都还有点好处而已。我搞的这一套东西,对普通人来说,简直像天书,似乎无补于国计民生。然而世界上所有的科技先进国家,都有梵文、巴利文以及佛教经典的研究,而且取得了辉煌的成绩。这一套冷僻的东西与先进的科学技术之间,真似乎有某种联系。其中消息耐人寻味。

我们不是提出了弘扬祖国优秀文化,发扬爱国主义吗?这一套天书确实能同这两句口号挂上钩。我举一个具体的例子。日本梵文研究的泰斗中村元博士在给我的散文集日译本《中国

知识人の精神史》写的序中说到，中国的南亚研究原来是相当落后的，可是近几年来，突然出现了一批中年专家，写出了一些水平较高的作品，让日本学者有"攻其不备"之感。这是几句非常有意思的话。实际上，中国梵学学者同日本同行们的关系是十分友好的。我们一没有"攻"，二没有争，只是坐在冷板凳上辛苦耕耘。有了一点成绩，日本学者看在眼里，想在心里，觉得过去对中国南亚研究的评价过时了。我觉得，这里面既包含着"弘扬"，也包含着"发扬"。怎么能说，我们这一套无补于国计民生呢？

话说远了，还是回来谈我们的本题。

我的大学生活是比较长的：在中国念了四年，在德国哥廷根大学又念了五年，才获得学位。我在上面所说的"这一套"就是在国外学到的。我在国内时，对"这一套"就有兴趣，但苦无机会。到了哥廷根大学，终于找到了机会，我简直如鱼得水，到现在已经坚持学习了将近六十年。如果马克思不急于召唤我，我还要坚持学下去的。

如果想让我谈一谈在上大学期间我收获最大的是什么，那是并不困难的。在德国学习期间有两件事情是我毕生难忘的，这两件事都与我的博士论文有关联。

我想有必要在这里先谈一谈德国的与博士论文有关的制度。当我在德国学习的时候，德国并没有规定学习的年限。只要你有钱，你可以无限期地学习下去。德国有一个词儿是别的国家没有的，这就是"永恒的大学生"。德国大学没有空洞的"毕业"这个概念。只有博士论文写成，口试通过，拿到博士学位，

反躬自省

这才算是毕了业。

写博士论文也有一个形式上简单而实则极严格的过程,一切决定于教授。在德国大学里,学术问题是教授说了算。德国大学没有入学考试。只要高中毕业,就可以进入任何大学。德国学生往往是先入几个大学,过了一段时间以后,自己认为某个大学、某个教授,对自己最适合,于是才安定下来。在一个大学,从某一位教授学习。先听教授的课,后参加他的研讨班。最后教授认为你"孺子可教",才会给你一个博士论文题目。再经过几年的努力,搜集资料,写出论文提纲,经教授过目。论文写成的年限没有规定,至少也要三四年,长则漫无限制。拿到题目,十年八年写不出论文,也不是稀见的事。所有这一切都决定于教授,院长、校长无权过问。写论文,他们强调一个"新"字,没有新见解,就不必写文章。见解不论大小,唯新是图。论文题目不怕小,就怕不新。我个人觉得,这是非常重要的一点。只有这样,学术才能"日日新",才能有进步。否则满篇陈言,东抄西抄,饾饤拼凑,尽是冷饭,虽洋洋数十甚至数百万言,除了浪费纸张、浪费读者的精力以外,还能有什么效益呢?

我拿到博士论文题目的过程,基本上也是这样。我拿到了一个有关佛教混合梵语的题目,用了三年的时间,搜集资料,写成卡片,又到处搜寻有关图书,翻阅书籍和杂志,大约看了总有一百多种书刊。然后整理资料,使之条理化、系统化,写出提纲,最后写成文章。

我个人心里琢磨:怎样才能向教授露一手儿呢?我觉得,

那几千张卡片,虽然抄写时好像蜜蜂采蜜,极为辛苦;然而却是干巴巴的,没有什么文采,或者无法表现文采。于是我想在论文一开始就写上一篇"导言",这既能炫学,又能表现文采,真是一举两得的绝妙主意。我照此办理。费了很长的时间,写成一篇相当长的"导言"。我自我感觉良好,心里美滋滋的,认为教授一定会大为欣赏,说不定还会夸上几句哩。我先把"导言"送给教授看,回家做着美妙的梦。我等呀,等呀,终于等到教授要见我,我怀着走上领奖台的心情,见到了教授。然而却使我大吃一惊。教授在我的"导言"前画上了一个前括号,在最后画上了一个后括号,笑着对我说:"这篇导言统统不要!你这里面全是华而不实的空话,一点新东西也没有!别人要攻击你,到处都是暴露点,一点防御也没有!"对我来说,这真如晴天霹雳,打得我一时说不上话来。但是,经过自己的反思,我深深地感觉到,教授这一棍打得好,我毕生受用不尽。

第二件事情是,论文完成以后,口试接着通过,学位拿到了手。论文需要从头到尾认真核对,不但要核对从卡片上抄入论文的篇、章、字、句,而且要核对所有引用过的书籍、报刊和杂志。要知道,在三年以内,我从大学图书馆,甚至从柏林的普鲁士图书馆,借过大量的书籍和报刊,耗费了大量的时间。当时就感到十分烦腻。现在再在短期内,把这么多的书籍重新借上一遍,心里要多腻味就多腻味。然而老师的教导不能不遵行,只有硬着头皮,耐住性子,一本一本地借,一本一本地查,把论文中引用的大量出处重新核对一遍,不让它发生任何一点错误。

后来我发现，德国学者写好一本书或者一篇文章，在读校样的时候，都是用这种办法来一一仔细核对。一个研究室里的人，往往都参加看校样的工作。每人一份校样，也可以协议分工。他们是以集体的力量，来保证不出错误。这个法子看起来极笨，然而除此以外，还能有"聪明的"办法吗？德国书中的错误之少，是举世闻名的。有的极为复杂的书竟能一个错误都没有，连标点符号都包括在里面。读过校样的人都知道，能做到这一步，是非常非常不容易的。德国人为什么能做到呢？他们并非都是超人的天才，他们比别人高出一头的诀窍就在于他们的"笨"。我想改几句中国古书上的话：德国人其智可及也，其笨（愚）不可及也。

反观我们中国的学术界，情况则颇有不同。在这里有几种情况。中国学者博闻强记，世所艳称。背诵的本领更令人吃惊。过去有人能背诵四书五经，据说还能倒背。写文章时，用不着去查书，顺手写出，即成文章。但是记忆力会时不时出点问题的。中国近代一些大学者的著作，若加以细致核对，也往往有引书出错的情况。这是出上乘的错。等而下之，作者往往图省事，抄别人的文章时，也不去核对，于是写出的文章经不起核对。这是责任心不强，学术良心不够的表现。还有更坏的就是胡抄一气，只要书籍文章能够印出，哪管它什么读者！名利到手，一切不顾。我国的书评工作又远远跟不上。即使发现了问题，也往往"为贤者讳"，怕得罪人，一声不吭。在我们当前的学术界，这种情况能说是稀少吗？我希望我们的学术界能痛改

这种极端恶劣的作风。

我上了九年大学,在德国学习时,我自己认为收获最大的就是以上两点。也许有人会认为这卑之无甚高论,我不去争辩。我现在年届耄耋,如果年轻的学人不弃老朽,问我有什么话要对他们讲,我就讲这两点。

1991年5月5月写于北京大学

反躬自省

我在上面,从病原开始,写了发病的情况和治疗的过程,自己的侥幸心理,掉以轻心,自己的瞎鼓捣,以致酿成了几乎不可收拾的大患。进了三〇一医院,边叙事、边抒情、边发议论、边发牢骚,我写下了不少文字。后来觉得,我写作的重点应该换一换了。换的主要枢纽是反求诸己。

三〇一医院的大夫们发扬了"三高"的医风,熨平了我身上的创伤,我自己想用反躬自省的手段,熨平我自己的心灵。

我想从认识自我谈起。

每一个人都有一个自我,自我当然离自己最近,应该最容易认识。事实证明正相反,自我最不容易认识。所以古希腊人才发出了 Know thyself 的惊呼。一般的情况是,人们往往把自己的才能、学问、道德、成就等等评估过高,永远是自我感觉良好。这对自己是不利的,对社会也是有害的。许多人事纠纷和社会矛盾由此而生。

不管我自己有多少缺点与不足之处,但是认识自己,我是

颇能做到一些的。我经常剖析自己。想回答："自己究竟是一个什么样的人？"这样一个问题。我自信是能够客观地实事求是地进行分析的。我认为，自己绝不是什么天才，绝不是什么奇才异能之士，自己只不过是一个中不溜丢的人；但也不能说是蠢材。我说不出，自己在哪一方面有什么特别的天赋。绘画和音乐我都喜欢，但都没有天赋。在中学读书时，在课堂上偷偷地给老师画像，我的同桌同学画得比我更像老师，我不得不心服。我羡慕许多同学都能拿出一手儿来，唯独我什么也拿不出。

我想在这里谈一谈我对天才的看法。在世界和中国历史上，确实有过天才，我都没能够碰到。但是，在古代，在现代，在中国，在外国，自命天才的人却层出不穷。我也曾遇到不少这样的人。他们那一副自命不凡的天才相，令人不敢向迩。别人嗤之以鼻，而这些"天才"则巍然不动，挥斥激扬，乐不可支。此种人物列入《儒林外史》是再合适不过的。我除了敬佩他们的脸皮厚之外，无话可说。我常常想，天才往往是偏才。他们大脑里一切产生智慧或灵感的构件集中在某一个点上，别的地方一概不管，这一点就是他的天才之所在。天才有时候同疯狂融在一起，画家梵高就是一个好例子。

在伦理道德方面，我的基础也不雄厚和巩固。我绝没有现在社会上认为的那样好，那样清高。在这方面，我有我的一套"理论"。我认为，人从动物群体中脱颖而出，变成了人。除了人的本质外，动物的本质也还保留了不少。一切生物的本能，即所谓"性"，都是一样的，即一要生存，二要温饱，三要发展。在这条路上，倘有障碍，必将本能地下死力排除之。根据

反躬自省

我的观察，生物还有争胜或求胜的本能，总想压倒别的东西，一枝独秀。这种本能，人当然也有。我们常讲，在世界上，争来争去，不外名利两件事。名是为了满足求胜的本能，而利则是为了满足求生。二者联系密切，相辅相成，成为人类的公害，谁也铲除不掉。古今中外的圣人贤人们都尽过力量，而所获只能说是有限。

至于我自己，一般人的印象是，我比较淡泊名利。其实这只是一个假象，我名利之心兼而有之。只因我的环境对我有大裨益，所以才造成了这一个假象。我在四十多岁时，一个中国知识分子当时所能追求的最高荣誉，我已经全部拿到手。在学术上是中国科学院学部委员，即后来的院士。在教育界是一级教授。在政治上是全国政协委员。学术和教育我已经爬到了百尺竿头，再往上就没有什么阶梯了。我难道还想登天做神仙吗？因此，以后几十年的提升提级活动我都无权参加，只是领导而已。假如我当时是一个二级教授——在大学中这已经不低了——我一定会渴望再爬上一级的。不过，我在这里必须补充几句。即使我想再往上爬，我决不会奔走、钻营、吹牛、拍马，只问目的，不择手段。那不是我的作风，我一辈子没有干过。

写到这里就跟一个比较抽象的理论问题挂上了钩：什么叫好人？什么叫坏人？什么叫好？什么叫坏？我没有看过伦理教科书，不知道其中有没有这样的定义。我自己悟出了一套看法，当然是极端粗浅的，甚至是原始的。我认为，一个人一生要处理好三个关系：天人关系，也就是人与大自然的关系；人人关系，也就是社会关系；个人思想和感情中矛盾和平衡的关系。

处理好了,人类就能够进步,社会就能够发展。好人与坏人的问题属于社会关系。因此,我在这里专门谈社会关系,其他两个就不说了。

正确处理人与人的关系,主要是处理利害关系。每个人都有自己的利益,都关心自己的利益。而这种利益又常常会同别人有矛盾。有了你的利益,就没有我的利益。你的利益多了,我的就会减少。怎样解决这个矛盾就成了广大芸芸众生最棘手的问题。

人类毕竟是有思想能思维的动物。在这种极端错综复杂的利益矛盾中,他们绝大部分人都能有分析评判的能力。至于哲学家所说的良知和良能,我说不清楚。人们能够分清是非善恶,自己处理好问题。在这里无非是有两种态度,既考虑自己的利益,为自己着想,也考虑别人的利益,为别人着想。极少数人只考虑自己的利益,而又以残暴的手段攫取别人的利益者,是为害群之马,国家必绳之以法,以保证社会的安定团结。

这也是衡量一个人好坏的基础。地球上没有天堂乐园,也没有小说中所说的"君子国"。对一般人民的道德水平不要提出过高的要求。一个人除了为自己着想外能为别人着想的水平达到百分之六十,他就算是一个好人。水平越高,当然越好。那样高的水平恐怕只有少数人能达到了。

大概由于我水平太低,我不大敢同意"毫不利己,专门利人"这种提法,一个"毫不",再加上一个"专门",把话说得满到不能再满的程度。试问天下人有几个人能做到。提这个口号的人怎样呢?这种口号只能吓唬人,叫人望而却步,绝起不

到提高人们道德水平的作用。

至于我自己,我是一个谨小慎微,性格内向的人。考虑问题有时候细入毫发。我考虑别人的利益,为别人着想,我自认能达到百分之六十。我只能把自己划归好人一类。我过去犯过许多错误,伤害了一些人。但那决不是有意为之,是为我的水平低修养不够所支配的。在这里,我还必须再做一下老王,自我吹嘘一番。在大是大非问题前面,我会一反谨小慎微的本性,挺身而出,完全不计个人利害。我觉得,这是我身上的亮点,颇值得骄傲的。总之,我给自己的评价是:一个平平常常的好人,但不是一个不讲原则的滥好人。

现在我想重点谈一谈对自己当前处境的反思。

我生长在鲁西北贫困地区一个僻远的小村庄里。晚年,一个幼年时的伙伴对我说:"你们家连贫农都够不上!"在家六年,几乎不知肉味,平常吃的是红高粱饼子,白馒头只有大奶奶给吃过。没有钱买盐,只能从盐碱地里挖土煮水腌咸菜。母亲一字不识,一辈子季赵氏,连个名都没有捞上。

我现在一闭眼就看到一个小男孩,在夏天里浑身上下一丝不挂,滚在黄土地里,然后跳入浑浊的小河里去冲洗。再滚,再冲;再冲,再滚。

"难道这就是我吗?"

"不错,这就是你!"

六岁那年,我从那个小村庄里走出,走向通都大邑,一走就走了九十多年。我走过阳关大道,也跨过独木小桥。有时候歪打正着,有时候也正打歪着。坎坎坷坷,跌跌撞撞,磕磕碰

碰,推推搡搡,云里,雾里。不知不觉就走到了现在的九十多岁,超过了古稀之年,岂不大可喜哉!又岂不大可惧哉!我仿佛大梦初觉一样,糊里糊涂地成为一位名人。现在正住在三〇一医院雍容华贵的高干病房里。同我九十多年前出发时的情况相比,只有李后主的"天上人间"四个字差堪比拟于万一。我不大相信这是真的。

我在上面曾经说到,名利之心,人皆有之。我这样一个平凡的人,有了点儿名,感到高兴,是人之常情。我只想说一句,我确实没有为了出名而去钻营。我经常说,我少无大志,中无大志,老也无大志。这都是实情。能够有点儿小名小利,自己也就满足了。可是现在的情况却不是这样子,已经有了几本别人写我的传记,听说还有人正在写作。至于单篇的文章数量更大。其中说的当然都是好话,当然免不了大量溢美之词。别人写的传记和文章,我基本上都不看。我感谢作者,他们都是一片好心。我经常说,我没有那样好,那是对我的鞭策和鼓励。

我感到惭愧。

常言道:"人怕出名猪怕壮。"一点儿小小的虚名竟能给我招来这样的麻烦,不身历其境者是不能理解的。麻烦是错综复杂的,我自己也理不出个头绪来。我现在,想到什么就写点儿什么,绝对是写不全的。首先是出席会议。有些会议同我关系实在不大。但却又非出席不行,据说这涉及会议的规格。在这一顶大帽子下面,我只能勉为其难了。其次是接待来访者,只这一项就头绪万端。老朋友的来访,什么时候都会给我带来欢悦,不在此列。我讲的是陌生人的来访,学校领导在我的大门

反躬自省

上贴出布告：谢绝访问。但大多数人却熟视无睹，置之不理，照样大声敲门。外地来的人，其中多半是青年人，不远千里，为了某一些原因，要求见我。如见不到，他们能在门外荷塘旁等上几个小时，甚至住在校外旅店里，每天来我家附近一次。他们来的目的多种多样，但是大体上以想上北大为最多。

他们慕北大之名；可惜考试未能及格。他们错认我有无穷无尽的能力和权力，能帮助自己。另外，想到北京找工作的也有，想找我签个名照张相的也有。这种事情说也说不完。我家里的人告诉他们我不在家。于是我就不敢在临街的屋子里抬头，当然更不敢出门，我成了"囚徒"。其次是来信。我每天都会收到陌生人的几封信。有的也多与求学有关。有极少数的男女大孩子向我诉说思想感情方面的一些问题和困惑。据他们自己说，这些事连自己的父母都没有告诉。我读了真正是万分感动，遍体温暖。我有何德何能，竟能让纯真无邪的大孩子如此信任！据说，外面传说，我每信必复。我最初确实有这样的愿望。但是，时间和精力都有限。只好让李玉洁女士承担写回信的任务。这个任务成了德国人口中常说的"硬核桃"。其次是寄来的稿子，要我"评阅"，提意见，写序言，甚至推荐出版。其中有洋洋数十万言之作。我哪里有能力有时间读这些原稿呢？有时候往旁边一放，为新来的信件所覆盖。过了不知多少时候，原作者来信催还原稿。这却使我作了难。"只在此室中，书深不知处"了。如果原作者只有这么一本原稿，那我的罪孽可就大了。其次是要求写字的人多，求我的"墨宝"，有的是楼台名称，有的是展览会的会名，有的是书名，有的是题词，总之是花样很

多。一提"墨宝",我就汗颜。小时候确实练过字。但是,一入大学,就再没有练过书法,以后长期居住在国外,连笔墨都看不见,何来"墨宝"。现在,到了老年,忽然变成了"书法家",竟还有人把我的"书法"拿到书展上去示众,我自己都觉得可笑!有比较老实的人,暗示给我:他们所求的不过"季羡林"三个字。这样一来,我的心反而平静了一点儿,下定决心:你不怕丑,我就敢写。其次是广播电台、电视台,还有一些什么台,以及一些报纸杂志编辑部的录像采访。这使我最感到麻烦。我也会说一些谎话的;但我的本性是有时嘴上没遮掩,有时说溜了嘴。在过去,你还能耍点儿无赖,硬不承认。今天他们人人手里都有录音机,"君子一言,驷马难追",同他们订君子协定,答应删掉,但是,多数是原封不动,和盘端出,让你哭笑不得。上面的这一段诉苦已经够长的了,但是还远远不够,苦再诉下去,也了无意义,就此打住。

我虽然有这样多的麻烦,但我并没有被麻烦压倒。我照常我行我素,做自己的工作。我一向关心国内外的学术动态。我不厌其烦地鼓励我的学生阅读国内外与自己研究工作有关的学术刊物。一般是浏览,重点必须细读。为学贵在创新。如果连国内外的"新"都不知道,你的"新"何从创起?我自己很难到大图书馆看杂志了。幸而承蒙许多学术刊物的主编不弃,定期寄赠。我才得以拜读,了解了不少当前学术研究的情况和结果,不致闭目塞听。

我自己的研究工作仍然照常进行。遗憾的是,许多多年来就想研究的大题目,曾经积累过一些材料,现在拿起来一看,顿时想到自己的年龄,只能像玄奘当年那样,叹一口气说:"自量气力,不复办此。"

对当前学术研究的情况,我也有自己的一套看法,仍然是顿悟式地得来的。我觉得,在过去,人文社会科学学者在进行科研工作时,最费时间的工作是搜集资料,往往穷年累月,还难以获得多大成果。现在电子计算机光盘一旦被发明,大部分古籍都已收入。不费吹灰之力,就能涸泽而渔。过去最繁重的工作成为最轻松的了。有人可能掉以轻心,我却有我的忧虑。将来的文章由于资料丰满可能越来越长,而疏漏则可能越来越

多。光盘不可能把所有的文献都吸引进去,而且考古发掘还会不时有新的文献呈现出来。这些文献有时候比已有的文献还更重要,是万万不能忽视的。好多人都承认,现在学术界急功近利浮躁之风已经有所抬头,剽窃就是其中最显著的表现,这应该引起人们的戒心。我在这里抄一段朱子的话,献给大家。朱子说:"圣人言语,一步是一步。近来一类议论,只是跳踯。初则两三步作一步,甚则十数步作一步,又甚则千百步作一步。所以学之者皆颠狂。"(《朱子语类》一二四)。愿与大家共勉力戒之。

我现在想借这个机会廓清与我有关的几个问题。

我的七十多年前的老学生,原三○一副院长牟善初,年事也已很高了,仍然每天穿上白大褂,巡视病房。他经常由周大夫陪着到我屋里来闲聊。七十多年的漫长的岁月并没有隔断我们的师生之情,不也是人生一大快事吗?

我的许多老少朋友,包括江牧岳先生在内,亲临医院来看我。如果不是三○一门禁极为森严,则每天探视的人将挤破大门。我真正感觉到了,人间毕竟是温暖的,生命毕竟是可爱的,生活着毕竟是美丽的(我本来不喜欢某女作家的这一句话,现在姑借用之)。

反躬自省

八十述怀

我从来没有想到,我能活到八十岁;如今竟然活到了八十岁,然而又一点也没有八十岁的感觉。岂非咄咄怪事!

我向无大志,包括自己活的年龄在内。我的父母都没有活过五十,因此,我自己的原定计划是活到五十。这样已经超过了父母,很不错了。不知怎么一来,宛如一场春梦,我活到了五十岁。那里正值所谓三年自然灾害,我流年不利,颇挨了一阵子饿。但是,我是"曾经沧海难为水",在二次世界大战时,我正在德国,我经受了而今难以想象的饥饿的考验,以致失去了饱的感觉。我们那一点灾害,同德国比起来,真如小巫见大巫;我从而顺利地渡过了那一场灾害,而且我当时的精神面貌是我一生最好的时期,一点苦也没有感觉到,于不知不觉中冲破了我原定的年龄计划,渡过了五十岁大关。

五十一过,又仿佛一场春梦似的,一下子就到了古稀之年,不容我反思,不容我踟蹰。其间跨越了一个"十年浩劫"。我当然是在劫难逃,被送进牛棚。我现在不知道应当感谢哪一路神灵：佛祖、上帝、安拉；由于一个万分偶然的机缘，我没有走上绝路，活下来了。活下来了，我不但没有感到特别高兴，反而时有悔愧之感在咬我的心。活下来了，也许还是有点好处的。我一生写作翻译的高潮，恰恰出现在这个期间。原因并不神秘：我获得了余裕的时间。在浩劫期间，我被打得一佛出世，二佛升天。后来不打不骂了，我却变成了"不可接触者"。在很长时间内，我被分配掏大粪，看门房，守电话，发信件。没有以前的会议，没有以前的发言。没有人敢来找我，很少人有勇气同我谈上几句话。一两年内，没收到一封信。我服从任何人的调遣与指挥，只敢规规矩矩，不敢乱说乱动。然而我的脑筋还在，我的思想还在，我的感情还在，我的理智还在。我不甘心成为行尸走肉，我必须干点事情。二百多万字的印度大史诗《罗摩衍那》，就是在这时候译完的。"雪夜闭门写禁文"，自谓此乐不减羲皇上人。

又仿佛是一场缥缈的春梦，一下子就活到了今天，行年八十矣，是古人称之为耄耋之年了。倒退二三十年，我这个在寿命上胸无大志的人，偶尔也想到耄耋之年的情况：手拄拐杖，白须飘胸，步履维艰，老态龙钟。自谓这种事情与自己无关，所以想得不深也不多。哪里知道，自己今天就到了这个年龄了。今天是新年元旦，从夜里零时起，自己已是不折不扣的八十老翁了。然而这老景却真如古人诗中所说的"青霭入看无"，我看不到什么老景。看一看自己的身体，平平常常，同过去一样，看一看周围的环境，平平常常，同过去一样。金色的朝阳从窗子里流了进来，平平常常，同过去一样。楼前的白杨，确实粗了一点,但看上去也是平平常常,同过去一样。时令正是冬天,叶子落尽了,但是我相信,它们正蜷缩在土里,做着春天的梦。水塘里的荷花只剩下残叶,"留得枯荷听雨声",现在雨没有了,上面只有白皑皑的残雪。我相信,荷花们也蜷缩在淤泥中,做着春天的梦。总之,我还是我,依然故我;周围的一切也依然是过去的一切。

我是不是也在做着春天的梦呢?我想,是的。我现在也处在严寒中,我也梦着春天的到来。我相信英国诗人雪莱的两句话:"既然冬天已经到了,春天还会远吗?"我梦着楼前的白杨重新长出了浓密的绿叶;我梦着池塘里的荷花重新冒出了淡绿的大叶子;我梦着春天又回到了大地上。

可是我万万没有想到,八十这个数目字竟有这样大的威力,一种神秘的威力。自己已经八十岁了!我吃惊地暗自思忖。它逼迫着我向前看一看,又回头看一看。向前看,灰蒙蒙的一团,路不清楚,但也不是很长。确实没有什么好看的地方。不看也罢。

而回头看呢,则在灰蒙蒙的一团中,清晰地看到了一条路,路极长,是我一步一步地走过来的,这条路的顶端是在清平县的官庄。我看到了一片灰黄的土房,中间闪着苇塘里的水光,还有我大奶奶和母亲的面影。这条路延伸出来,我看到了泉城的大明湖。这条路又延伸出去,我看到了水木清华,接着又看到德国小城哥廷根斑斓的秋色,上面飘动着我那母亲似的女房东和祖父似的老教授的面影。路陡然又从万里之外折回到神州大地,我看到了红楼,看到了燕园的湖光塔影。令人泄气而且

大煞风景的是,我竟又看到了牛棚的牢头禁子那一副牛头马面似的狞恶的面孔。再看下去,路就缩住了,一直缩到我的脚下。

在这一条十分漫长的路上,我走过阳关大道,也走过独木小桥。路旁有深山大泽,也有平坡宜人;有杏花春雨,也有塞北秋风;有山重水复,也有柳暗花明;有迷途知返,也有绝处逢生。路太长了,时间太长了,影子太多了,回忆太重了。我真正感觉到,我负担不了,也忍受不了,我想摆脱掉一切,还我一个自由自在身。

回头看既然这样沉重,能不能向前看呢?我上面已经说到,向前看,路不是很长,没有什么好看的地方。我现在正像鲁迅的散文诗《过客》中的一个过客。他不知道是从什么地方走来的,终于走到了老翁和小女孩的土屋前面,讨了点水喝。老翁看他已经疲惫不堪,劝他休息一下。他说:"从我还能记得的时候起,我就在这么走,要走到一个地方去,这地方就在前面。我单记得走了许多路,现在来到这里了。我接着就要走向那边去……况且还有声音常在前面催促我,叫唤我,使我息不下。那边,西边是什么地方呢?"老人说:"前面,是坟。"小女孩说:"不,不,不的。那里有许多许多野百合,野蔷薇,我常常去玩,去看它们的。"

我理解这个过客的心情,我自己也是一个过客,但是却从来没有什么声音催着我走,而是同世界上任何人一样,我是非走不行的,不用催促,也是非走不行的。走到什么地方去呢?走到西边的坟那里,这是一切人的归宿。我记得屠格涅夫的一首散文诗里,也讲了这个意思。我并不怕坟,只是在走了这么长的路以后，我真想停下来休息片刻。然而我不能，不管你愿意不愿意，反正是非走不行。聊以自慰的是，我同那个老翁还不一样，有的地方颇像那个小女孩，我既看到了坟，也看到野百合和野蔷薇。

我面前还有多少路呢？我说不出，也没有仔细想过。冯友兰先生说："何止于米？相期以茶。""米"是八十八岁，"茶"是一百零八岁。我没有这样的雄心壮志，我是"相期以米"。这算不算是立大志呢？我是没有大志的人，我觉得这已经算是大志了。

我从前对穷通寿夭也是颇有一些想法的。十年浩劫以后，我成了陶渊明的志同道合者。他的一首诗，我很欣赏：

纵浪大化中，
不喜亦不惧。
应尽便须尽，
无复独多虑。

我现在就是抱着这种精神，昂然走上前去。只要有可能，我一定做一些对别人有益的事，绝不想成为行尸走肉。我知道，未来的路也不会比过去的更笔直、更平坦。但是我并不恐惧。我眼前还闪动着野百合和野蔷薇的影子。

1991 年 1 月 1 日

九十述怀

杜甫诗:人生七十古来稀。对旧社会来说,这是完全正确的,因为它符合实际情况。但是,到了今天,老百姓却创造了三句顺口溜:七十小弟弟,八十多来兮,九十不稀奇。这也是完全正确的,因为它符合实际情况。

但是,对我来说,却另有一番纠葛。我行年九十矣,是不是感到不稀奇呢?答案是:不是,又是。不是者,我没有感到不稀奇,而是感到稀奇,非常地稀奇。我曾在很多地方都说过,我在任何方面都是一个没有雄心壮志的人,我不会说大话,不敢说大话,在年龄方面也一样。我的第一本账只计划活四十岁到五十岁。因为我的父母都只活了四十多岁,遵照遗传的规律,遵照传统伦理道德,我不能也不应得超过了父母。我又哪里知道,仿佛一转瞬间,我竟活过了从心所欲不逾矩之年,又进入了耄耋的境界,要向期颐进军了。这样一来,我能不感到稀奇吗?

但是,为什么又感到不稀奇呢?从目前的身体情况来看,

反躬自省

除了眼睛和耳朵有点不算太大的问题和腿脚不太灵便外，自我感觉还是良好的，写一篇一两千字的文章，倚马可待。待人接物，应对进退，还是难得糊涂的。这一切都同十年前，或者更长的时间以前，没有什么两样。李太白诗："高堂明镜悲白发。"我不但发已全白（有人告诉我，又有黑发长出），而且秃了顶。这一切也都是事实，可惜我不是电影明星，一年照不了两次镜子，那一切我都不视不见。在潜意识中，自己还以为是"朝如青丝"哩。对我这样无知无识、麻木不仁的人，连上帝也没有办法。在这样的情况下，我怎么能会不感到不稀奇呢？

但是，我自己又觉得，我这种精神状态之所以能够产生，不是没有根据的。我国现行的退休制度，教授年龄是六十岁到七十岁。可是，就我个人而论，在学术研究上，我的冲刺起点是在八十岁以后。开了几十年的会，经过了不知道多少次政治运动，做过不知道多少次自我检查，也不知道多少次对别人进行批判，最后又经历了十年浩劫，"对酒当歌，人生几何？"我自己的一生就是这样白白地消磨过去了。如果不是造化小儿对我垂青，制止了我实行自己年龄计划的话，在我八十岁以前（这也算是高寿了）就遽归道山，我留给子孙后代的东西恐怕是不会多的。不多也不一定就是坏事。留下一些不痛不痒，灾祸梨枣的所谓著述，对任何人都没有好处。但是，对我自己来说，恐怕就要"另案处理"了。

在从八十岁到九十岁这个十年内，在我冲刺开始以后，颇有一些值得纪念的甜蜜的回忆。在撰写我一生最长的一部长达八十万字的著作《糖史》的过程中，颇有一些情节值得回忆，

值得玩味。在长达两年的时间内,我每天跑一趟大图书馆,风雨无阻,寒暑无碍。燕园风光旖旎,四时景物不同。春天姹紫嫣红,夏天荷香盈塘,秋天红染霜叶,冬天六出蔽空。称之为人间仙境,也不为过。然而,在这两年中,我几乎天天都在这样瑰丽的风光中行走。可是我都视而不见,甚至不视不见。未名湖的涟漪,博雅塔的倒影,被外人视为奇观的胜景,也未能逃过我的漠然,懵然,无动于衷。我心中想到的只是大图书馆中的盈室满架的图书,鼻子里闻到的只有那里的书香。

《糖史》的写作完成以后,我又把阵地从大图书馆移到家中来,运筹于斗室之中,决战于几张桌子之上。我研究的对象变成了吐火罗文A方言的《弥勒会见记剧本》。这也不是一颗容易咬的核桃,非用上全力不行。最大的困难在于缺乏资料,而且多是国外的资料。没有办法,只有时不时地向海外求援。现在虽然号称为信息时代,可是我要的消息多是刁钻古怪的东西,一时难以搜寻,我只有耐着性子恭候。舞笔弄墨的朋友,大概都能体会到,当一篇文章正在进行写作时,忽然断了电,你心中真如火烧油浇,然而却毫无办法,只盼喜从天降了,只能听天由命了。此时燕园旖旎的风光,对于我似有似无,心里想到的,切盼的只有海外的来信。如此又熬了一年多,《弥勒会见记剧本》英译本终于在德国出版了。

两部著作完了以后,我平生大愿算是告一段落。痛定思痛,蓦地想到了,自己已是望九之年了。这样的岁数,古今中外的读书人能达到的只有极少数。我自己竟能置身其中,岂不大可喜哉!

反躬自省

我想停下来休息片刻，以利再战。这时就想到，我还有一个家。在一般人心目中，家是停泊休息的最好的港湾。我的家怎样呢？直白地说，我的家就我一个孤家寡人，我就是家，我一个人吃饱了，全家不害饿。这样一来，我应该感觉很孤独了吧。然而并不。我的家庭"成员"实际上并不止我一个"人"。我还有四只极为活泼可爱的，一转眼就偷吃东西的，从我家乡山东临清带来的白色波斯猫，眼睛一黄一蓝。它们一点礼节都没有，一点规矩都不懂，时不时地爬上我的脖子，为所欲为，大胆放肆。有一只还专在我的裤腿上撒尿。这一切我不但不介意，而且顾而乐之，让猫们的自由主义恶性发展。

我的家庭"成员"还不止这样多，我还养了两只山大小校友张衡送给我的乌龟。乌龟这玩意儿，现在名声不算太好，但在古代却是长寿的象征。有些人的名字中也使用"龟"字，唐代就有李龟年、陆龟蒙等等。龟们的智商大概低于猫们，它们绝不会从水中爬出来爬上我的肩头。但是，龟们也自有龟之乐，当我向它们喂食时，它们伸出了脖子，一口吞下一粒，它们显然是愉快的。可惜我遇不到惠施，他决不会同我争辩，我何以知道龟之乐。

我的家庭"成员"还没有到此为止，我还饲养了五只大甲鱼。甲鱼，在一般老百姓嘴里叫"王八"，是一个十分不光彩的名称，人们讳言之。然而我却堂而皇之地养在大瓷缸内，一视同仁，毫无歧视之心。是不是我神经出了毛病？用不着请医生去检查，我神经十分正常。我认为，甲鱼同其他动物一样有生存的权利。称之为"王八"，是人类对它的诬蔑，是向它头上泼脏水。可惜甲鱼无知，不会向世界最高法庭上去状告人类，还要求赔偿名誉费若干美元，而且要登报声明。我个人觉得，人类在新世纪，新千年中最重要的任务是处理好与大自然的关系。恩格斯已经警告过我们："不能过分陶醉于我们对自然界的胜利，对于每一次这样的胜利，自然界都报复了我们。"一百多年来的历史事实，日益证明了恩格斯警告之正确与准确。在新世纪中，人类首先必须改恶向善，改掉乱吃其他动物的恶习。人类必须遵守宋代大儒张载的话："民吾同胞，物吾与也。"把甲鱼也看成是自己的伙伴，把大自然看成是自己的朋友，而不是征服的对象。这样一来，人类庶几能有美妙光辉的前途。至于对我自己，也许有人认为我是《世说新语》中的人物，放诞不经。如果真是的话，那就，那就由它去吧。

再继续谈我的家和我自己。

我在十年浩劫中，自己跳出来反对那位倒行逆施的"老佛爷"，被打倒在地，被戴上了无数顶莫须有的帽子，天天被打，被骂。最初也只觉得滑稽可笑。但谎言说上一千遍，就变成了真理，最后连我自己都怀疑起来了："此身合是坏人未？泪眼迷离问苍天。"其实我并没有那么坏；但在许多人眼中，我已经成了一个"不可接触者"。

然而，世事多变，人间正道。不知道是怎么一来，我竟转身一变成了一个"极可接触者"。我常以知了自比。知了的幼虫最初藏在地下，黄昏时爬上树干，天一明就蜕掉了旧壳，长出了翅膀，长鸣高枝，成了极富诗意的虫类，引得诗人"倚杖柴门外，临风听暮蝉"了。我现在就是一只长鸣高枝的蝉，名声

反躬自省

四被,头上的桂冠比"文革"中头上戴的高帽子还要高出多多,有时候我自己都觉得脸红。其实我自己深知,我并没有那么好。然而,我这样发自肺腑的话,别人是不会相信的。这样一来,我虽孤家寡人,其实家里每天都是热闹非凡的。有一位多年的老同事,天天到我家里来"打工",处理我的杂务,照顾我的生活,最重要的事情是给我读报,读信,因为我眼睛不好。还有就是同不断打电话来或者亲自登门来的自称是我的"崇拜者"的人们打交道。学校领导因为觉得我年纪已大,不能再招待那么多的来访者,在我门上贴出了通告,想制约一下来访者的袭来,但用处不大,许多客人都视而不见,照样敲门不误。有少数人竟在门外荷塘边上等上几个钟头。除了来访者打电话者外,还有扛着沉重的摄像机而来的电视台的导演和记者,以及每天都收到的数量颇大的信件和刊物。有一些年轻的大中学生,把我看成了有求必应的土地爷,或者能预言先知的季铁嘴,向我请求这请求那,向我倾诉对自己父母都不肯透露的心中的苦闷。这些都要我那位"打工"的老同事来处理,我那位"打工者"此时就成了拦驾大使。想尽花样,费尽唇舌,说服那些想来采访,想来拍电视的好心和热心又诚心的朋友们,请他们稍安勿躁。这是极为繁重而困难的工作,我能深切体会。其忙碌困难的情况,我是能理解的。

最让我高兴的是,我结交了不少新朋友。他们都是著名的书法家、画家、诗人、作家、教授。我们彼此之间,除了真挚的感情和友谊之外,绝无所求于对方。我是相信缘分的,"有缘千里来相会,无缘对面不相识",缘分是说不明道不白的东西,

西山古松柏

反躬自省

但又确实存在。我相信，我同朋友之间就是有缘分的。我们一见如故，无话不谈。没见面时，总惦记着见面的时间，既见面则如鱼得水，心旷神怡；分手后又是朝思暮想，忆念难忘。对我来说，他们不是亲属，胜似亲属。有人说："人生得一知己足矣。"我得到的却不只是一个知己，而是一群知己。有人说我活得非常滋润。此情此景，岂是滋润二字可以了得！

我是一个呆板保守的人，秉性固执。几十年养成的习惯，我绝不改变。一身卡其布的中山装，国内外不变，季节变化不变，别人认为是老顽固，我则自称是"博物馆的人物"，以示"抵抗"，后发制人。生活习惯也绝不改变。四五十年来养成了早起的习惯，每天早晨四点半起床，前后差不了五分钟。古人说黎明即起，对我来说，这话夏天是适合的，冬天则是在黎明之前几个小时，我就起来了。我五点吃早点，可以说是先天下之早点而早点。吃完立即工作。我的工作主要是爬格子。几十年来，我已经爬出了上千万的字。这些东西都值得爬吗？我认为是值得的。我爬出的东西不见得都是精金粹玉，都是甘露醍醐，吃了能让人升天成仙。但是其中绝没有毒药，绝没有假冒伪劣，读了以后至少能让人获得点享受，能让人爱国，爱乡，爱人类，爱自然，爱儿童，爱一切美好的东西。总之一句话，能让人在精神境界中有所收益。我常常自己警告说：人吃饭是为了活着，但活着绝不是为了吃饭。人的一生是短暂的，绝不能白白把生命浪费掉。如果我有一天工作没有什么收获，晚上躺在床上就疚愧难安，认为是慢性自杀。爬格子有没有名利思想呢？坦白地说，过去是有的。可是到了今天，名利对我都没

有什么用处了,我之所以仍然爬,是出于惯性,其他冠冕堂皇的话,我说不出。爬格不知老已至,名利于我如浮云,或可能道出我现在的心情。

你想到过死没有呢?我仿佛听到有人在问。好,这话正问到节骨眼上。是的,我想到过死,过去也曾想到死,现在想得更多而已。在十年浩劫中,在1967年,一个千钧一发般的小插曲使我避免了走上自绝于人民的道路。从那以后,我认为,我已经死过一次,多活一天,都是赚的,到现在已经三十多年了,我真赚了个满堂满贯,真成为一个特殊的大富翁了。但人总是要死的,在这方面,谁也没有特权,没有豁免权。虽然常言道:黄泉路上无老少。但是,老年人毕竟有优先权。燕园是一个出老寿星的宝地。我虽年届九旬,但按照年龄顺序排队,我仍落在十几名之后。我曾私自发下宏愿大誓:在向八宝山的攀登中,我一定按照年龄顺序鱼贯而登,绝不抢班夺权,硬去加塞。至于事实究竟如何,那就请听下回分解了。

既然已经死过一次,多少年来,我总以为自己已经参悟了人生。我常拿陶渊明的四句诗当作座右铭:纵浪大化中,不喜亦不惧。应尽便须尽,无复独多虑。现在才逐渐发现,我自己并没能完全做到。常常想到死,就是一个证明,我有时幻想,自己为什么不能像朋友送给我摆在桌上的奇石那样,自己没有生命,但也绝不会有死呢?我有时候也幻想:能不能让造物主勒住时间前进的步伐,让太阳和月亮永远明亮,地球上一切生物都停住不动,不老呢?哪怕是停上十年八年呢?大家千万不要误会,认为我怕死怕得要命。绝不是那样。我早就认识到,

反躬自省

永远变动，永不停息，是宇宙根本规律，要求不变是荒唐的。万物方生方死，是至理名言。江文通《恨赋》中说："自古皆有死，莫不饮恨而吞声。"那是没有见地的庸人之举，我虽庸陋，水平还不会那样低。即使我做不到热烈欢迎大限之来临，我也绝不会饮恨吞声。

但是，人类是心中充满了矛盾的动物，其他动物没有思想，也就不会有这样多的矛盾。我忝列人类的一分子，心里面的矛盾总是免不了的。我现在是一方面眷恋人生，一方面却又觉得，自己活得实在太辛苦了，我想休息一下了。我向往庄子的话："大块载我以形，劳我以生。"大家千万不要误会，以为我就要自杀。自杀那玩意儿我绝不会再干了。在别人眼中，我现在活得真是非常非常惬意了。不虞之誉，纷至沓来；求全之毁，几乎绝迹。我所到之处，见到的只有笑脸，感到的只有温暖。时时如坐春风，处处如沐春雨，人生至此，实在是真应该满足了。然而，实际情况却并不完全是这样惬意。古人说：不如意事常八九。这话对我现在来说也是适用的。我时不时地总会碰到一些令人不愉快的事情，让自己的心情半天难以平静。即使在春风得意中，我也有自己的苦恼。我明明是一头瘦骨嶙峋的老牛，却有时被认成是日产鲜奶千磅的硕大的肥牛。已经挤出了奶水五百磅，还求索不止，认为我打了埋伏。其中情味，实难以为外人道也。这逼得我不能不想到休息。

我现在不时想到，自己活得太长了，快到一个世纪了。九十年前，山东临清县一个既穷又小的官庄出生了一个野小子，竟走出了官庄，走出了临清，走到了济南，走到了北京，

走到了德国；后来又走遍了几个大洲，几十个国家。如果把我的足迹画成一条长线的话，这条长线能绕地球几周。我看过埃及的金字塔，看到两河流域的古文化遗址，看过印度的泰姬陵，看到非洲的撒哈拉大沙漠，以及国内外的许多名山大川。我曾住过总统府之类的豪华宾馆，会见过许多总统、总理一级的人物，在流俗人的眼中，真可谓极风光之能事了。然而，我走过的漫长的道路并不总是铺着玫瑰花的，有时也荆棘丛生。我经过山重水复，也经过柳暗花明；走过阳关大道，也走过独木小桥。我曾到阎王爷那里去报到，没有被接纳。终于曲曲折折，颠颠簸簸，坎坎坷坷，磕磕碰碰，走到了今天。现在就坐在燕园朗润园中一个玻璃窗下，写着《九十述怀》。窗外已是寒冬。荷塘里在夏天接天映日的荷花，只剩下干枯的残叶在寒风中摇曳。玉兰花也只留下光秃秃的枝干在那里苦撑。但是，我知道，我仿佛看到荷花蜷曲在冰下淤泥里做着春天的梦；玉兰花则在枝头梦着"春意闹"。它们都在活着，只是暂时地休息，养精蓄锐，好在明年新世纪，新千年中开出更多更艳丽的花朵。

　　我自己当然也在活着。可是我活得太久了，活得太累了。歌德暮年在一首著名的小诗中想到休息，我也真想休息一下了。但是，这是绝对不可能的。我就像鲁迅笔下的那一位过客那样，我的任务就是向前走，向前走。前方是什么地方呢？老翁看到的是坟墓，小女孩看到的是野百合花。我写《八十述怀》时，看到的是野百合花多于坟墓，今天则倒了一个个儿，坟墓多而野百合花少了。不管怎样，反正我是非走上前

反躬自省

去不行的,不管是坟墓,还是野百合花,都不能阻挡我的步伐。冯友兰先生的"何止于米",我已经越过了"米"的阶段。下一步就是"相期以茶"了。我觉得,我目前的选择只有眼前这一条路,这一条路并不遥远。等到我十年后再写《百岁述怀》的时候,那就离"茶"不远了。

2000 年 12 月 20 日

九三述怀

前几天,在医院里过了一个生日,心里颇为高兴;但猛然一惊:自己已经又增加了一岁,现在是九十三岁了。

在五十多年前,当我处在四十岁阶段的时候,九十三这个数字好像是一个天文数字,可望而不可即。我当时的想法是:我大概只能活到四五十岁。因为我的父母都没有超过这个年龄,由于 X 基因或 Y 基因的缘故,我绝不能超过这个界限的。

然而人生真如电光石火,一转瞬间已经到了九十三岁。只有在医院里输液的时候感到时间过得特别慢以外,其余的时间则让我感到快得无法追踪。

近两年来,运交华盖,疾病缠身,多半是住在医院中。医院里的生活,简单而又烦琐。我是因一种病到医院里来的。入院以后,又患上了其他的病。在我入院前后所患的几种病中最让人讨厌的是天疱疮。手上起泡出水,连指甲盖下面都充满了水,是一种颇为危险的病。从手上向臂上发展,发展到一定的程度,就有性命危险。来到三〇一医院,经李恒进大夫诊治,药到病除，真正是妙手回春。后来又患上了几种别的病。有一种是前者的发展，改变了地方，改变了形式，长在了右脚上，黑黢黢脏兮兮的一团，大概有一斤多重。我自己看了都恶心。有时候简直想把右脚砍掉，看你这些丑类到何处去藏身！幸亏老院长牟善初的秘书周大夫不知从哪里弄到了一种平常的药膏，抹上，立竿见影，脏东西除掉了。为了对付这一堆脏东西，三○一医院曾组织过三次专家会诊，可见院领导对此事之重视。

你想到了死没有？想到过的，而且不止一次。不这样也是不可能的。人类是生物的一种。凡是生物，莫不好生而恶死，包括植物在内，一概如此。人们常说：好死不如赖活着。江淹《恨赋》中说："自古皆有死，莫不饮恨而吞声。"我基本上也不能脱这个俗。但是，我有我的特殊经历，因此，我有我的生死观。我在"十年浩劫"中，实际上已经死过一次。在《牛棚杂忆》中对此事有详细的叙述。我在这里不再重复。现在回忆起来，让我吃惊的是，临死前心情竟是那样平静，那样和谐。什么"饮恨"，什么"吞声"，根本不沾边儿。有了这样的独特的经历，即使再想到死，一点恐惧之感也没有了。

总起来说，我的人生观是顺其自然，有点接近道家。我生平信奉陶渊明的四句诗："纵浪大化中，不喜亦不惧。应尽便须尽，无复独多虑。"在这里一个关键的字是"应"。谁来决定"应""不应"呢？一个人自己，除了自杀以外，是无权决定的。因此，我觉得，对个人的生死大事不必过分考虑。

我最近又发明了一个公式：无论什么人，不管是男是女，不管是外国人还是中国人，也不管是处在什么年龄阶段，同阎

王爷都是等距离的。中国有两句俗话：阎王叫你三更死，不能留人到五更。这都说明，人们对自己的生死大事是没有多少主动权的。但是，只要活着，就要活得像个人样子。尽量多干一些好事，千万不要去干坏事。

人们对自己的生命也并不是一点主观能动性都没有的。人们不都在争取长寿吗？在林林总总的民族之林中，中国人是最注重长寿，甚至长生的。在过去几千年的历史上，我们创造了很多长寿甚至长生的故事。什么"王子去求仙，丹成入九天。山中方七日，世上几千年。"这实在没有什么意义。一些历史上的皇帝，甚至英明之主，为了争取长生，为药所误。唐太宗就是一个好例子。

中国古代文人对追求长生有自己的表达方式。苏东坡词："谁道人生无再少？门前流水尚能西。休将白发唱黄鸡。"在这里出现"再少"这个词儿。肉体上的"再少"，是不可能的。时间不能倒转的。我的理解是，如果老年人能做出像少年的工作，这就算是"再少"了。

我现在算不算是"再少"，我自己不敢说。反正我从来不敢懈怠，从来不倚老卖老。我现在既向后看，回忆过去的九十年；也向前看，看到的不是八宝山，而是活过一百岁。眼前就有我的好榜样。上海的巴金，长我七岁；北京的臧克家，长我六岁，都仍然健在。他们的健在给了我信心，给了我勇气，也给了我灵感。我想同他们竞赛，我们都会活到一百多岁的。

但是，我并不是为活着而活着。活着不是我的目的，而是我的手段。前辈学人陈翰笙先生，当他一百岁时人们为他在人

反躬自省

民大会堂祝寿的时候,他眼睛已经失明多年,身体也不见得怎么好。可是,请他讲话的时候,他第一句话就是:"我要工作"。全堂为之振奋不已。

我觉得,中国人民在过去几千年的历史上成就了许多美德,其中一条是"鞠躬尽瘁,死而后已"。这能代表我们中华民族伟大的一个方面。在几千年的历史上起着作用,至今不衰。

在历史上,我们的先人对人生还有一些细致入微而又切中要害的感悟。我举一个例子。多少年来,社会上流传着两句话:不如意事常八九,能与人言无二三。根据我们每一个人的亲身体会,这两句话是完全没有错的。在我们的生活中,在我们的社会交往中,尽管有不少令人愉快的如意的事情,但也不乏不愉快不如意的事情。年年如此,月月如此,天天如此。这个平凡的真理也不是最近才发现的。宋代的伟大词人辛稼轩就曾写道:"肘后俄生柳,叹人生,不如意事,十常八九。"这颇能道出古今人人心中都会有的想法。我们老年人对此更应该加强警惕。因为不如意事有的是人招惹出来的。老年人,由于生理的制约,手和脑都会不太灵光,招惹不如意事的机会会更多一些。我原来的原则是随遇而安,近来我又提高了一步:知足常乐,能忍自安。境界显然提高了一步。

写到这里,我想写一个看来与我的主题无关而实极有关的问题:中西高级知识分子比较研究。所谓高级知识分子,无非是教授、研究员、著名的艺术家画家、音乐家、歌唱家、演员等等。这个题目,在过去似乎还没有人研究过。我个人经过比较长期的思考,觉得其间当然有共性,都是知识分子嘛;但是

区别也极大。简短截说,西方高级知识分子大多数是自了汉,就是只管自己那一亩三分地里的事情,有点像过去中国老农那一种"老婆、孩子、热炕头,外加二亩地、一头牛"的样子。只要不发生战争,他们的工资没有问题,可以安心治学,因此成果显著地比我们多。他们也不像我们几乎天天开会,天天在运动中。我们的高知继承了中国自古以来知识分子(士)的传统,家事、国事、天下事,事事关心。中国古代的皇帝们最恨知识分子这种毛病。他们希望士们都能夹起尾巴做人。知识分子偏不听话,于是在中国历史上,所谓文字狱这种玩意儿就特别多。很多皇帝都搞文字狱。到了清朝,又加上了个民族问题。于是文字狱更特别多。

最后,我还必须谈一谈服老与不服老的辩证关系。所谓服老,就是,一个老人必须承认客观现实。自己老了,就要老实承认。过去能做到的事情,现在做不到了,就不要勉强去做。但是,如果完完全全让老给吓住,什么事情都不做,这无异于坐而待毙,是极不可取的行为。人们的主观能动性的能量是颇为可观的。真正把主观能动性发挥出来,就能产生一种不服老的力量。正确处理服老与不服老的关系并不容易。二者之间的关系有点恍兮惚兮,其中有物。但是,这个物是什么,我却说不清楚。领悟之妙,在于一心。普天下善男信女们会想出办法的。

我已经写了不少。为什么写这样多呢?因为我感觉到,我们的生活环境和生活条件,日益改善,将来老年人会越来越多。我现在把自己的一点经历写了出来,供老人们参考。

反躬自省

千言万语,不过是一句话:我们老年人不要一下子躺在"老"字上,无所事事,我们的活动天地还是够大的。

有道是:

走过独木桥,
跳过火焰山。
豪情依然在,
含笑颂九三!

2003年8月18日于三〇一医院

九十五岁初度

又碰到了一个生日。一副常见的对联的上联是：天增岁月人增寿。我又增了一年寿。庄子说：万物方生方死。从这个观点上来看，我又死了一年，向死亡接近了一年。

不管怎么说，从表面上来看，我反正是增长了一岁，今年算是九十五岁了。

在增寿的过程中，自己在领悟、理解等方面有没有进步呢？

仔细算，还是有的。去年还有一点叹时光之流逝的哀感，今年则完全没有了。这种哀感在人们中是最常见的。然而也是最愚蠢的。人间正道是沧桑。时光流逝，是万古不易之理。人类，以及一切生物，是毫无办法的。夫天地者，万物之逆旅；光阴者，百代之过客。对于这种现象，最好的办法是听之任之，用不着什么哀叹。

我现在集中精力考虑的一个问题是：如何避免当时只道是寻常的这种尴尬情况。当时是指过去的某一个时间。现在，过一些时候也会成为当时的。这样一来，我们就会永远有这样的

反躬自省

哀叹。我认为，我们必须从事实上，也可以说是从理论上考察和理解这个问题。我想谈两个问题，第一个是如何生活？第二个是如何回忆生活？

先谈第一个问题。

一般人的生活，几乎普遍有一个现象，就是倥偬。用习惯的说法就是匆匆忙忙。五四运动以后，我在济南读到了俞平伯先生的一篇文章。文中引用了他夫人的话："从今以后，我们要仔仔细细过日子了。"言外之意就是嫌眼前日子过得不够仔细，也许就是日子过得太匆匆的意思。怎样才叫仔仔细细呢？俞先生夫妇都没有解释，至今还是个谜。我现在不揣冒昧，加以解释。所谓仔仔细细就是：多一些典雅，少一些粗暴；多一些温柔，少一些莽撞；总之，多一些人性，少一些兽性；如此而已。

至于如何回忆生活，首先必须指出：这是古今中外一个常见的现象。一个人，不管活得多长多短，一生中总难免有什么难以忘怀的事情。这倒不一定都是喜庆的事情，比如洞房花烛夜，金榜题名时之类。这固然使人终生难忘。反过来，像夜走麦城这样的事，如果关羽能够活下来，他也不会忘记的。

总之，我认为，回想一些俱往矣类的事情，总会有点好处。回想喜庆的事情，能使人增加生活的情趣，提高向前进的勇气。回忆倒霉的事情，能使人引以为鉴，不至于再蹈覆辙。

现在，我在这里，必须谈一个无论如何也绕不过去的问题：死亡问题。我已经活了九十五年。无论如何也必须承认这是高龄。但是，在另一方面，它离开死亡也不会太远了。

一谈到死亡，没有人不厌恶的。我虽然还不知道，死亡究

竟是什么样子，我也并不喜欢它。

写到这里，我想加上一段非无意义的闲话。对于寿命的态度，东西方是颇不相同的。中国人重寿，自古已然。汉瓦当文延年益寿，可见汉代的情况。人名李龟年之类，也表示了长寿的愿望。从长寿再进一步，就是长生不老。李义山诗："嫦娥应悔窃灵药，碧海青天夜夜心。"灵药当即不死之药。这也是一些人，包括几个所谓英主在内，所追求的境界。汉武帝就是一个狂热的长生不老的追求者。精明如唐太宗者，竟也为了追求长生不老而服食玉石散之类的矿物，结果是中毒而死。

上述情况，在西方是找不到的。没有哪一个西方的皇帝或国王会追求长生不老。他们认为，这是无稽之谈，不屑一顾。

我虽然是中国人，长期在中国传统文化熏陶下成长起来的；但是，在寿与长生不老的问题上，我却倾向西方的看法。中国民间传说中有不少长生不老的故事，这些东西侵入正规文学中，带来了不少的逸趣，但始终成不了正果。换句话说，就是中国人并不看重这些东西。

中国人是讲求实际的民族。人一生中，实际的东西是不少的。其中最突出的一个东西就是死亡。人们都厌恶它，但是却无能为力。

上文中我已经涉及死亡问题，现在再谈一谈。一个九十五岁的老人，若不想到死亡，那才是天下之怪事。我认为，重要的事情，不是想到死亡，而是怎样理解死亡。世界上，包括人类在内，林林总总，生物无虑上千上万。生物的关键就在于生，死亡是生的对立面，是生的大敌。既然是大敌，为什么不铲除

之而后快呢?铲除不了的。有生必有死,是人类进化的规律。是一切生物的规律,是谁也违背不了的。

对于像死亡这样的谁也违背不了的灾难,最有用的办法是先承认它,不去同它对着干,然后整理自己的思想感情。我多年以来就有一个座右铭:"纵浪大化中,不喜亦不惧。应尽便须尽,无复独多虑。"是陶渊明的一首诗。该死就去死,不必多嘀咕。多么干脆利落!我目前的思想感情也还没有超过这个阶段。江文通《恨赋》最后一句话是:自古皆有死,莫不饮恨而吞声。我相信,在我上面说的那些话的指引下,我一不饮恨,二不吞声。我只是顺其自然,随遇而安。

我也不信什么轮回转世。我不相信,人们肉体中还有一个灵魂。在人们的躯体还没有解体的时候灵魂起什么作用,自古以来,就没有人说得清楚。我想相信,也不可能。

对你目前的九十五岁高龄有什么想法?我既不高兴,也不厌恶。这本来是无意中得来的东西,应该让它发挥作用。比如说,我一辈子舞笔弄墨,现在为什么不能利用我这一支笔杆子来鼓吹升平,增强和谐呢?现在我们的国家是政通人和、海晏河清。可以歌颂的东西真是太多太多了。歌颂这些美好的事物,九十五年是不够的。因此,我希望活下去。岂止于此,相期以茶。

2006 年 8 月 8 日

第四辑 寄情于物

在晨光熹微中,我走出了卧铺车厢,走到了列车的走廊上。猛一抬头,我的全身连我的内心立刻激烈地震动了一下:东方正有一抹胭脂似的像月牙一般的红彤彤的东西腾涌出来。这是即将升起的朝阳,我心里想。

寄情于物

枸杞树

在不经意的时候,一转眼便会有一棵苍老的枸杞树的影子飘过。这使我困惑。最先是去追忆:什么地方我曾看见这样一棵苍老的枸杞树呢?是在某处的山里么?是在另一个地方的一个花园里么?但是,都不像。最后,我想到才到北平时住的那个公寓;于是我想到这棵苍老的枸杞树。

我现在还能很清晰地温习一些事情:我记得初次到北平时,在前门下了火车以后,这古老都市的影子,便像一个秤锤,沉重地压在我的心上。我迷惘地上了一辆洋车,跟着木屋似的电车向北跑。远处是红的墙,黄的瓦。我是初次看到电车的;我想,"电"不是很危险吗?后面的电车上的脚铃响了;我坐的洋车仍然在前面悠然地跑着。我感到焦急,同时,我的眼仍然"如入山阴道上,应接不暇",我仍然看到,红的墙,黄的瓦。终于,在焦急,又因为初踏入一个新的境地而生的迷惘的心情下,折过了不知多少满填着黑土的小胡同以后,我被拖到西城的某一个公寓里去了。我仍然非常迷惘而有点近于慌张,眼前

的一切都仿佛给一层轻烟笼罩起来似的，我看不清院子里的什么东西，我甚至也没有看清我住的小屋，黑夜跟着来了，我便糊里糊涂地睡下去，做了许许多多离奇古怪的梦。

虽然做了梦；但是却没有能睡得很熟，刚看到窗上有点发白，我就起来了。因为心比较安定了一点，我才开始看得清楚：我住的是北屋，屋前的小院里，有不算小的一缸荷花，四周错落地摆了几盆杂花。我记得很清楚：这些花里面有一棵仙人头，几天后，还开了很大的一朵白花，但是最惹我注意的，却是靠墙长着的一棵枸杞树，已经长得高过了屋檐，枝干苍老钩曲像千年的古松，树皮皱着，色是黝黑的，有几处已经开了裂。幼年在故乡里的时候，常听人说，枸杞是长得非常慢的，很难成为一棵树，现在居然有这样一棵虬干的老枸杞站在我面前，真像梦；梦又擎开了轻渺的网，我这是站在公寓里么？于是，我问公寓的主人，这枸杞有多大年龄了，他也渺茫：他初次来这里开公寓时，这树就是现在这样，三十年来，没有多少变动。这更使我惊奇，我用惊奇的太息的眼光注视着这苍老的枝干在沉默着，又注视着接连着树顶的蓝蓝的长天。

就这样，我每天看书乏了，就总到这棵树底下徘徊。在细弱的枝条上，蜘蛛结了网，间或有一片树叶儿或苍蝇蚊子之流的尸体粘在上面。在有太阳和灯火照上去的时候，这小小的网也会反射出细弱的清光来。倘若再走近一点，你又可以看到有许多叶上都爬着长长的绿色的虫子，在爬过的叶上留了半圆缺口。就在这有着缺口的叶片上，你可以看到各样的斑驳陆离的彩痕。对着这彩痕，你可以随便想到什么东西，想到地图，想

寄情于物

到水彩画，想到被雨水冲过的墙上的残痕，再玄妙一点，想到宇宙，想到有着各种彩色的迷离的梦影。这许许多多的东西，都在这小的叶片上呈现给你。当你想到地图的时候，你可以任意指定一个小的黑点，算做你的故乡。再大一点的黑点，算做你曾游过的湖或山，你不是也可以在你心的深处浮起点温热的感觉么？这苍老的枸杞树就是我的宇宙。不，这叶片就是我的全宇宙。我替它把长长的绿色的虫子拿下来，摔在地上，对着它，我描画给自己种种涂着彩色的幻想，我把我的童稚的幻想，拴在这苍老的枝干上。

在雨天，牛乳色的轻雾给每件东西涂上一层淡影。这苍黑的枝干更显得黑了。雨住了的时候，有一两个蜗牛在上面悠然地爬着，散步似的从容，蜘蛛网上残留的雨滴，静静地发着光。一条虹从北屋的脊上伸展出去，像拱桥不知伸到什么地方去了。这枸杞的顶尖就正顶着这桥的中心。不知从什么地方来的阴影，渐渐地爬过了西墙，墙隅的蜘蛛网，树叶浓密的地方仿佛把这阴影捉住了一把似的，渐渐地黑起来。只剩了夕阳的余晖返照在这苍老的枸杞树的圆圆的顶上，淡红的一片，熠耀着，俨然如来佛头顶上金色的圆光。

以后，黄昏来了，一切角隅皆为黄昏所占领了。我同几个朋友出去到西单一带散步。穿过了花市，晚香玉在薄暗里发着幽香。不知在什么时候，什么地方，我曾读过一句诗："黄昏里充满了木樨花的香。"我觉得很美丽。虽然我从来没有闻到过木樨花的香；虽然我明知道现在我闻到的是晚香玉的香。但是我总觉得我到了那种飘渺的诗意的境界似的。在淡黄色的灯光下，

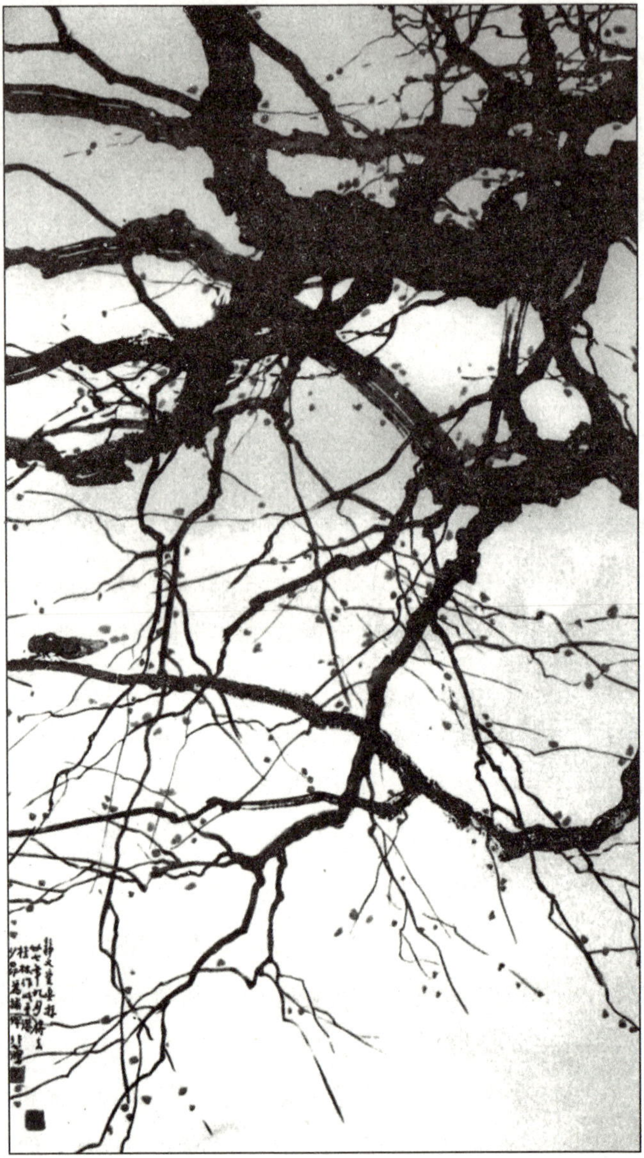

秋树

寄情于物

我们摸索着转进了幽黑的小胡同,走回了公寓。这苍老的枸杞树只剩下了一团凄迷的影子,靠了北墙站着。

跟着来的是个长长的夜。我坐在窗前读着预备考试的功课。大头尖尾的绿色小虫,在糊了白纸的玻璃窗外有所寻觅似的撞击着。不一会,一个从缝里挤进来了,接着又一个,又一个。成群的围着灯飞。当我听到卖"玉米面饽饽"夐长的永远带点儿寒冷的声音,从远处的小巷里越过了墙飘了过来的时候,我便捻熄了灯,睡下去。于是又开始了同蚊子和臭虫的争斗。在静静的长夜里,忽然醒了,残梦仍然压在我心头,倘若我听到又有窸窣的声音在这棵苍老的枸杞树周围,我便知道外面又落了雨。我注视着这神秘的黑暗,我描画给自己:这枸杞树的苍黑的枝干该便黑了罢;那只蜗牛有所趋避该匆匆地在向隐僻处爬去罢;小小的圆的蜘蛛网,该又捉住雨滴了罢,这雨滴在黑夜里能不能静静地发着光呢?我做着天真的童话般的梦。我梦到了这棵苍老的枸杞树。——这枸杞树也做梦么?第二天早起来,外面真的还在下着雨。空气里充满了清新的沁人心脾的清香。荷叶上顶着珠子似的雨滴,蜘蛛网上也顶着,静静地发着光。

在如火如荼的盛夏转入初秋的澹远里去的时候,我这种诗意的又充满了稚气的生活,终于也不能继续下去。我离开这公寓,离开这苍老的枸杞树,移到清华园里来,到现在差不多四年了。这园子素来是以水木著名的。春天里,满园里怒放着红的花,远处看,红红的一片火焰。夏天里,垂柳拂着地,浓翠扑上人的眉头。红霞般爬山虎给冷清的深秋涂上一层凄艳的色

彩。冬天里，白雪又把这园子安排成为一个银的世界。在这四季，又都有西山的一层轻渺的紫气，给这园子添了不少的光辉。这一切颜色：红的，翠的，白的，紫的，混合着涂上了我的心，在我心里幻成一副绚烂的彩画。我做着红色的，翠色的，白色的，紫色的，各样颜色的梦。论理说起来，我在西城的公寓做的童话般的梦，早该被挤到不知什么地方去了。但是，我自己也不了解，在不经意的时候，总有一棵苍老的枸杞树的影子飘过。飘过了春天的火焰似的红花；飘过了夏天的垂柳的浓翠；飘过了红霞似的爬山虎，一直到现在，是冬天，白雪正把这园子装成银的世界。混合了氤氲的西山的紫气，静定在我的心头。在一个浮动的幻影里，我仿佛看到：有夕阳的余晖返照在这棵苍老的枸杞树的圆圆的顶上，淡红的一片，熠耀着，像如来佛头顶上的金光。

1933 年 12 月 8 日雪之下午

寄情于物

马缨花

曾经有很长的一段时间,我孤零零一个人住在一个很深的大院子里。从外面走进去,越走越静,自己的脚步声越听越清楚,仿佛从闹市走向深山。等到脚步声成为空谷足音的时候,我住的地方就到了。

院子不小,都是方砖铺地,三面有走廊。天井里遮满了树枝,走到下面,浓荫匝地,清凉蔽体。从房子的气势来看,从梁柱的粗细来看,依稀还可以看出当年的富贵气象。

这富贵气象是有来源的。在几百年前,这里曾经是明朝的东厂。不知道有多少忧国忧民的志士曾在这里被囚禁过,也不知道有多少人在这里受过苦刑,甚至丧掉性命。据说当年的水牢现在还有迹可寻哩。

等到我住进去的时候,富贵气象早已成为陈迹,但是阴森凄苦的气氛却是原封未动。再加上走廊上陈列的那一些汉代的石棺石椁,古代的刻着篆字和隶字的石碑,我一走回这个院子里,就仿佛进入了古墓。这样的环境,这样的气氛,把我的记

忆提到几千年前去；有时候我简直就像是生活在历史里，自己俨然成为古人了。

这样的气氛同我当时的心情是相适应的，我一向又不相信有什么鬼神，所以我住在这里，也还处之泰然。

但是也有紧张不泰然的时候。往往在半夜里，我突然听到推门的声音，声音很大，很强烈。我不得不起来看一看。那时候经常停电，我只能在黑暗中摸索着爬起来，摸索着找门，摸索着走出去。院子里一片浓黑，什么东西也看不见，连树影子也仿佛同黑暗粘在一起，一点都分辨不出来。我只听到大香椿树上有一阵窸窸窣窣的声音，然后"咪噢"的一声，有两只小电灯似的眼睛从树枝深处对着我闪闪发光。

这样一个地方，对我那些经常来往的朋友们来说，是不会引起什么好感的。有几位在白天还有兴致来找我谈谈，他们很怕在黄昏时分走进这个院子。万一有事，不得不来，也一定在大门口向工友再三打听，我是否真在家里，然后才有勇气，跋涉过那一个长长的胡同，走过深深的院子，来到我的屋里。有一次，我出门去了，看门的工友没有看见，一位朋友走到我住的那个院子里。在黄昏的微光中，只见一地树影，满院石棺，我那小窗上却没有灯光。他的腿立刻抖了起来，费了好大力量，才拖着它们走了出去。第二天我们见面时，谈到这点经历，两人相对大笑。

我是不是也有孤寂之感呢？应该说是有的。当时正是"万家墨面没蒿莱"的时代，北京城一片黑暗。白天在学校里的时候，同青年同学在一起，从他们那蓬蓬勃勃的斗争意志和生命

寄情于物

活力里，还可以汲取一些力量和快乐，精神十分振奋。但是，一到晚上，当我孤零一个人走回这个所谓家的时候，我仿佛遗世而独立。没有人声，没有电灯，没有一点活气。在煤油灯的微光中，我只看到自己那高得、大得、黑得惊人的身影在四面的墙壁上晃动，仿佛是有个巨灵来到我的屋内。寂寞像毒蛇似的偷偷地袭来，折磨着我，使我无所逃于天地之间。

在这样无可奈何的时候，有一天，在傍晚的时候，我从外面一走进那个院子，蓦地闻到一股似浓似淡的香气。我抬头一看，原来是遮满院子的马缨花开花了。在这以前，我知道这些树都是马缨花，但是我却没有十分注意它们。今天它们用自己的香气告诉了我它们的存在。这对我似乎是一件新事。我不由得就站在树下，仰头观望：细碎的叶子密密地搭成了一座天棚，天棚上面是一层粉红色的细丝般的花瓣，远处望去，就像是绿云层上浮上了一团团的红雾。香气就是从这一片绿云里洒下来的，洒满了整个院子，洒满了我的全身，使我仿佛游泳在香海里。

花开也是常有的事，开花有香气更是司空见惯。但是，在这样一个时候，这样一个地方，有这样的花，有这样的香，我就觉得很不寻常；有花香慰我寂寥，我甚至有一些近乎感激的心情了。

从此，我就爱上了马缨花，把它当成了自己的知心朋友。

北京终于解放了。1949年的10月1日给全中国带来了光明与希望，给全世界带来了光明与希望。这一个具有重大意义的日子在我的生命里划上了一道鸿沟，我仿佛重新获得了生命。

可惜不久我就搬出了那个院子，同那些可爱的马缨花告别了。

时间也过得真快，到现在，才一转眼的工夫，已经过去了13年。这13年是我生命史上最重要、最充实、最有意义的13年。我看了许多新东西，学习了很多新东西，走了很多新地方。我当然也看了很多奇花异草。我曾在亚洲大陆最南端科摩林海角看到高凌霄汉的巨树上开着大朵的红花；我曾在缅甸的避暑胜地东枝看到开满了小花园的火红照眼的不知名的花朵；我也曾在塔什干看到长得像小树般的玫瑰花。这些花都是异常美妙动人的。

然而使我深深地怀念的却仍然是那些平凡的马缨花，我是多么想见到它们呀！

最近几年来，北京的马缨花似乎多起来了。在公园里，在马路旁边，在大旅馆的前面，在草坪里，都可以看到新栽种的马缨花。细碎的叶子密密地搭成了一座座的天棚，天棚上面是一层粉红色的细丝般的花瓣。远处望去，就像是绿云层上浮上了一团团的红雾。这绿云红雾飘满了北京，衬上红墙、黄瓦，给人民的首都增添了绚丽与芬芳。

我十分高兴，我仿佛是见了久别重逢的老友。但是，我却隐隐约约地感觉到，这些马缨花同我回忆中的那些很不相同。叶子仍然是那样的叶子，花也仍然是那样的花；在短短的十几年以内，它绝不会变了种。它们不同之处究竟何在呢？

我最初确实是有些困惑，左思右想，只是无法解释。后来，我扩大了我回忆的范围，不把回忆死死地拴在马缨花上面，而是把当时所有同我有关的事物都包括在里面。不管我是怎样喜

寄情于物

欢院子里那些马缨花,不管我是怎样爱回忆它们,回忆的范围一扩大,同它们联系在一起的不是黄昏,就是夜雨,否则就是迷离凄苦的梦境。我好像是在那些可爱的马缨花上面从来没有见到哪怕是一点点阳光。

然而,今天摆在我眼前的这些马缨花,却仿佛总是在光天化日之下。即使是在黄昏时候,在深夜里,我看到它们,它们也仿佛是生气勃勃,同浴在阳光里一样。它们仿佛想同灯光竞赛,同明月争辉。同我回忆里那些马缨花比起来,一个是照相的底片,一个是洗好的照片;一个是影,一个是光。影中的马缨花也许是值得留恋的,但是光中的马缨花不是更可爱吗?

我从此就爱上了这光中的马缨花,而且我也爱藏在我心中的这一个光与影的对比。它能告诉我很多事情,带给我无穷无尽的力量,送给我无限的温暖与幸福;它也能促使我前进。我愿意马缨花永远在这光中含笑怒放。

1962 年 10 月 1 日

夹竹桃

夹竹桃不是名贵的花,也不是最美丽的花;但是,对我来说,她却是最值得留恋最值得回忆的花。

不知道由于什么缘故,也不知道从什么时候起,在我故乡的那个城市里,几乎家家都种上几盆夹竹桃,而且都摆在大门内影壁墙下,正对着大门口。客人一走进大门,扑鼻的是一阵幽香,入目的是绿蜡似的叶子和红霞或白雪似的花朵,立刻就感觉到仿佛走进自己的家门口,大有宾至如归之感了。

我们家大门内也有两盆,一盆是红色的,一盆是白色的。我小的时候,天天都要从这下面走出走进。红色的花朵让我想到火,白色的花朵让我想到雪。火与雪是不相容的;但是,这两盆花却融洽地开在一起,宛如火上有雪,或雪上有火。我顾而乐之,小小的心灵里觉得十分奇妙,十分有趣。

只有一墙之隔,转过影壁,就是院子。我们家里一向是喜欢花的;虽然没有什么非常名贵的花,但是常见的花却是应有尽有。每年春天,迎春花首先开出黄色的小花,报告春的

寄情于物

消息。以后接着来的是桃花、杏花、海棠、榆叶梅、丁香等等，院子里开得花团锦簇。到了夏天，更是满院葳蕤。凤仙花、石竹花、鸡冠花、五色梅、江西腊等等，五彩缤纷，美不胜收。夜来香的香气熏透了整个的夏夜的庭院，是我什么时候也不会忘记的。一到秋天，玉簪花带来凄清的寒意，菊花报告花事的结束。总之，一年三季，花开花落，没有间歇；情景虽美，变化亦多。

然而，在一墙之隔的大门内，夹竹桃却在那里静悄悄地一声不响，一朵花败了，又开出一朵；一嘟噜花黄了，又长出一嘟噜；在和煦的春风里，在盛夏的暴雨里，在深秋的清冷里，看不出什么特别茂盛的时候，也看不出什么特别衰败的时候，无日不迎风弄姿，从春天一直到秋天，从迎春花一直到玉簪花和菊花，无不奉陪。这一点韧性，同院子里那些花比起来，不是形成一个强烈的对照吗？

但是夹竹桃的妙处还不止于此。我特别喜欢月光下的夹竹桃。你站在它下面，花朵是一团模糊；但是香气却毫不含糊，浓浓烈烈地从花枝上袭了下来。它把影子投到墙上，叶影参差，花影迷离，可以引起我许多幻想。我幻想它是地图，它居然就是地图了。这一堆影子是亚洲，那一堆影子是非洲，中间空白的地方是大海。碰巧有几只小虫子爬过，这就是远渡重洋的海轮。我幻想它是水中的荇藻，我眼前就真的展现出一个小池塘。夜蛾飞过映在墙上的影子就是游鱼。我幻想它是一幅墨竹，我就真看到一幅画。微风乍起，叶影吹动，这一幅画竟变成活画了。有这样的韧性，能这样引起我的幻

竹外桃花

想，我爱上了夹竹桃。

好多好多年，我就在这样的夹竹桃下面走出走进。最初我的个儿矮，必须仰头才能看到花朵。后来，我逐渐长高了，夹竹桃在我眼中也就逐渐矮了起来。等到我眼睛平视就可以看到花的时候，我离开了家。

我离开了家，过了许多年，走过许多地方。我曾在不同的地方看到过夹竹桃，但是都没有留下深刻的印象。

两年前，我访问了缅甸。在仰光开过几天会以后，缅甸的许多朋友们热情地陪我们到缅甸北部古都蒲甘去游览。这地方以佛塔著名，有"万塔之城"的称号。据说，当年确有万塔。到了今天，数目虽然没有那样多了，但是，纵目四望，嶙嶙峋峋，群塔簇天，一个个从地里涌出，宛如阳朔群山，又像是云南的石林，用"雨后春笋"这一句老话，差堪比拟。虽然花草树木都还是绿的，但是时令究竟是冬天了，一片萧瑟荒寒气象。

然而就在这地方，在我们住的大楼前，我却意外地发现了老朋友夹竹桃。一株株都跟一层楼差不多高，以至我最初竟没有认出它们来。花色比国内的要多，除了红色的和白色的以外，记得还有黄色的。叶子比我以前看到的更绿得像绿蜡，花朵开在高高的枝头，更像片片的红霞、团团的白雪、朵朵的黄云。苍郁繁茂，浓翠逼人，同荒寒的古城形成了强烈的对比。

我每天就在这样的夹竹桃下走出走进。晚上同缅甸朋友们在楼上凭栏闲眺，畅谈各种各样的问题，谈蒲甘的历史，谈中缅文化的交流，谈中缅两国人民的胞波的友谊。在这时候，远处的古塔渐渐隐入暮霭中，近处的几个古塔上却给电灯照得通明，望之如灵山幻境。我伸手到栏外，就可以抓到夹竹桃的顶枝。花香也一阵一阵地从下面飘上楼来，仿佛把中缅友谊熏得更加芬芳。

就这样，在对于夹竹桃的婉美动人的回忆里，又涂上了一层绚烂夺目的中缅人民友谊的色彩。我从此更爱夹竹桃。

1962 年 10 月 17 日

寄情于物

洛阳牡丹

"洛阳牡丹甲天下"这一句在中国流行了千百年的话，我是相信的，我是承认的。但是，我以前从没有意识到，这一句话的真正含义，自己并没有完全了解。

牡丹，我看得多了。在我的故乡，我看到过；在北京的许多地方，特别是法源寺和颐和园，我也看到过。牡丹花朵之大、之美，花色品种之多，确实使我惊诧不已。我觉得，唐人咏牡丹的名句"国色朝酣酒，天香夜染衣"，约略可以概括。牡丹被尊为花中之王，是当之无愧的。

但是，什么叫"国色"？什么又叫"天香"，我的理解介乎明暗之间。

今年四月中旬，应洛阳北京大学校友会的邀请，我第一次到了洛阳这座"牡丹之城"。此时正是花会举行期间。今年因为气候偏冷，我们初到的第一天，连大马路旁开得最早的"洛阳红"，都没有全开放。焉知天公作美，到了第二天竟然晴空万里，阳光普照。仿佛那一位大名鼎鼎的金轮圣神皇帝武则天又

突然降临人间,下诏牡丹在一夜之间必须开放,不但"洛阳红"开得火红火红,连公园里那些比较名贵的品种也都从梦中醒来一般,打起精神,迎着朝阳,一一开放。

我们当然都不禁狂喜。在感谢天公之余,在忙着参观白马寺、少林寺、中岳庙和龙门石窟之余,挤出了早晨的时间,来到了牡丹最集中的地方王城公园,欣赏"甲天下"的洛阳牡丹。不看不知道,一看吓一跳。原来是这个样子呀!光看花名,就是几十上百种,个个美妙非凡,诗意盎然,我记也记不住。花的形体和颜色也各不相同,直看得我眼花缭乱,目迷五色。我想到神话里面的百花仙子,我想到《聊斋志异》里面的变成美女的牡丹花神,一时搔首无言,不知道要说什么好。昨天夜里,我想到今天要来看牡丹,想了半天,把我脑海里积累了几十年的辞藻宝库,翻箱倒柜,穷搜苦索,想今天面对洛阳牡丹大展文才,把牡丹好好地描绘一番。我真希望我的笔能够生花,产生奇迹,写出一篇名文,使天下震惊。然而,到了此时此地,面对着迎风怒放的牡丹,却一点词儿也没有了,我的"才"耗尽了,一点也挤不出来了。我想,坐对这样的牡丹,对画家来说,名花的意态是画不出来的;对摄影家来说,是照不出来的;对作家来说,是写不出来的。我什么家都不是,更是手足无所措了。

《世说新语·任诞》第二十三有一段话:

"桓子野每闻清歌,辄唤'奈何!'谢公闻之曰:'子野可谓一往有深情'。"

寄情于物

我对牡丹花真是一往情深。我觉得,值此时机最好的办法就是喊上几声:"奈何!奈何!"

洛阳人民有福了,中国人民有福了。在林林总总全世界的无数民族中,造物主——假如真有这么一个玩意儿的话——独独垂青于我们中华民族,把牡丹这一种奇特而无与伦比的名花创造在神州大地上,洛阳人和全中国的人难道不应该感到骄傲、感到幸福吗?在王城公园里拥拥挤挤围观牡丹的千万人中,有中国人,其中包括洛阳人,也有外国人,个个脸上都流露出兴奋幸福的神情,看来世界上一切美好的东西,都既是民族的,又是全人类的。牡丹也是如此。在洛阳,在中国的洛阳,坐对迎风怒放的牡丹,我不应该只说:洛阳人民有福了,中国人民有福了,而应该说,全世界人民都有福了。

我觉得,我现在方才了解了"洛阳牡丹甲天下"这一句话的真正含义。

登庐山

苍松翠柏,层层叠叠,从山麓向上猛奔,气势磅礴,压山欲倒,整个宇宙仿佛沉浸在一片浓绿之中。原来这就是庐山啊!

汽车沿着盘山公路,在万绿丛中盘旋而上。我一边仿佛为这神奇的绿色所制服,一边嘴里哼着苏东坡那一首脍炙人口的诗:

> 横看成岭侧成峰,
> 远近高低各不同。
> 不识庐山真面目,
> 只缘身在此山中。

我很后悔,在年轻读中国小学的时候,学习马虎,对岭与峰的细微区别没有弄清楚。到了此时,悔之晚矣。无论横看,还是侧看,我都弄不明白苏东坡用意之所在。我只觉得,苏东坡没有搔着痒处，没有真正抓住庐山的神韵，没有抓住庐山的灵魂，空留下这一首传诵古今的名篇。

到了我们的住处以后，天色已经黄昏。窗外松涛澎湃，山风猎猎，鸟鸣在耳，蝉声响彻，九奇峰朦胧耸立，天上有一弯新月。我耳朵里听到的是松声，眼睛仿佛看到了绿色。我在庐山的第一夜，做了一个绿色的梦。

中国的名山胜境，我游得不多。五十年前，我在大学毕业后，改行当了高中的国文教员。虽然为人师表，却只有二十三岁。在学生眼中，我大概只能算是一个大孩子。有一个学生含笑对我说："我比你还大五岁哩！老师！"这有什么办法呢？我当时童心未泯，颇好游玩。曾同几个同事登泰山，没费吹灰之力就登上了南天门。在一个鸡毛小店里住了一夜，第二天凌晨攀登玉皇顶，想看日出。适逢浮云蔽天，等看到太阳时，它已经升得老高了。我们从后山黑龙潭下山，一路饱览山色，颇有一点"一览众山小"的情趣。泰山给我留下了非常深刻的印象。从审美的角度上来评断，我想用两个字来概括泰山，这就是：雄伟。

六年以前，我游了黄山。从前山温泉向上攀，经过了许多名胜古迹，什么一线天、蓬莱三岛等，下午三时到了玉屏楼。回望天都峰鲫鱼背，如悬天半。在玉屏楼住了一夜，第二天再向北海前进。一路上又饱览了数不清的名胜古迹。在北海住了两夜，看到了著名的黄山云海和奇峰怪石。世之论者认为黄山以古松胜，以云海胜，以奇峰胜，以怪石胜。古人说："五岳归来不看山，黄山归来不看岳。"这是非常有见地的话。从审美的

寄情于物

角度来评断,我也想用这两个字来概括黄山,这就是:诡奇。

那一次陪我游黄山的是小泓,我们祖孙二人始终走在一起。他很善于记黄山那一些稀奇古怪的名胜的名字,我则老朽昏庸,转眼就忘,时时需要他的提醒和纠正。当时日子过得似乎平平常常,并没有觉得有什么奇妙之处,有什么值得怀念之处。但是,前几年我到安徽合肥去开会,又有游黄山的机会,我原本想再去黄山的。可是,我忽然怀念起小泓来,他已在千山万水浩渺大洋之外了。我顿时觉得,那一次游黄山,日子过得不细致,有点马马虎虎,颇有一点身在福中不知福的味道。如今回忆起来,情景历历如在眼前。哪怕是极小的生活细节,也无一不温馨可爱,到了今天,宛如一梦,那些情景永远永远不会再回来了。我觉得,再游黄山,谁也代替不了小泓。经过了反复的考虑,我决意不再到黄山去了。

今天我来到了庐山,陪我来的是二泓。在离开北京的时候,我曾下定决心,在庐山,日子一定要仔仔细细地过,认真在意地过,把每一个细微末节,每一分钟,每一秒钟,都要仔细玩味,决不能马马虎虎,免得再像游黄山那样,日后追悔不及。我也确实这样做了。正像小泓一样,二泓也是跟我形影不离。几天以来,我们几乎游遍整个庐山。茂林修竹,大陵深涧,岩洞石穴,飞瀑名泉。他扶着我,有时候简直是扛着我,到处游观。我觉得,这一次确实是仔仔细细地过日子了,一点也没有敢疏忽大意。对一草一木,一山一石,变幻莫测的白云,流动不息的飞瀑,我都全心全意地把整个灵魂都放在上面。我只希望,到得庐山之游成为回忆时,我不再追悔。是否真正能做到

这一步,我眼前还不敢夸下海口,只有等将来的事实来验证了。

庐山千姿百态,很难用一个字或几个字来概括。但是,总起来说,庐山给我的印象同泰山和黄山迥乎不同。在这里,不管是远山,还是近岭,无不长满了松柏。杉树更是特别郁郁葱葱,尖尖的树顶直刺云天。目光所到之处,总是绿,绿,绿,几乎看不到任何别的颜色,是一片浓绿的天地,一片浓绿的大洋。从审美的角度来看,我也想用两个字来概括庐山,这就是:秀润。

我觉得,绿是庐山的精神,绿是庐山的灵魂,没有绿就没有庐山。绿是有层次的。有时候蓦地白云从谷中升起,把苍松翠柏都笼罩起来,笼罩得迷蒙一片,此时浓绿就转成了青色,更给人以秀润之感,可惜东坡翁当年没能抓住庐山这个特点,因而没有能认识庐山的真面目,成为千古憾事。我曾在含鄱口远眺时信口写一七绝:

近浓远淡绿重重,
峰横岭斜青蒙蒙,
识得庐山真面目,
只缘身在此山中。

我自谓抓住了庐山的精神,抓住了庐山的灵魂。庐山有灵,不知以为然否?

寄情于物

火车上观日出

在晨光熹微中,我走出了卧铺车厢,走到了列车的走廊上。猛一抬头,我的全身连我的内心立刻激烈地震动了一下:东方正有一抹胭脂似的像月牙一般的红彤彤的东西腾涌出来。这是即将升起的朝阳,我心里想。

我年逾古稀,平生看日出多矣。有的是我有意去寻求的,比如泰山观日。整整五十年前,当时我还是一个青年小伙子,正在济南一个中学里教书。在旧历八月中秋,我约了两个朋友,从济南乘火车到泰安。当天下午我们就上了山。我只有二十三岁,正是精力旺盛的时候,我大跨步走过斗姆宫、快活三里、五大夫松,一气登上了南天门,丝毫也没有感到什么吃力,什么惊险。此时正是暮色四垂,阴影布上群山的时候,四顾寂无一人,万古的沉寂压在我们身上。在一个鸡毛小店里住了一夜。第二天,摸黑起来,披上店里的棉被,登上玉皇顶。此时东天逐渐苍白,我瞪大了眼睛,连眨眼都不敢,盼望奇迹的出现。可是左等右等,我等待的奇迹太阳只是不露面。等到东天布满了一片红霞时,再仔细一看,朝阳已经像一个红色的血球,徘

徊于片片的白云中,原来太阳早已经出来了。

从那以后,过了四十多年,到了八十年代初,我第一次登上了"归来不看岳"的黄山。在北海住了三天。我曾同小泓摸黑起床,赶到一座小山顶上,那里已经黑压压地挤满了人。我们好不容易挤了上去,在人堆里争取了一块容身之地,静下心来,翘首东望,恭候日出。东天原来是灰蒙蒙一片,只是比西方、南方、北方稍微显得白了亮了一点。但是,一转瞬间,亮度逐渐增高,由淡白转成了淡红,再由淡红转成了浓红,一片霞光照亮东天。再一转瞬,一芽红痕突然涌出,红痕慢慢向上扩大,由一点到一线,由一线到一片,一轮又圆又红的球终于跳出来了。

就这样,我在泰山和黄山这两个在全中国甚至全世界都以能观日出而声名远扬的名山上,看到了日出。是我自己处心积虑一意追求而得来。

我现在是在火车上,既非泰山,也非黄山。我做梦也没有想到会同观赏日出联系起来,我一点寻求的意思也没有。然而,仿佛眼前出现了奇迹:摆在我眼前的是不折不扣的日出。我内心的震惊不是完全很自然的吗?

这样的日出,从来没有听人说观赏过,连听人谈到过都没有。它同以前处心积虑一意追求看到的不一样,完完全全地不一样。不管在泰山,还是在黄山,我都是静止不动的。太阳虽然动,也只是在一个地方动,她安详自在,慢条斯理,威严端重,不慌不忙。她在我眼中是崇高的化身,是威仪的重现。正像印度大诗人泰戈尔每天早晨对着朝阳沉思默祷那样,太阳在我眼中也是神圣不可侵犯的。

然而现在却是另一番景象。火车风驰电掣，顷刻数里，一刻也不停。而太阳也是一刻也不停，穷追不舍。她仿佛是率领着白云、朝霞、沧海、苍穹，仿佛率领着她那些如云的随从，追赶着火车，追赶着车上的我，过山，过水，过森林，过小村。有时候我甚至看到她鬓云凌乱，衣冠不整。原来的端庄威严，安详自在，一点影子都没有了。是她在处心积虑，一意追求，追求着火车上的我，一定要我观看她的出现。此时我的心情简直是用任何言语也形容不出来了。

太阳一方面穷追不舍，一方面自己在不停地变幻。最初我只看到在淡红色的云堆中慢慢地涌出了一点红色月牙似的东西。月牙逐渐扩大，扩大，扩大，最初的颜色像是朱砂，眼睛能够直视。但是，随着体积的逐渐扩大，朱砂逐渐变为金黄，光芒越来越亮，到了最后，辉光熠耀，谁要是再想看她，她的光芒就要刺他的眼睛了。等到太阳高高升起的时候，她在天空里俯视大地，俯视火车，俯视火车中的我，她又恢复了她那端庄威严，安详自在的神态，虽然是仍然跟着火车走，却再也没有那种仓促急忙的样子。

这短短的车上观日出的经历，对我来说，简直像是一次神秘的天启。它让我暂时离开了尘世，离开了火车，甚至离开了我自己。我体会到变中有不变，不变中又有变；我体会到变化与速度的交互融合，交互影响。这种体会，我是无法说清楚的。等我回到车厢内的时候，人们还在熟睡未醒。我仿佛怀着独得之秘，静静地坐在那里，回想刚才的一切，余味尤甘。一团熠耀的光辉还留在我的心中。

游小三峡

愧我孤陋寡闻,虽然已届耄耋之年,而且1955年还畅游过一次三峡;但是,直到不久以前,我还只知有大三峡,小三峡则未之见也。

最近几年来,风闻"小三峡"这个名词,我也隐隐约约朦朦胧胧地认为,这只不过是在葛洲坝修建以后,长江上游水涨,因而形成了这个所谓"小三峡"而已。我并没有什么渴望想去游历一番。

然而,世界事有大出人意料者。今年九、十月之交,中国的《人民日报》与日本的《朝日新闻》联合举办"展望二十一世纪的亚洲——国际讨论会",租了一艘长江上的豪华游轮"峨眉号",边游三峡,边开会。我应邀参加。日程表上安排有"游小三峡"一项。直至此时,也还没有能引起我的注意和兴趣,我只不过觉得游一游也不错而已。

游轮驶过了闻名世界的神女峰等等景观,在巫山县停泊。在这里换小艇进入大宁河,所谓小三峡就在这里。我此时才如梦初醒：原来还真有一个小三峡呀！

　　在这里，我立即注意到了一个奇怪的现象。长江水由于上游水土流失极端严重，原来的清水已经变成了黄水，同黄河差不多了，而大宁河水则尚清澈。两股水汇流处，一清一黄，大有泾渭分明之概。我的耳目为之一新，精神为之一振了。我们在大三峡中已经航行了不短的距离，大自然的瑰丽奇伟的风光，已经领略了不少。我现在虽然承认了，世上真还有一个小三峡。但是，在我下意识中又萌生了一个念头：小三峡的风光决不会超过大三峡。如果真正超过了的话，那岂不是本末倒置了吗？

　　然而，这一回我又错了。小艇转入小三峡以后不久，我就不断地吃惊起来。这里的水势诚然比不上长江的混茫浩瀚，没有杜甫所说的那样"不尽长江滚滚来"的气势。然而水平如镜，清澈见底。两岸耸立的青山也与大三峡有所不同。在那里，岸边的悬崖绝壁，葱茏绿树，只能远观；有时还被罩在迷蒙的云雾中，不露峥嵘。在这里却就在我们身边，有时简直就像悬在我们头顶上，仿佛伸手就可以摸到。峭壁千仞，我原以为不过是一句套话。这里的峭壁真有千仞，而且是拔地而起。笔直上升。其威势之大，简直让我目瞪口呆，胆战心寒，不由得你不叹宇宙之神奇。至于碧树，真是绿到无以复加的程度。这碧绿，仿佛凝结成液体，"滴翠"二字决不是夸张。我坐在小艇上，好像真感觉到这碧绿滴了下来。滴到了我的头上，滴到了别人头上，滴到了小艇中，滴到了清水中，与水的碧绿混在一起，幻成了一个碧绿的宇宙。

　　同是碧绿，并不单调。河回路转，岸上景色一时一变，大有山阴道上应接不暇之概。导游小姐口若悬河,把两岸山上的著名景观说得活灵活现。同别的名胜一样,这些景观大都同中国的珍奇动物,同民间流行的神话传说联系起来,什么熊猫洞,什么猴子捞月,什么水帘洞,什么观音坐莲台,等等等等。如果她不说,你或许不会想到;但是,经她一指点则就越看越像,不得不佩服当地老百姓幻想之丰富了。

两岸山上,也有不是幻想的东西,确确实实是人工造成的东西。比如栈道,在悬崖峭壁上,我看到一排相隔一二尺的小方洞,是人工凿成的。方洞中插上木板,当年拉纤的奴隶就赤足走在上面。据说这样的栈道竟长达四百里。我们很容易想象出,这玩意儿有多么危险。还比如悬棺,也同样是凿在悬崖峭壁上的洞,这个洞当然要大得多,大得能容下一口棺材。我们今天很难想象,这棺材是怎样抬上去的。在中国的西南一带,有悬棺的地方颇为不少。这可能是当地民族的一种特殊的风习。

正当大家聆听导游小姐生动的讲解,欣赏两岸高山的名胜古迹时,忽然有人大喊了一声:

"猴子! 猴子!"

全艇的人立刻活跃起来。我虽然老眼昏花,此时也仿佛得到了神力,似乎能明察秋毫了。我抬头向右岸的山崖上绿树丛中望过去,果然看到几只猴子,在树枝上跳来跳去。灰黄色的皮毛衬上了树的碧绿,仿佛凸出来似的,异常清晰明显。

艇上的中日人士都熟悉唐代大诗人李白的那一首著名的诗:

寄情于物

朝辞白帝彩云间,
千里江陵一日还。
两岸猿声啼不住,
轻舟已过万重山。

　　这是多么美妙无比的情景啊!可惜的是,三峡的猿声早已消逝,很久以来就没有能听到了。我曾担心,我们的子子孙孙永远再也没有可能欣赏李白诗中的意境了。然而,眼前,就在这小三峡中,猴子居然又露了面,为小三峡增加美妙,为人类增添欢乐,我们艇上这一群人的兴奋和喜悦,还能用言语来表达吗?

　　全艇的人兴会淋漓,谈笑风生。本来已经够美妙绝伦的山

水，仿佛更增添了几分妩媚，山仿佛更青，水仿佛更秀，连小艇也仿佛更轻，飞速地驶在绿琉璃似的水面上，撞碎了天空中白云的倒影，撞碎青峦翠峰的倒影。我们此时真仿佛离开了人间，飘飘然驶入仙境了。

由于时间关系，我们无法走到小三峡的尽头，也就是大宁河能通航的一百二十公里。走了大约一半的路程，我们的小艇就转回头来，走上归程。

沿岸的风光我们已经看过一遍，用不着再讲解、翻译。活泼的导游小姐也坐下来休息了。又因为此时已是顺水行舟，艇速极快。艇上的人也多半坐在那里，自由交谈，甚至有人在闭目养神。一切都比较清静，没有来时那样的兴奋和激动了。

然而日本学者却突然又兴奋活跃起来。他们站起身来，又是招手，又是欢笑。原来他们在一艘逆水而上的游艇上看到了日本前首相中曾根康弘，他也来了。这真是一次意想不到的事情。两艘游艇，一只上水，一只下水，擦肩而过，只在一瞬间。可艇中的宁静的气氛再也保持不下去了。中日双方的学者们，还有专程陪我们游览的县委书记和随从们，精神又都抖擞起来，小艇又载满了欢声笑语了。

我在这里顺便插上几句话。回到北京以后，我在《人民日报》上读到了林林同志翻译的中曾根的俳句《小三峡舟行》：

一泓秋水分山脉，波光何碧绿。
伴赤壁凝立，望澄澈之秋空。

寄情于物

可见此时不是政治家而是诗人的中曾根康弘先生是多么陶醉于中国的山水中而诗兴淋漓了。

回头再说我们小艇中的情景。大家看到了日本的首相来游中国的小三峡,可见小三峡吸引力之大。大家把话题一转,自然而然就转到了中日山水的比较上。日本全国山清水秀,几乎可以说,全国就是一个大花园。日本人爱美之心和洁癖,扬名世界。每一个家庭,门前总有一个小花园。哪怕只有一丈见方,也必然栽上一棵松树,种上一些花草,看上去美妙无比,真令人赏心悦目。天然景色也并不缺少,像富士山、箱根等等著名的风景胜地,更真正能拴住游者的心。但是,日本毕竟是一个岛国,地方是有限的,像中国的大、小三峡,在日本是无法想象的。即使造物主想对日本垂青,他也无法把大、小三峡安放在日本列岛上。这是再明显不过的事实。

大家七嘴八舌,畅谈不休。日本朋友看上去也非常兴奋,兴致很高。他们心里怎么想,我当然不得而知。然而在这气象恢弘,鬼斧神工般的小三峡中,大自然景观的威力压在每一个人头上,令人目眩神移,谁也无法否认摆在眼前的这个事实了。

对我个人来讲,过去不知道有多少次了,我目击祖国的名山大川,常常感慨万端。过去我朦朦胧胧不甚了了的小三峡,现在又摆在我的眼前,我说不出话来。自然的伟大和威力,我这一支拙笔是描绘不出来的。我虔心默祝,感谢大自然独垂青于我中华,独钟爱我们的赤县神州。我感到骄傲,感到光荣,觉得我们这一片土地真是非常可爱的。这种感觉或者感情,将永远保留在我内心深处。

观秦兵马俑

好像从地下涌出来一样，千军万马的兵马俑一个个英姿勃发地突然站立在大地上。说是千军万马，决不是夸大之词。仅就已知的俑的数目来看，足足够编成一个现代化的师。有待于发现的还没有计算在内。

你说这是一个奇迹吗？我同意。这几乎是全世界到中国来参观兵马俑的外国朋友的一致的意见，他们中间有的人甚至说，秦兵马俑这一个奇迹超过了举世闻名的万里长城。但是，同时我也可以不同意。我们伟大的祖国是文明古国，在现在的九百多万平方公里的土地上，十亿人口正在从事于万马奔腾的社会主义现代化的伟大建设工作。这是地面上的奇迹，是明明白白地摆在光天化日之下的，是人们都能够看到的。但是在地下呢？谁也说不清楚，究竟还有多少像秦兵马俑这样的奇迹暂时还埋藏在那里。就连邻近兵马俑的地带，地下情况我们也还不很清楚，何况是这样辽阔的大地呢？

在兵马俑没有涌出来以前，想来地面上也不过是一片青青

寄情于物

的庄稼，或者一片荒烟蔓草。这一块土地，同另外任何一块土地完全是一模一样的。两千多年以来，不知道有多少人脚踩过这一块土地，也许在上面种过庄稼、种过菜，栽过树，养过花；也许在上面盖过房子，修过花园。谁也不会想到，就在自己的脚下，竟埋藏着这样多这样神奇的国宝。中国古人有一句现成的话说："地不爱宝。"现在也许是大地忽然不再爱这些宝贝了，于是兵马俑这样的国宝就一下子涌到地面上来。

今天我们不远千里来到这里，无非是想看一看这些国宝，这些奇迹。一路之上，从西安城一直到这里，看到的当然都是地面上的东西。车过秦始皇陵，看到一个高高的土丘，上面郁郁葱葱，长满了石榴树。因为天气不好，骊山只剩下一片影子，黑魆魆地扑入眉宇。田地里长满了青青的蔬菜，间或也能看到麦苗。麦苗长得还很矮小，但却青翠茁壮。在骊山的阴影压迫之下，这麦苗显得更加青翠，逗人喜爱。

但是在西安引人注意的却不是这些青翠茁壮的麦苗，西安是一个最容易让人发思古之幽情的地方。只要一看到秦始皇陵和骊山，人们的思潮就会冲决这两个地方，向外扩散。我现在正是这样。我的心思仿佛长上了翅膀，连绵起伏，奔腾流泻。看到半坡，我自然就想到了蒙昧远古的祖先。接着想到的是我们汉族公认的始祖轩辕黄帝，他的陵墓距离西安不算太远。骊山当然让我想到周幽王和骊姬。始皇陵里埋着妇孺皆知的秦始皇。茂陵是汉武帝的陵墓。这一位雄才大略的大皇帝把自己的大将和大臣都埋葬在身边，霍去病和卫青的墓都在茂陵附近。这两个杰出的年轻的大将军在死后还在

赤胆忠心地保卫着自己的主子。

至于唐代,那遗迹更是到处可见。很多地方都与中国文学史上一些非常显赫的诗人的名字联系在一起。抬头一看,低头一想,无一不让你想到唐代诗歌的黄金时代,想到一些脍炙人口的诗句。这里简直是诗歌的王国,是幻想的天堂,是天上彩虹的故乡,是人间真情的宝库。走过灞桥,我怎能会不想到当年折柳赠别的那一些名句和那种依依不舍的友情呢?看到蓝田这个地名,我自然就想到了王维的辋川别墅,想到那些意境幽远的短诗。终南山抬头就能够见到,一看到终南山:"终南阴岭秀,积雪浮云端。林表明霁色,城中增暮寒。"吟咏这首诗的声音,就在我耳边响起。车子驰过城西北的那一些原野,我不由自主地低吟:"五陵北原上,万古青蒙蒙。"走过咸阳桥,杜甫的名句:"耶娘妻子走相送,尘埃不见咸阳桥"自然就在我耳边响起。我仿佛看到在滚滚的黄尘中唐代出征军人的身影,他们的父母妻子把臂牵袂,痛哭相送。一走过渭水,"秋风生渭水,落叶满长安"这样的诗句马上把我带到了长安的深秋中,身上感到一阵阵的凉意。一想到秋天,我马上就想到春天。"云里帝城双凤阙,雨中春树万人家。"这样春雨中的情景立刻就把千树万树枝头滴着红雨的杏花带到我眼前来,我身上感到一阵阵的湿意。从帝城我联想到大明宫:"九天阊阖开宫殿,万国衣冠拜冕旒。"我仿佛亲眼看到当年世界的首都长安的情景,大街上熙熙攘攘,挤满了人,在黄皮肤的人群中夹杂着不少皮肤或白或黑,衣着怪异、语言奇特的外国学者、商人、僧侣、外交官。

总之,在我乘车驶向秦俑馆的路上,我眼前幻影迷离,心

寄情于物

头忆念零乱,耳旁响着吟诗声,嘴里念着美妙的诗句,纵横八百里,上下数千年,浮想联翩,心潮腾涌。我以前在任何时候任何地方都没有过这样复杂的感情,我是既愉快,又怅惘;既兴奋,又冷静,中间还掺杂上一点似乎是骄傲的意味。

就这样,转眼之间,我们已经到了秦兵马俑馆。

所谓兵马俑馆,是一个硕大无比的大厅,目测至少有几个足球场大。在进入大厅之前,我们先参观了大厅旁边的一间小厅,中间陈列着正在修复中的一辆铜车、四匹铜马。四匹铜马神采奕奕,仿佛正在努力拉着铜车奔驰。一个铜军官坐在车上,驾驭着这四匹马。看到这样精致绝伦的艺术国宝,我们每个人都不禁啧啧称叹:想不到宇宙间竟有这样神奇的珍品,我心中那一点骄傲的意味不由地更加浓烈起来了。

走进了大厅,站在栏杆旁边向下面的大坑里望去,看到一排排的坑道,坑道中,前排的兵俑和马俑都成排成行地站在那里。将军俑、铠甲武士俑、骑马俑等等,好像都聚精会神地站在那里,静候命令,一个个秩序井然,纪律严明。身体笔直,一动也不动。兵俑中间间杂着一些马俑,也都严肃整齐,伫立待命。我原以为,这些兵俑都是一个模子里塑制出来的,千篇一律,不会有什么变化。但是仔细一看才发现,他们的面部表情几乎每一个都不相同:有的像是在微笑,有的像是在说话。有的光着下颔,有的留着胡子,个个栩栩如生,而又神态各异,没有发现一个愁眉苦脸的。他们好像都是衷心喜悦地为大皇帝站岗放哨。他们的"物质待遇"好像是很不错,否则怎么能个个都心满意足呢?我简直难以想象,当年的艺术家是怎样塑制这些兵马俑的。数以万计的兵马俑竟都能这样精致生动，不叫它是宇宙间一大奇迹又叫它什么呢？

我的思潮又腾涌起来。眼前幻象浮动，心头波浪翻滚。蓦地一转眼，我仿佛看到坑里的兵俑和马俑一齐跳动起来。兵俑跑在前面，在将军俑的率领下，奋勇前进。马俑紧紧地跟在后面。有的兵俑骑上马俑，放松缰绳。任马驰骋。后排坑道里那些还没有被完全挖出来的兵俑和马俑，有的只露出了头，有的露出了半身，有的直着身子，有的歪着身子，也都在那里活动起来。在这里，地面高高低低，坎坷不平。它在我眼中忽然变成了海浪，汹涌澎湃，气象万千。兵俑和马俑正从海浪中挣扎出来，有脑袋的奋勇向前，连那些没有脑袋的也顺手抓起一个脑袋，安在脖子上，骑上马俑，向前奔去，想追上前面那些成行成排的俑，一齐飞出大厅。那四匹铜马拉着铜车四马当先，所向无前。连乾陵的那两匹带翅膀的飞马也从远处赶了来，参加到飞腾的队伍中去。它们一飞出大厅，看到今天祖国已经换了人间，都大为惊诧与兴奋。它们大声互相说着话："我们一睡就是几千年，今天醒来，看到河山大地花团锦簇，人民群众意气风发。我们虽然都有了一把子年纪，但是身子骨还很硬朗。我们休息了这么多年，正有用不完的劲。我们也一定要尽上一份力量，决不能后人。现在是大显身手的好时候了，干呀！干呀！"边说边飞，浩浩荡荡，飞向天空，飞向骊山：

骊山高处入青云，
仙乐风飘处处闻。

寄情于物

现在我耳边响起的不是缓歌慢奏的仙乐,而是兵马杂沓,金鼓齐鸣,这些声音汇成了三界大乐,直干青云,跟随着兵俑和马俑,把我的心也夹在了中间,飞驰掠过八百里秦川。

这八百里秦川可真是一块宝地啊!在若干千年中,我们的先民在这里胼手胝足,辛勤耕耘,才收拾出来了现在这样的锦绣河山。就拿西安这一个地方来说吧。在汉唐时期,以它那光辉灿烂的文化,吸引了成千上万的外国朋友,不远万里,来到这里,或学习、或贸易、或当外交官。西安俨然成了当时世界的中心。城中盛况,依稀可以想象。这一点我在上面已经谈到。今天,又发现了数目这样多、塑制又这样精美、能同世界奇迹长城媲美的兵马俑,锦上添花,又招引来了全国各地的人士和世界各国的朋友,云集此处,都瞪大了眼睛,惊叹不已。在我们来的路上,外国朋友乘坐的车子,络绎不绝。现在在秦俑馆内,外国朋友,男女老幼,穿着五光十色的衣服,说着稀奇古怪的语言,其数目远远超过国内人民。在这样的情况下,作为一个中国人,人们会想些什么呢?别人的心思我无法揣度,我说不出;但是我自己的心思我是清楚的。我在来的路上的那一点淡淡的骄矜之意、幸福之感,现在浓烈起来了。为生为一个中国人而感到骄矜与幸福,难道不是我们共同的感觉吗?

我就是怀着这样的骄矜之意与幸福之感,依依不舍一步三回首地离开了秦俑馆的。此时天色已经渐渐地晚了下来,骊山山顶隐入一层薄薄的暮霭中。浩浩荡荡的兵俑和马俑的队伍大概已经飞越了骊山,只留下一片寂静,伴随着我驰过八百里秦川。

观天池

长白山天池真可谓"大名垂宇宙"矣。我们此次冒酷暑，不远数千里，飞来延吉，如果说有一个确定不移的目的的话，那就是天池。

我们早晨从延吉出发，长驱二百三十公里，马不停蹄，下午到了长白山下的天池宾馆。我们下车，想先订好房间，然后上山。但是，宾馆的主人却催我们赶快上山，因为此时天气颇为理想，稍纵即逝，缓慢不得，房间他会给我们保留下来的。

宾馆老板的话是非常有道理的。长白山主峰海拔二千六百九十一米，较五岳之尊雄踞齐鲁大地的泰山还要高一千多米。而天池又正在山巅，气候变化无常。延边大学的校长昨天告诉我，山顶气候一天二十四变。换句话说，也就是一个小时变一次。而实际情况还要比这个快，往往十几分钟就能变一次。原来是丽日悬天，转眼就会白云缭绕，阴霾蔽空。此时晶蓝浩瀚的天池就会隐入云雾之中，多么锐利的眼睛也不会看见了。据说一个什么人，不远万里，来到天池，适逢云雾，在山巅等了三个小时，最终也没能见天池一面，悻悻然而去之，成为终生憾事。

我们听了宾馆主人的话，立即鼓足余勇，驱车登山。开始时在山下看到的是一大片原始森林。据说清代的康熙皇帝认为长白山是满洲龙兴之地，下诏封山，几百年没有开放，因此这一片原始森林得到了最妥善的保护。不但不许砍伐树木，连树木自己倒下、烂掉，也不许人动它一动。到了今天，虽然开放了，树木仍然长得下踞大地，上撑青天，而且是拥拥挤挤，树挨着树，仿佛要长到一起，长成一个树身，说是连兔子都钻不进去，决非夸大之词。里面阔叶、针叶树都有，而以松树为主，挺拔耸峭，葱茏蓊郁，百里林海，无边无际，碧绿之色仿佛染绿了宇宙。

汽车开足了马力，沿着新近修成的盘山公路，勇往直上。在江西庐山是"跃上葱茏四百旋"，但是庐山比起长白山来直如小丘。在这里汽车究竟转了多少弯，至今好像还没有人统计过。我们当然更没有闲心再去数多少弯。但见在相当长的行驶时间内是针阔混交的树林。到了大约一千一百米以上，变成了针叶林带。到了一千八百米至二千米的地方，属于针叶的长白松突然消逝，路旁一棵挺起身子的高树都见不到了。一片岳桦林躬着腰背，歪曲扭折，仿佛要匍匐在地上，不敢抬头。尖劲的山风，千万年来，把它们已经制得服服帖帖，趴在地上，勉强苟延残喘，口中好像是自称"奴才"，拜倒在山风脚下连呼"万岁"了。

此时，我们已经升到海拔二千米以上，比泰山的玉皇顶还要高出五六百米。以"爬山虎"著称的北京吉普车，也已累得喘起了粗气。再一看路旁，连跪在地上的岳桦林也一律不见。

看到的只有死死抓住石头的青草，还是一片翠绿。但是它们也没有一棵敢向高处长的，都是又矮又粗，低头奋力伏在石头上。看来长白山狂猛的山风连小草也不放过。小草为了活命，也只有听从山风的命令了。看样子，即使小草这样俯首帖耳，忍辱负重，也还是不行的。再往上不久，石头上光秃秃的，连一根小草的影子再也不见。大概山风给小草规定下的生命地界已经到了极限。过此往上，一切青色的东西全皆不见。此处是山风独霸的天下，在宇宙间只许自己在这里狂暴肆虐，耀武扬威了。

既然山上已一无可看，我们就往山下看看吧。近处是壁立万仞，下临无地，看了令人不由得目眩股栗，赶快把眼光投向远方。大概我们宾主五人都积了善有了余庆。我们都交了好运，天气是无比地晴朗。千里松海，尽收眼底，令人逸兴遄飞，心旷神怡。回望背后群山，山背阴处，盛夏犹有积雪。长白山真不愧"长白"之名。

可是，真出我们意想之外，汽车出了毛病，发动机忽然停止工作了，火再也打不着。司机连忙下车，搬来大石块，把车后轮垫牢。否则车一滑坡，必然坠入万丈深谷，则我们和车岂不就成了齑粉了吗？我确实有点慌了起来，但司机却说：汽车患了"高山反应"，神态自若。我真有点摸不清，他说的究竟是真话，还是笑话？但见他从容不迫，把车上的机器胡鼓捣了一阵，忽然"砰"的一声，汽车又发动起来了。我的心才又回到腔子里。汽车盘旋上山，皆大欢喜。

真正到了山顶了，我急不可待，立即开门想下车。别人想拦住我，但没有拦得住，连忙给我把制服上衣穿上，车门刚开了

寄情于物

一个小缝，一股刺骨的寒风立即狂袭过来。原来山下气温是摄氏三十二三度，而在这里，由于没有寒暑表，不敢乱说，根据我的感觉，恐怕是在十度以下。我原以为是个累赘一点用处也没有的毛衣，这时却成了至宝。我忙忙乱乱地把它穿在制服外面，别人又在我身上蒙上了一件风雨衣。这样一来，上半身勉强对付，但是我头顶上的真正的纱帽却不行了。下面的裤子也陡然薄得如纸。现在能有一件皮袄该多好呀！我浑身抖抖索索，被三个年轻人架住双臂，推着背后，跟跟跄跄，向前迈步。山风迅猛，刺入骨髓。别提我有多么狼狈了。有人拍了一张照片，我自己还没有看到。我想，那将是我一生最为可笑的一张照片了。

但是，我的苦难历程还没有完结。我虽然已经站在我渴望已久的天池边上，却还看不到天池，一座不高不低的沙堆挡住了我们的去路。我此时实在已经是筋疲力尽，想躺倒在地，不再动弹。但是，渴望了几十年，又冒酷暑不远数千里而来，难道竟能打退堂鼓功亏一篑吗？当然不行！我收集了我的剩勇，在三个年轻人的连推带拉之下，喘着粗气，终于爬上了沙丘。此时，天空虽然黑云未退，蓝色的天池却朗朗然呈现在我的眼前。

啊，天池！毕生梦寐以求，今天终于见到你了。

天池实际水面高程为二千一百九十四米，最大水深三百七十三米，是我国最高最深的淡水湖。有诗写道："周回八十里，峭壁立池边。水满疑无地，云低别有天。"池周围屹立着十六座高峰，峰巅直刺青天，恐怕离天连三尺三都不到。时虽盛夏，险峰积雪仍然倒影池面。白雪碧波，相映成趣。山风

猎猎，池面为群山所包围，水波不兴，碧平如镜。真是千真万确的大好风光，我真是不虚此行了。

但是，我一下子就想到了盛名播传四海的天池水怪。在平静的碧波下面，他们此时在干些什么呢？是在操持家务呢？还是在开会？是在制造伪劣商品呢？还是在倒买倒卖？是在打高尔夫球呢？还是在收听奥运会的广播？是在品尝粤菜的生猛海鲜呢？还是在吃我们昨天在延吉吃的生鱼片？……问题一个个像连成串的珍珠，剪不断，理还乱。有人拍了一下我的肩膀，我蓦然醒了过来，觉得自己真仿佛是走了神，入了魔，想入非非，已经非非到可笑的程度了。我擦了擦昏花的老眼：眼前天池如镜，群峰似剑。山风更加猛烈，是应该下山的时候了。

我们辞别了天池，上了车，好像驾云一般，没有多少时间，就回到了山下。顺路参观了著名的长白瀑布，品尝了在温泉水中煮熟的鸡蛋，在暮霭四合中，回到了天池宾馆。

吃过晚饭，躺在床上，辗转反侧，无论如何也难以入睡。在朦朦胧胧中，我仿佛走出了宾馆。不知道怎么一来，就到了长白山巅，天池旁边。此时群山如影，万籁俱寂。天池水怪纷纷走出了水面，成堆成堆地游乐嬉戏，或舞蹈，或唱歌，或戏水，或跳跃，一时闹声喧腾，意气飞扬。我听到他们大声讲话：

"你看这人类多么可笑！在普天之下，五湖四海，争名夺利，钩心斗角，胜利了或者失败了，想出来散散心，不远千里，不远万里，冒着生命危险，来到我们这里，瞪大了贪婪罪恶的眼睛，看着天池；其实是想看一眼被他们称为'天池怪兽'的我们。我们偏偏不露面，白天伏在深水里，一动也不动。看到他们那失望的目光，我们真开心极了！"

"我们真开心极了！"

"我们真开心极了！"

"万岁！"

"乌拉！"

此时闹声更喧腾了，气氛更热烈了——

"还有人居然想给我们拍照哩！"

"听说已经有人把照片登在报纸上了！"

"这两天又风风火火地谣传：一家电视台悬赏万金，要拍我们的照片哩！"

"真是活见鬼！"

"真是活见鬼！"

"谁要是让他拍了照，我们决定开除他的怪籍，谁说情也不行！"

"万岁！万岁！"

"乌拉！乌拉！"

此时喧声震天，波涛汹涌。我吓得浑身发抖，不知所措。赶快撒腿就跑，一下子跑到了宾馆的床上。定一定神，才知道自己刚才做了一个梦。

第二天一大早，我们就在晨光熹微中离开了天池宾馆。临行前，我曾同李铮到原始森林的边缘上去散了散步，稍稍领略了一下原始森林的情趣。抬头望着长白山顶，向天池告别。我相信，我还会回来的。但是，我向天池中的怪兽们宣誓：我决不会给他们拍照。

延边行

小引

今年夏天,应延边大学副校长郑判龙教授之邀,冒酷暑,不远数千里,飞赴延吉,参观访问。如果学一点时髦的话,也可以说是"讲学"吧。我极不喜欢用这个词儿。因为我知道有不少的"学者",外国话不会说半句,本来是出国旅游的,却偏偏说是应邀"讲学"。我真难理解这个"学"是怎样"讲"的。难道外国人都一下子获得了佛家所说的"天耳通",竟能无师自通地听懂了中国话吗?出国旅游,并非坏事;讲出实话,实不丢人。又何必一定要在自己脸上贴金呢?我这个人生性急,喜爱逆反。即使是真讲学,我也偏偏不用。这一次想来一个例外,我毕竟真是在延边大学讲了一次。所以一反常规,也给自己脸上贴一点金。

我在延边只待了六天,时间应该说是非常短的。但是,我却闻所未闻,见所未见,吃所未吃,感所未感,大开眼界,大开口界。我国的朝鲜族是异常好客的,简直可以说是好客成性。

住在这里的汉族，本来也是好客的，又受到了朝族的熏陶，更增加了好客的程度。我们时时刻刻沉浸在友谊的海洋之中，友谊之浪，情好之波，铺天盖地，弥漫一切。我们仿佛生活在人类世界之上的另一个世界里，我们的感觉决不能用感激二字来表达，这是远远不够的，我年届耄耋，有生之年，永远不会忘记了。

我舞笔弄墨，成癖成性，在思绪感情奔腾澎湃之余，不禁又拿起笔来。但限于时间，只能表达所闻所见于万一，聊志个人的雪泥鸿爪而已。

1992 年 7 月 29 日于延边大学专家招待所

我在延吉吃的第一顿饭

今天是我的生日。我来到这个世界上已经整整八十一年了。按天数算，共是二万九千五百六十五天。平均每天吃三顿饭，共吃了八万八千六百九十五顿饭。顿数多得不可谓不惊人了。而且我还吃遍了世界上三十多个国家的饭。多么好吃的，多么难吃的，多么奇怪的，多么正常的，我都吃过，而且都吃得下去。我自谓饭学已极精通，可以达到国际特级大师的标准了。对吃饭之事圆融自在，已臻化境。只要有饭可吃，我便吃之。吃饭真成了俗话说的"家常便饭"了。

到了延吉，刚一下飞机，到机场迎接我们的延边大学郑判龙副校长、卢东文人事处长、王文宏女士和金宽雄博士，随随便便一说："我们到朝鲜冷面馆去吃个便饭吧！"客随主便，我就随随便便地答应了。数千里劳顿之余，随便吃一点便饭，难

道还不是世间最惬意的事吗?

我们好像是随便走进一家饭馆,坐在桌旁,我万没有想到,不远千里来避暑的延吉,热得竟超过了北京。在挥汗如雨之余,菜逐渐上桌了。除了有点朝鲜风味以外,菜都是平平常常的,一点也没有引起我的特别注意。只有肚子确实有点空了,于是就大吃起来。好在主人几乎都是老朋友,他们不特别讲求礼仪,强客人之所难;我们也就脱落形迹,不故作虚伪,任性之所好,随随便便地大吃起来。此时好像酷暑骤退,满座生春,我真有点怡然自得,"不知何处是家乡"了。

然而,正在此时,厨师却端上了一条活蹦乱跳的大鳞鱼来,鱼摇着尾巴,口一张一合,双鳍摆动,每一个鳞片都闪出了耀眼的珍珠似的白光。我立即大吃一惊,把眼睛瞪得圆而且大,眼里面的白内障还有什么结膜炎,仿佛一扫而空,又能洞见纤微,视芥子如须弥山了。我真不知道,我们这一群可敬可爱的延吉的老朋友主人,葫芦里想卖什么药。我的心忐忑直跳,不知如何是好。我以为还会有火锅之类的东西端上桌来。说不定厨师还会亲临前线,表演一下杀煮活鱼的神奇手段,好像古代匠人的运斤成风。或者从制钱的小眼里把香油灌入瓶中。我屏住了呼吸,虔心以待。

可是主人却拿起了筷子,连声说:"请!请!"他是要我们下筷子吃鱼了。他似乎看出了我们的困惑,首先用筷子尖一扒拉,仿佛是一个魔术师似的,一整块连着鱼肉的鱼鳞被掀了起来,露出了鱼肉,粉红色的肉上横贯着一条深红的线。再一细看,鱼肉并非一个整体,而是已经被切成了鱼片。只需用筷子一拨,再一夹,一片生嫩——用广东话来说,应该是生猛吧——的鱼片就能纳入口中了。

我怎么办呢?我的心直跳,眼直瞪,手直颤,唇直抖。我行年八十,生平面临的考验,多如牛毛,而且五花八门,种类繁多。但是,今天这样的考验,我却还没有面临过而且连梦想也没有想到过。我鼓足了勇气,拿起了筷子,手哆里哆嗦地,把筷子伸向鱼身,拨出了一片鱼肉,正想往嘴里放时,鱼忽然把尾巴摇了摇,双鳍摆了摆,瞪大了眼睛,张开了嘴巴。这一切好像都是对着我来的。我的心跳动得更厉害了。我不能也不敢再把鱼片放回原处。眼睛一闭,狠心一下,硬是把鱼片塞进嘴内。鱼片究竟是什么滋味,大家可以自己想象了。

可是,好客的主人却偏偏要遵照当地人民的习惯,一定要把盛鱼的瓷盘改动位置,一定要让鱼头对准座上的主宾,就今天来说,当然就是我了。这真是火上加油,"屋漏偏遭连夜雨,船破又遇打头风"。我心情迷离,神志恍惚,怵然、悚然、怆然、怂然、悐然、悻然、惘然无所措手足,一下子沉入梦幻之中……

我听到这一条仅仅剩下头和尾巴的鱼最初是慢声细气地开口对我说话了:"你可知道,你们人是从鱼变来的吗?我们鱼类,本领也是异常惊人的。我们一条鱼一下子就能够下子成千上万;如果没有什么东西遏制我们,用不了多少时间,我们鱼就能够把世界上的江、河、湖、海统统填满。你们人有什么本领呢?不知道是你们走了什么后门,让造化小鬼把你们变成了人,我们则是千万年以来,毫不进化,仍然留在水里,当我们的鱼类。我们并没有闹情绪,找领导,闹而优

则人。我们是正派的,正直的,乐天知命的。既然命定为鱼,我们就顺顺从从,任人宰割。我们自我感觉良好,从无非分之想,我们本来是鱼嘛!"

我毛骨悚然,屁股下面发热,有点坐不住了。我以为鱼已经把话说完了呢。然而不然。鱼摇了两下尾巴,张了张嘴,又说了起来:"可你们人真也太损了,你们的花样真也太多了。你们在钩心斗角之余,把心思全用在吃上。德国人心眼稍微好一点,他们的法律不允许把活着的鱼带回家。日本人吃生鱼片,已经可以说花样翻新了。可是你们中国人呢,以这样一个聪明伟大的民族,早年奋发图强,对世界文化做出过卓越的贡献。后来就渐渐地劲头不够了,专门讲究吃喝,还美其名曰饮食文化。这也罢了,可你们把闹派系的本领也用到饮食上来。全国分成了京、鲁、川、粤、湘、苏等等不知道多少菜系。这也罢了。可你们不知道从哪里来的一股劲,专跟我们鱼类干上了。哪一个菜系也不放过我们,而且还是煎、炸、煮、炒、涮、烹、腌、烤,弄得我们狼狈不堪,魂不守舍。最可怕的是四川的干烧,浑身是辣椒,辣得我们的魂儿都喘不过气来。这一些你都知道吗?"

我喘了一口气,以为鱼的训话已经结束。正当我伸出筷子想夹住最后一片鱼片的时候,鱼的嘴张得更大了,声音也更提高了,又说了下去:"在延吉这里,你们这些人不知道从哪里来了这样一股邪劲,非要让我们完全活着,神志完全清醒,把我们的鳞皮揭开,把我们身上正面反面的肉都切成了一片一片的,再把鳞皮盖上,宛然是一条活而整的鱼,端到饭桌上来,先让

寄情于物

你们这些外地来的乡巴佬，瞪大了眼睛，大大地吃上一惊，然后再怀着胆怯、兴奋、好奇而又愉快的心情，在主人的'请！请！请！'的催促下，一齐伸出了筷子。我瞪着眼，摇着尾巴，摆动双鳍，以示抗议，可我发不出声音。难道只有看到我眼瞪、尾摇、嘴巴张，你们咀嚼着我的肉才觉得香吗？你们这是一种什么心理呀！你要告诉我！否则，即使你把我的残骸做成了酸辣汤，我也是不能瞑目的！"

听着、听着，我完全吓呆了，我一句话也说不出来，而别人正吃风甚健，然而这一条鱼却不给我留一点情面，它穷追不舍，它喝道："你可是说话呀！"

"你可是说话呀！"

"你可是说话呀！"

我浑身觳觫，脸上流汗，双腿发抖，心里打鼓，茫然，悯然，不知所措，我只有低头沉思，潜心默祷，又陷入了梦幻中："鱼呀！你今生舍身饲人，广积阴德。涅槃之后，走入六道轮回，来生决不会再托生成鱼，而定是转生成人。'二十年后，又是一条好汉。'等我庆祝百岁诞辰时，一定再来延吉。那时，我请你吃饭，无论如何也不会再把你前生的同类活蹦乱跳地端到饭桌上来了。呜呼！今生休矣，来生可卜。阿门！拜拜！你安息吧！"

沉思完毕，心情怡悦，一下子走出了梦幻，跟着延吉的主人，走出饭店，汇入花花世界的人间，兴致盎然，欣赏我毕生八十一年从未见过的延吉的风情。

1992年8月6日

延吉风情

延吉是一个好地方,好到难以想象;但又是一个怪地方,怪到不易理解。

天好,地好,人好,一切都好,难道还不是一个好地方吗?这个一说,大家就懂。

但是为什么又怪呢?这必须多啰嗦几句,否则别人会觉得,不是地方怪,而是我这人有点怪了。

延吉是一个非常小的城市,人口只有三十万,远远赶不上我所住的北京的海淀区。但是这里的出租汽车却有一千二百辆,在所有的马路上,风驰电掣,一辆接一辆,多似过江之鲫,人均占有量全国第一。这难道还不算怪吗?但是怪劲还没有完。你站在马路旁一秒钟,最多一分钟,不用思索,随意一招手,必然会有一辆出租车停在你眼前。二话甭说,开门上车,不管路远路近,只要不出市区,一律五元。路近,司机(其中有不少是妙龄女郎)当然不会厌烦;路远,司机也处之泰然,不说半句怨言,连眼都不会眨一眨。司机从来不问是到什么地方去。一上车,座客指挥,司机遵命,一言不发。一下车,五元钞票一递,各走各的路,仍然是一言不发,皆大欢喜,天下太平。

说到乘出租汽车,我也可以说是一个老行家了。在许多城市,我都乘坐过出租车。香港是规规矩矩的,无可指摘。在深圳,在广州,在北京,你有急事,站在马路旁边,"望尽千车皆不是,市声喧腾单车流"。偶尔有空车驶过,如果司机先生想回家吃饭,或者别的公干,或者兴致不高,你再不拼命招手,他仍置若罔见，掉首不顾，一溜烟驶了过去。忽然有车停下，你正心花怒放，在深圳和广州，有的司机可能问你是付人民币还是付港币。如果是前者，他仍然是一溜烟驶走。有的司机先问到哪里去，太近不行，太远也不行。不远不近，得乎中庸，勉强成交，心中狂喜。如果你真有急事，急得像热锅上的蚂蚁，又适逢非中庸之道，或者时间不合适，则你无论怎样向司机恳求，也是无济于事，"禅心已作沾泥絮，不逐车风历乱飞"，司机都成了参禅的大师。勉强上了车，有计程器，偏又不用，到了目的地，狠狠地敲你一下竹杠。老百姓的口头语说："听诊器，方向盘，人事干部，售货员"，都是惹不起的人物，难道其中就没有一点道理吗？

反观延吉的出租汽车，你能说他们的道德水平不高吗？可是，在"滔滔者天下皆是也"的氛围中，你能说他们不"怪"吗？

但是，我凭空替他们担起心来。人口这样少，而汽车又这样多，他们会不会赔钱呢？我怀着疑虑的心情，悄悄地问过一个出租汽车司机，每个月能挣多少钱。他回答说："三四千元。"我相信他说的是真话，说不定还打了点埋伏。

接着又来了问题：一千二百个出租汽车司机，每人每月挣三四千元，加起来是一个相当庞大的数目。延吉人能出得起这么多钱吗？延吉朋友告诉我过，这里工业并不发达，农业也非上乘，按理说延吉人不应该太富。可是，你别慌，这个朋友一转口又告诉我，延吉人几乎口袋里都有钞票。这就够了。若问此钱何处来？据说都是正当途径。详情就用不着我们多管了。

果实

反正延吉人口袋里有钱,这是事实。

他们有钱,还表现在另一个方面。三十万人口的一个小城,竟有卡拉OK一百二十家,还有二十家在筹建中。另有人告诉我,城中类似卡拉OK的茶馆、咖啡馆之类,有四百家。不管怎么说,延吉在这方面又占全国第一了。朝鲜族十分重视文化教育,文化水平可能列全国榜首。他们能歌善舞,名闻华夏神州。他们据说又善于花钱。不是有人提倡过能挣会花吗?我认为,延吉人算是做到了。由于以上种种原因,延吉卡拉OK人均数在全国拿了金牌,不是很自然的吗?

与上面说到的两件事有联系的,延吉人还有一个全国第一,这就是喝啤酒。喝啤酒原是欧风东渐的结果。啤酒这玩意儿大概真是有不可思议的魔力。一传到中国——世界其他地方也一样——立即以排山倒海之势独占酒类鳌头,人们饮之如琼浆玉液。全国皆然,非独延吉。然而别的地方喝,论杯,论"扎",至多论瓶。在这里则是非杯,非"扎",非瓶,而是论箱,每箱二十四瓶。看了这情况,即使是酒鬼的外乡人,也必然退避三舍,甘拜下风,而非酒鬼如我者竟至舌翘不下,眼睁不闭,吓得魂儿快要出窍了。我在世界啤酒之乡德国呆过十年。那里的啤酒不比水贵多少,人们喝起来皆比喝水多得多。我自以为天下之最盖在此矣。这次到了延吉,才知道自己竟是一只井蛙。

我们在天山宾馆吃晚饭时,邻近有一桌客人,男的六七个,女的三四个,说中国话,并非老外。我们进去的时候,他们已吃喝起来。我们吃完走时,他们还在吃喝。喝啤酒时真是"饮如长鲸吸百川",气势磅礴。桌上酒瓶林立,桌旁空箱两只。喝

到什么时候，地上空箱摞起多高，只有天知道了。我做了一夜啤酒梦。

我在上面讲了延吉的三个全国第一。你能说这不怪吗？

但是，"怪"字是一个中性词，决不等于"坏"字。在延吉，我毋宁说，这里怪得可爱，怪得可钦可敬。有的地方怪得简直像是小说中的君子国。我觉得，这三怪的背后隐藏着一种非常深刻的意义，它们是与我开头说的"好"字紧密相连的。这里的人热情豪爽，肝胆相照。我走过全国不少的少数民族地区。在那里，汉族成了少数民族。尽管一般说起来，汉族同当地人相处得还不错，有的好一点，有的差一点，可是达到水乳交融水平的，毕竟极为稀见。一到延边，我就向几个朝族朋友问起这个问题，他们说毫无问题，汉朝两族毫无芥蒂。我又向几个汉族朋友问起这个问题，他们也说毫无问题，朝汉两族亲如兄弟。尽管语言不同，绝大多数的人都使用两种语言。彼此共事，民族界限早已泯灭，他们只感到同是中华民族，而不感到是朝族或汉族。

我们此行虽然短促，但确实交了许多朋友。在我的潜意识里，只有朋友，而没有什么汉族朋友，什么朝族朋友之分。延吉这个地方，我永远不会忘记。延吉的朋友们，我永远不会忘记。我遥望东天，为他们虔诚祝福！

我开头说，延吉是个好地方。谁还会怀疑我这句话的真实性呢？

1992 年 8 月 5 日

寄情于物

美人松

我看过黄山松,我看过泰山松,我也看过华山松。自以为天下之松尽收眼中矣。现在到了延边,却忽然从地里冒出来了一个美人松。

我年虽老迈,而见识实短。根据我学习过的美学概念,松树雄奇伟岸,刚劲粗犷,铁根盘地,虬枝撑天,应该归入阳刚之美。而美人则娇柔妩媚,婀娜多姿,应该归入阴柔之美。顾名思义,美人松是把这两种美结合起来的。两种截然相反的东西,竟能结合在一起,这将是一种什么样子呢?

我就这样怀着满腹疑团,登上了驶往长白山去的汽车。一路之上,我急不可待,频频向本地的朋友发问:什么是美人松呀?美人松是什么样子呀?路旁的哪一棵树是美人松呀?我好像已经返老还童,倒转回去了七十年,成了一个充满了好奇心的顽童。

汽车驶出了延吉已经一百七十多公里。我们停下休息,在此午餐。这个地方叫二道白河,是一个不大的小镇。完全出我意料,在我们的餐馆对面,只隔着一条马路,有一小片树林,四周用铁栏杆围住,足见身份特异。我一打听,司机师傅漫应之曰:"这就是美人松林,是全国,当然也就是全世界唯一的一片美人松聚族而居的地方,是全国的重点保护区。"他是"司空见惯浑无事",而我则瞪大了眼睛,惊诧不已:原来这就是美人松呀!

我的疲意和饿意,顿时一扫而空。我走近了铁栏杆,把全

身的神经都集中到了双眼上，原来已经昏花的老眼蓦地明亮起来，真仿佛能洞见秋毫。我看到眼前一片不大的美人松林。棵棵树的树干都是又细又长，一点也没有平常松树树干上那种鳞甲般的粗皮，有的只是柔腻细嫩的没有一点疙瘩的皮，而且颜色还是粉红色的，真有点像二八妙龄女郎的腰肢，纤细苗条，婀娜多姿。每一棵树的树干都很高，仿佛都拼着命往上猛长，直刺白云青天。可是高高耸立在半空里的树顶，叶子都是不折不扣的松树的针叶，也都像钢丝一般，坚硬挺拔。这样一来，树干与树顶的对比显然极不协调。棵棵都仿佛成了戴着钢盔，手执长矛，亭亭玉立的美女：既刚劲，又柔弱；既挺拔，又婀娜。简直是个人间奇迹，是个天上神话，是童话中的侠女，是净土乐园中的将军……我瞪大了眼睛，失神落魄，不知瞅了多久，我瞠目结舌，似乎要喘不过气来了。

因为我看到这些树实在都非常年轻，问了一下本地的主人。主人说：这些树有的是一二百年，有的三四百年，有的年龄更老，老到说不出年代。反正几十年来，他们看到这里的美人松总是一个样子，似乎他们真是长生多术，还童有方。他们天天坐对美人松，虽然也觉得奇怪，但毕竟习以为常。但是，对我这样初来乍到的人来说，却只有惊诧了。

美人松既然这样神奇，极富于幻想力的当地老百姓中，就流传起来了一段民间传说：当年，在抗日战争最艰苦的时期，杨靖宇将军率领着抗日联军，与顽敌周旋在长白山深山密林中。在一次战略转移中，一位女护士背着一个伤病员，来到了一片苍秀挺拔的松树林中，不幸与敌人遭遇。敌我人数悬殊，护士

寄情于物

急中生智，把伤病员藏在一个杂树荫蔽的石洞中，自己则向相反的方向跑去。敌人把她包围起来。她躲在一棵松树后面，向敌人射击。敌人一个个在她的神枪之下倒地身亡。最后的子弹打光了，她自己也受伤流血。她倚在一棵高耸笔直的松树后面，流尽了自己最后一滴血。从此以后，血染的松树树干就变成了粉红色……

这个传说难道不是十分壮烈又异常优美吗？难道还不能剧烈地拨动每一个人的心弦吗？

然而对一个稍微细心的人来说，其中的矛盾却是太显而易见了。美人松的粉红色的树皮，百年，千年，万年以前，早已成为定局。哪里可能是在五六十年前才变成了粉红色的呢？编这一段故事的老百姓的心情，是完全可以理解的。我也宁愿相信这一个民间传说。但是，我在上面提到的那一不大不小的矛盾，实在是太明显了，即使相信了，心也难安，而理也难得。

我苦思苦想，排解不开，在恍惚迷离中，时间忽然倒转回去了数千年，数万年，说不清多少年。我进入了一场幻觉，看到了长白山下百里松海的大大小小的、老老少少的松树们聚集在一起开会。一棵万年古松当了主席，议题只有一个，就是向长白山土地抗议：为什么他们这一批顶撑青天碧染宇宙的松树，只能在长白山脚下生长，连半山都不允许去呢？这未免太不公平，太不合理了。于是悻悻然，愤愤然，群情激昂，决议立即上山。数百万棵松树，形成大军，以排山倒海之势，所向无前之威，棵棵奋勇登山，一时喧声直达三十三天。此时山神土地勃然大怒，咒起了狂风暴雨，打向松树大军。大军不敌，顷刻

溃败,弃甲曳兵,逃回山下。从此乐天知命,安居乐业,莽莽苍苍,百里松海,一直绿到今天。

众松中的美人松,除了登山泄愤的目的以外,还有一点个人的打算。她们同天池龙宫的三太子据说是有宿缘的。她们乘此机会,奋勇登山,想一结秦晋之好,实现万年宿缘。然而,众松溃退,她们哪里有力量只身挺住呢?于是紧随众松,退到山下,有几棵跑得慢的,就留在了长白山下百里松海之中,错杂地住在那里。树数不多但却占全部美人松大部分的,一气跑了下去,跑到了离开了长白山已经一百多公里的二道白河,刹住了脚,住在这里了。她们又急、又气、又惭、又怒,身子一下子就变成了粉红色……

我正处在幻觉中,猛然有一阵清风拂过美人松林,簌簌作响,我立即惊醒过来。睁眼望着这一些真正把阴柔之美与阳刚之美融合得天衣无缝的秀丽苗条的美人松,不知道应该作何感想。美人松在风中点着头,仿佛对我微笑。

后记

写这一篇短文,实出于延边大学王文宏女士之启示。如果没有她的启示,我也许根本不会写的。如果不写这一篇,《延边行》的其余四篇也许根本写不出来。谨记于此以志心感。

寄情于物

北戴河杂感

对我来说,北戴河并不是陌生的。解放后不久,我曾来住过一些时候。

当时,我们虽然已经使旧时代的北戴河改变了一些面貌,但是改变得还不大。所以,我感到有点不调和:一方面是各式各样大大小小五颜六色的避暑别墅,掩映于绿树丛中,颇有一些洋气;另一方面,却只有一条大街,路基十分不好,碎石铺路,坎坷不平,两旁的店铺也矮小阴暗,又颇有一些土气。

今年夏天,我又到北戴河来住了几天。临来前,我自己心里想:北戴河一定改变了吧。但是,我却万没有想到,它改变得竟这样厉害,我简直不认识它了。如果没有人陪我同来,我一定认为走错了路。这哪里是我回忆中的北戴河呢?

我回忆中的北戴河完全不是这个样子。

我们就从火车站说起吧。我回忆中当然会有一个车站,但那只是几间破旧的房子,十分荒凉。然而现在摆在我眼前的却是一片现代化的建筑,灰瓦红墙,光彩夺目。车站外还有新建

的商店、公共汽车站等等。人们熙熙攘攘，来来往往。在这一瞬间，我感觉到，我回忆中的那个破旧荒凉的北戴河车站已经永远从人间消失了。

走出车站，用洋灰铺的高级马路一直通到海滨。汽车以每小时四五十公里的速度在上面飞驶。两旁的田地里长满了高粱、豆子、老玉米等，郁郁葱葱，浓绿扑人眉宇。我上次来的时候，这一条路还是一条土路，下了大雨，交通就要断绝。我也曾因汽车不能开而被阻一日。这样的事情同今天这样一条马路无论如何也连不起来了。

到了海滨，我那陌生的感觉就达到了顶点。除了大海还有点"似曾相识"之外，其余的东西都是陌生的。上次在这里住的时候，每逢下雨天，我总喜欢到海边上来散步。在海湾拐弯的地方，我记得有一座破旧的亭子似的建筑。周围是一些小饭铺，前面是卖西瓜和香瓜的摊子，我曾在这里吃过几次瓜。远望海天渺茫，天际帆影点点，颇涉遐想，嘴里的瓜也似乎特别香甜。我很喜欢这个地方，现在很想再找到它。然而，我来往徘徊，远望海天依然渺茫，天际依然帆影点点，大海并没有变样子。可是那一座破旧的亭子却不见了。

我并没有感到失望。正相反，我感到兴奋和愉快。因为，即使那一座破旧的亭子再值得留恋，但是同今天宽广马路旁那些崭新的房子比起来，又算得了什么呢？我意识到：北戴河已经大大地变了，必须用新的眼光来看它。

我于是就走上海滩，站在那一块高出海面的大石头上，纵目四望，身后是混混茫茫的大海，眼前是郁郁葱葱的北戴河。

寄情于物

右望东山，左望西山，山树相连，浓绿一片，真令人心旷神怡。东山我从来没有去过，现在我看到那里一幢幢的红色楼房，高出丛林之上；万绿丛中，红色点点，宛如海上仙山，引起人美妙的幻想。西山我是去过的，当时印象并不特别好。可是今天看起来，也是碧树红房，一片兴盛气象。遥想山中也有了很大的变化了吧。

北戴河已经大大改变了。

我十分兴奋、愉快。在我们辽阔的祖国的土地上，北戴河只是一个小点。只因它是一个避暑胜地，所以在比较大的地图上才能找到它的名字。然而，小中可以见大。北戴河难道不也可以算是我们祖国的缩影吗？我们祖国的飞跃进步、迅速变化，可以在北京看到，可以在上海、天津、广州等大城市看到，也可以在像北戴河这样小的地方看到。这一件事实充分说明，我们祖国面貌的改变是无远弗届、无微不至的。有人认为这是奇迹，到处去寻找原因。我却只想到毛主席有关北戴河的一首词里面的一句话：换了人间。

1962 年 8 月 14 日

火焰山下

从前读《西游记》,读到火焰山,颇震惊于那火势之剧烈。听人说,火焰山影射的就是吐鲁番。可是吐鲁番我以前从未到过,没有亲身感受,对于火焰山我就只有幻想了。

万没有想到,我今天竟来到火焰山下。

火焰山果然名不虚传。在乌鲁木齐,夜里看电影,要穿上棉大衣。然而,汽车从乌鲁木齐开出,开过达坂城,再往前走一段,一出天山山口,进入百里戈壁,迎面一阵热风就扑向车内,我们仿佛一下子落到蒸笼里面,而且是越走越热。中午到了吐鲁番县,从窗子里看出去,一片骄阳,闪耀在葡萄架上,葡萄肥大的绿叶子好像在喘着气。有人告诉我,吐鲁番的炎热时期已经过去;我们来的前两天,气温是摄氏四十多度;今天已经"凉爽"得多了,只有三十九度。但是,从我自己的亲身感受中,同乌鲁木齐比较起来,吐鲁番仍然是名副其实的火焰山。

这让我立刻想到了非洲的马里。我曾在最热的时期访问过那个国家,气温是五十多度。我们被囚在有空调设备的屋子里,从双层的玻璃窗子看出去,院子里好像是一片火海。阳光像是在燃烧,不是像在吐鲁番一样燃烧在葡萄架上,而是燃烧在参天的芒果树上。芒果树也好像在喘着气。树下当然是有阴影的;但是连那些阴影看上去也绝不给人以清凉的感觉,而仿佛是火焰的阴影。

我眼前的吐鲁番俨然就是第二个马里。

我们就在类似马里那样炎热的一个下午驱车近百里去探望高昌古城遗址。

一走出吐鲁番县,又是百里戈壁,寸草不生,遍布砂粒,极目天际,不见人烟。阳光毫无遮拦地照射在这些砂粒上,每一粒都闪闪发光,仿佛在喷着火焰。远处是一列不太高的山,这就是那有名的火焰山。上面没有一点儿绿的东西,没有一点儿有生命的东西。石头全是赤红色的,从远处望过去,活像是熊熊燃烧着的火焰,这不是人间的火,也不是神话中的天堂里的火和地狱之火。这是火焰已经凝固了的火,纹丝不动,但却猛烈;光焰不高,但却团聚。整个天地,整个宇宙仿佛都在燃烧。我们就处在上达苍穹下抵黄泉的大火之中。

我从前读《西游记》,读到那一段关于火焰山的描绘,我只不过觉得好玩儿而已。书上描绘说,离开火焰山不远,房舍的瓦都是红的,门是红的,板榻也是红的,总之,一切都是红的,连卖切糕的人推的车子也是红的。那里"有八百里火焰,四周围寸草不生。若过得山,就是铜脑盖、铁身躯,

也要化成汁哩"。八百里当然是夸大之词；但是在我眼前，整个山全是红的，周围寸草不生，这些全是实情。我现在毫无好玩儿的感觉。我只有一个渴望，一个十分迫切的渴望，渴望得到铁扇公主那一把芭蕉扇，用手一扇，火焰立刻熄灭，清凉转瞬降临。

我现在很不理解，为什么当年竟在这样一个地狱似的酷热的地方建筑了高昌城。唐朝的高僧玄奘到印度去求法，曾经路过高昌。《大慈恩寺三藏法师传》里面，对他在高昌的情况有细致生动的描绘。这里讲到了城门，讲到了王宫，讲到了王宫中的重阁，讲到了王宫旁边的道场。虽然没有讲到市廛的情况；但是有上述的那些地方，则王宫之外，必然是市廛林立，行人熙攘。每当黄昏时分，夜幕渐渐笼罩住大漠，黑暗弥漫于每一个角落，跋涉过千山万水，横绝大戈壁的商队迤逦入城，驼铃叮当，敲碎了黄昏的寂静。每一间黄土盖成的房子里也必然有淡黄的灯光流出，把窄窄的长街照得朦胧虚幻，若有若无……但是今天我们来到这里，早已面目全非，城市的轮廓大体可见，城门和街道历历可指，然而看到的却只有断壁颓垣，而且还不同于一般的断壁颓垣。这里根本没有砖瓦，所有的建筑——皇宫、佛寺、大厅、住宅，统统是黄土堆成。这种黄土坚硬似铁，历千年而不变，再加上这里根本很少下雨，因此这一座黄泥堆成的城才能保存到今天。我们今天看到的是一片淡黄，没有一棵树，没有一根草。"春风不度玉门关"，春天好像已经被锁在关内，这里与春天无分了。

在这里，我无论如何也想象不出，当年玄奘来到这里是什么情景。我想象不出，他是怎样同麴文泰会面，是怎样同麴文泰的母亲会面的。他在这里住了一段时间，大概每天也就奔波于一片淡黄之中。麴文泰也像后来唐太宗一样想劝玄奘还俗。玄奘坚持不动，甚至以绝食至死相威胁，终于感动了麴文泰母子，放玄奘西行。这是多么热烈的人类生活的场面。然而今天这一些都到哪里去了呢？我一时忍不住发思古之幽情，前不见古人，后不见来者。但是我却并没有独怆然而泪下。在历史的长河中，人人都是这样，后之视今，亦犹今之视昔。我丢开了这种幽情，抬眼四望，这一座黄土古城的断壁颓垣顿时闪出了异样的光辉。

第二天，我们又在同样酷热的天气中去凭吊交河古城。这座古城正处在同高昌相反的方向。从表面上看上去，它同高昌

几乎没有什么不同之处：一样是黄土堆成的断壁颓垣，一样是寸草不生，一样是一片淡黄。"西风残照，汉家陵阙"，一样能引起人们的思古之幽情。但是，从环境上来看，却与高昌迥乎不同。"交河"这个名称就告诉我们，它是处在两河之交的地方。从残留的城墙上下望，峭壁千仞，下有清流，绿禾遍野，清泉潺湲。我从前读唐代诗人李颀的诗《古从军行》："白日登山望烽火，黄昏饮马傍交河。行人刁斗风沙暗，公主琵琶幽怨多。野云万里无城郭，雨雪纷纷连大漠。胡雁哀鸣夜夜飞，胡儿眼泪双双落。"我无论如何也想象不出，交河究竟是什么样子。今天亲身来到交河，一目了然，胸无阻滞，我那思古之幽情反而慢慢暗淡下去，而对古人所说的"读万卷书，行万里路"由衷地钦佩起来了。

就这样，我在吐鲁番住了几天，两天看了两座历史上有名的古城。这两座名城同火焰山当然不一样，但是其炎热的程度却只能说是不相上下。我上面讲到的看到火焰山时的那一个渴望得到铁扇公主芭蕉扇的幻想，时时萦绕在我脑际，一刻也不想离去。然而我的理智却让我死心塌地地相信，那只是幻想，世界上哪里会有什么铁扇公主？哪里会有什么神奇的芭蕉扇？吐鲁番这地方注定是火焰山的天下了。

然而，到了黄昏时分，当我们凭吊完古城乘车回宾馆的时候，招待我们的主人提出来要到葡萄沟去转一转。我根本不知道，葡萄沟是什么样子。"去就去吧！"我在心里平静地想，我万万没有想到，在这个地方，在这个时候，能会出现什么奇迹。

可是，汽车转了几转，奇迹就在眼前出现了。两行参天的杨树整整齐齐地排在大路两旁，潺潺的水声透过杨树传了出来。浓密的葡萄架散布在小溪岸边、杨柳树下，这里绿意葱茏，浓荫四布，身上还感到有一些凉意。我一下子怔住了：我现在是在火焰山下吗？是不是真有人借来了铁扇公主的芭蕉扇把火焰搧灭了呢？我自凝神细看：绿杨葡萄，清泉潺湲，丝毫也不容怀疑。我来到葡萄沟了。

车子开上去，最后到了一座花园。园子里长满葡萄，小溪萦绕。山脚下有一个小池子，泉水从石缝中流出，其声清脆。有一群红色游鱼在池中摇摆着尾巴游来游去。我们坐在葡萄架下，品尝着有名的新疆葡萄。此时凉意渐浓，仿佛一下子从酷热的三伏来到凉爽的深秋，火焰山一下子变成了清凉世界。看来，铁扇公主的那一把芭蕉扇在唐代大概是缺少不了的。但是，到了今天，已经换了人间，这扇子就没有作用了。新疆毕竟是一块宝地，有火焰山，也有葡萄沟，而葡萄沟偏偏就在火焰山下。这就是我们的吐鲁番，这就是我们的新疆。

登蓬莱阁

去年,也是在现在这样的深秋时分,我曾来登过一次蓬莱阁。当时颇想写点什么,只是由于印象不深,自己也仿佛没有进入"角色",遂致因循拖延,终于什么也没有写。现在我又来登蓬莱阁了,印象当然比去年深刻得多,自己也好像进入了"角色",看来非写点什么不行了。

蓬莱阁是非常出名的地方,也可以说是"蓬莱大名垂宇宙"吧。我在来到这里以前,大概是受蓬莱三山传说的影响,总幻想这里应该是仙山缥缈,白云缭绕,仙人宫阙隐现云中,是洞天福地,蓬莱仙境,不食人间烟火。至少应该像《西游记》描绘镇元大仙的万寿山那样:

"高山峻极,大势峥嵘。根接昆仑脉,顶摩霄汉中。白鹤每来栖桧柏,玄猿时复挂藤萝……麋鹿从花出,青鸾对日鸣。乃是仙山真福地,蓬莱阆苑只如此。"

然而,眼前看到的却不是这种情况。只不过是一些人间的建筑,错综地排列在一个小山头上。我颇有一些失望之感了。

寄情于物

既然是在人间,当然只能看到人间的建筑。从这个标准来看,蓬莱阁的建筑还是挺不错的:碧瓦红墙,崇楼峻阁,掩映于绿树丛中。这情景也许同我们凡人更接近,比缥缈的仙境更令人赏心悦目。一进入嵌着"丹崖仙境"四个大字的山门,就算是进入了仙境。所谓"丹崖",指的是此地多红石,现在还有四大块红石耸立在一个院子里面。这几块石头不是从别的地方搬来的,而是与大地紧紧地连在一起,原来是大地的一部分,其名贵也许就在这里吧。

进入天后宫的那一层院子,最引人注目的还不是天后的塑像和她那两间精致的绣房中的床铺,而是那一株古老的唐槐。这一棵树据说是铁拐李种下的,它在这仙境里生活了已经一千多年了,虽然还没有"霜皮溜雨四十围,黛色参天二千尺",但是老态龙钟,却又枝叶葱茏,浑身仙风道骨,颇有一点非凡的气概了。我想,一看到这样一棵古树,谁也会引起一些遐思:它目睹过多少朝代的更替,多少风流人物的兴亡,多少度沧海桑田,多少次人事变幻,到现在依然青春永葆,枝干挺秀。如果树也有感想的话,难道它不应该大大地感喟一番吗?我自己却真是感慨系之,大有流连徘徊不忍离去之意了。

回头登上台阶,就是天后宫正殿。正中塑着天后的像,俨然端坐在上面。天后是海神。此地近海,渔民天天同海打交道;大海是神秘难测的,它有波平浪静的一面,但也有波涛汹涌的一面。自古以来,不知道有多少渔民葬身波涛之中。他们迫不得已,只好乞灵于神道,于是就出现了天后。我们南海一带都祭祀天后。在这个端庄美丽的女神后边,不知道包含着多少血泪悲剧啊！在我上面提到的左右两间绣房中，床上的被褥都非常光鲜美丽。据说，天后有一个习惯：她轮流在两间屋子里睡觉。为什么这样？其中定有道理。但这是神仙们的事，我辈凡夫俗子还是以少打听为妙，还是欣赏眼前的景色吧！

到了最后一层院子，才真正到了蓬莱阁。阁并不高，只有两层。过去有诗人咏道"登上蓬莱阁，伸手把天摸"，显然是有点夸张。但是，一登上二楼，举目北望，海天渺茫，自己也仿佛凌虚御空，相信伸手就能摸到天，觉得这两句诗绝非夸张了。谁到这里都会想到蓬莱三山的传说，也会想到刻在一个院子里两边房墙上的四句话：

登上蓬莱阁，
人间第一楼。
云山千里目，
海岛四时秋。

现在不正是这样子吗？我自己也真感觉到，三山就在眼前，自己身上竟飘飘有些仙气了。

多少年来就传说，八仙过海正是从这里出发的。阁上有八仙的画像，各自手中拿着法宝，各显神通，越过大海。八仙中最引人注目的当然是吕洞宾。提起此仙，大大有名。全国许多地方都有关于他的神话传说。据说，吕洞宾并不姓吕。有一天，他同妻子到山洞里去逃难，这两口子住在洞中，相敬如宾，于是他就姓了吕，而名洞宾。这个故事很有趣，但也很离奇，颇难置信。可是，我觉得，这同天后的床铺一样，是神仙们的私

寄情于物

事，我辈凡夫俗子还是以少谈为妙，且去欣赏眼前的景色吧！

眼前景色是美丽而有趣的。我们在楼上欣赏窗外的景色。楼中间围着桌子摆了许多把古色古香的椅子，正中一把太师椅，据说是吕洞宾坐过的；谁要坐上，谁就长生不老。我们中吕叔湘先生年高德劭，又适姓吕，于是就被大家推举坐上这一把太师椅，大家哄然大笑。我们虔心祷祝吕先生真能长生不老！

在这楼上，人人看八仙，人人说八仙，人人听八仙，人人不信八仙，八仙确实是太渺茫无稽了。但是，从这里能看到海市蜃楼却是真实的。我从前从许多书上，从许多人的嘴里读到、听到过海市的情景，心向往之久矣。只是海市极难看到。宋朝的大文学家苏轼，曾在登州做过五天的知府。他写过一首诗，叫做《登州海市》，还有一篇短短的序言，我现在抄一下：

予闻登州海市旧矣。父老云："尝出于春夏，今岁晚，不复见矣。"予到官五日而去，以不见为恨，祷于海神广德王之庙，明日见焉，乃作此诗。

东方云海空复空，群仙出没空明中。
荡摇浮世生万象，岂有贝阙藏珠宫。
心知所见皆幻影，敢以耳目烦神工。
岁寒水冷天地闭，为我起蛰鞭鱼龙。
重楼翠阜出霜晓，异事惊倒百岁翁。
人间所得容力取，世外无物谁为雄。
率然有请不我拒，信我人厄非天穷。
潮阳太守南迁归，喜见石廪堆祝融。
自言正直动山鬼，岂知造物哀龙钟。

伸眉一笑岂易得，神之报汝亦已丰。
斜阳万里孤鸟没，但见碧海磨青铜。
新诗绮语亦安用，相与变灭随东风。

在这里，苏东坡自己说，祷祝成功，海市出现。但是，给我们导游的那个小姑娘却说，苏轼大概没有看到海市；因为他待的时间很短，而且是岁暮天寒之际。究竟相信谁的话呢？我有点怀疑，苏轼是故弄玄虚，英雄欺人。他可能是受了韩愈祝祷衡山的影响："潜心默祷若有应，岂非正直能感通！须臾静扫众峰出，仰见突兀撑青空。"他的遭遇同韩文公差不多，他们俩都认为自己是"正直"的。韩文公能祝祷成功（实际上也未必），为什么自己就不行呢？于是就写了这样一首诗，写得有鼻子有眼，仿佛亲眼看到一般。但是，这只是我个人的怀疑。又焉知苏轼的祝祷不会适与天变偶合、海市在不应该出现的时候出现了呢？我实在说不清楚。古人的事情今人实在难以判断啊！反正登州人民并不关心这一切，尽管苏轼只在这里待了五天，他们还是在蓬莱阁上给他立庙塑像，把他的书法刻在石头上，以垂永久。苏轼在天有灵，当然会感到快慰吧。

我们游遍了蓬莱阁，抚今追昔，幻想迷离。八仙的传说，渺矣，茫矣。海市蜃楼又急切不能看到，我心里感到无名的空虚。在我内心的深处，我还是执着地希望，在蓬莱阁附近的某一个海中真有那么一个蓬莱三山。谁都知道，在大自然中确实没有三山的地位。但是，在我的想象中，我宁愿给蓬莱三山留下一个位置。"山在虚无缥缈间"，就让这三山同海市蜃楼一样，在虚无缥缈间永远存在下去吧，至少在我的心中。

寄情于物

还乡记

经过了长期的反复的考虑,我终于冒着溽暑,带着哮喘,回到一别九年的家乡来了。六七天以来,地委的个别领导同志、聊城师院的个别领导同志,推开了一切日常工作,亲自陪我参观访问,每天都要驱车走上三五百里路。在极短的时间内,我总共参观了四个县,占聊城地区的一半。真是闻所未闻,见所未见;所见所闻,触目快意。我的心有时候激动得似乎想要蹦出来。我一向热爱自己的家乡,热爱自己的祖国。一想到自己的家乡的穷困,一想到中国农民之多、之穷,我就忧从中来,想不出什么办法,让他们很快地富裕起来。我为此不知经历了多少不眠之夜。

但是,好像一个奇迹一般,用一句西洋现成的话来说,就是:我一个早上一睁眼,忽然发现,我的家乡的,也可以说是全中国的农民突然富起来了。我觉得自己的家乡从来没有这样可爱过,自己的祖国从来没有这样可爱过。浓烈的幸福之感油然传遍了全身。对我来说,粉碎了"四人帮"以后,喜事很多,多得数不过来。但是,像这样的喜事还没有过。无以名之,姑名之为喜事中的喜事吧。

我原来丝毫也没有打算写什么东西。九年前回家时,我就连半个字也没有写。当时,我还处在半打倒的状态。个人的前途,祖国的未来,都渺茫得很。我只是天天挨日子过,哪里还有什么兴致动笔写东西呢?这次回来,原来也想照老皇历办事:只是准备看一看,听一听;看完听完,再回到学校,去过那种平板、杂乱而又紧张的日子,如此而已。

但是,为什么又终于非写不行、欲罢不能了呢?难道是我的思想感情改变了吗?难道是山川土地改变了吗?都不是的。是我们党的政策发挥了威力。它像一阵和煦的春风,吹绿了祖国大地,吹开了亿万人民的心。我当然也不例外。我在故乡所见所闻,逼迫着我要说话,要写东西。我不能无言,无言就对不起自己的良心,对不起养育过我的故乡的父老兄弟姐妹,对不起热情招待我的从大队党支部一直到地委的各级领导。

写点东西的想法一萌动,感情就奔腾汹涌,沛然不可抗御。我本来只想写一点眼前的感想。但是,一想到当前,过去也就跟着挤了上来;于是浮想联翩,如悬河泻水,滔滔不绝,逼得我在车上构思,枕上构思,晨夕构思,午夜构思,随时见缝插针,在小本子上写上几句,终于写出了草稿。我舞笔弄墨已经几十年了,写东西从来没有这样快过。我似乎觉得,我本来无意为文,而是文来找我。古人有梦笔生花的说法。我怎敢自比于古人?我梦见的笔,不生鲜花,而生蒺藜。蒺藜当然并不美;但是它能刺人。现在它就刺激着我,让我不能把笔放下。我就这样把已写成的速写式的草稿,修改了又修改,写成了接近完成的草稿。

要想写出我那些激动的感情，二十记、一百记，比一百更多的记，也是不够的。但那是不可能的。我总不能无休无止地写下去的，总应该有一条界线啊。可这界线要划在哪里呢？古人写过《浮生六记》，近人又有《干校六记》，都是极其美妙的文字。我现在想效颦一下，也来个《还乡几记》。六是一个美妙的数字。但我不想照抄。中国古时候列举什么东西，往往以十计，什么十全十美，十全大补等等，不一而足。我想改一句古人的话：十者，数之极也。我现在就偷一下懒，同时也想表示，我想写的东西很多，决定采用十这个字，再发挥一下十字的威力，按照参观时间的顺序，写了十篇东西，名之曰《还乡十记》。

临清县招待所

这是什么地方呀？绿树满院，浓荫匝地；鲜红的花朵，在骄阳中迎风怒放。同行的一位女同志脱口而出说："这里真像是苏州！"我自己也真的想到了二十年前漫游过的地上天堂苏州。除了缺少那些茂密的竹林以外，这里不像苏州又像什么地方呢？这里是地地道道的苏州的某一个角落。

然而不是，这里是我的家乡临清。

我记忆中的临清不是这样子的。完完全全不是这样子的。我生在过去独立成县、今天划归临清的清平县。在那个地方，除了黄色和灰色之外，好像什么都没有。我把自己的回忆翻腾了几遍，然而却找不出半点的红色。灰色，灰色，弥漫天地的灰色啊！如果勉强去找的话，大概也只有新娘子腮上涂上的那

一点点胭脂,还有深秋时枣树上的黄叶已将落尽,在树顶上最高枝头剩下的几颗红枣,孤零零地悬在那里,在冷冽的秋风中,在薄薄的淡黄色中,红艳艳,夺人眼目。

今天我回到家乡,第一个来到的地方就是临清县招待所。我来到家乡,第一眼就看到了南国的青翠与红艳。我的眼睛一下子亮了起来,心头洋溢着快乐的激情。在这招待所里,大多是新盖的平房,窗明几净。院子里种了不少花木,并不茂密,但却疏落有致。残夏的阳光强烈但并不吓人。整个院落给人以明朗舒适的感觉。这个招待所餐厅所在的那一个小院,就是我们误认为是苏州的地方。

就在这个餐厅里,我生平第一次品尝了同时端上来的六个汤,汤汤滋味不同。同行者无不啧啧称奇,认为这是在任何地方都没有见到过的。我一向觉得,对任何国家来说,烹调技术都是文化的一部分。我的家乡竟有这样高超的烹调技术,说明它有很高的文化水平。这也是我始料所不及,用德国人常用的一个词儿来说,这也算是愉快的吃惊吧。

临清虽然说是我的家乡,但是,我对于临清并不熟悉。古人诗说:

近乡情更怯,
不敢问来人。

我并没有这样的感觉。我只是在阳光普照下,徜徉于临清街头,心中似有淡漠的游子归来之感。在我眼中,一切都显得新鲜而陌生。街上的行人熙熙攘攘。他们的穿着，虽然比不上大都市，但也决不土气。间或也有个别的摩登女郎，烫发，着高跟鞋，高视碎步，挺胸昂然走过黄土的街道。

街道两旁，摆着一些小摊子，有的堆满了蔬菜，都干净而且新鲜，仿佛把菜园中的青翠湿润之气，也带到城市中来。食品摊子很多，其中的一个摊子特别引起了我的注意。一位穿着颇为时髦的少女，脚蹬半高跟鞋，头发梳成了像马尾巴似的一束，在脑袋后面直摇晃。这种发式大概也是有个专门称呼的，恕我于此道是门外汉，一时叫不出来。她站在炉子旁边，案板后面，在全神贯注地擀面，烙一种像烧饼似的东西。她动作麻利、优美，脸上流着汗珠，两腮自然泛起了红潮，"人面桃花相映红"，可惜这里并没有桃花，无从映起。这一幅当炉少女的图画，引起了我的兴趣。她烤的那一种烧饼，对我这远方归来的游子也具有诱惑力。我真想站在那里吃上一顿。但也只是想想而已，没有真正那样去做。

同行的人都对教育有兴趣，很关心。所以在看了两座清真寺、胜利桥和一座古塔以后，就去参观著名的临清一中。因为是星期天，学校的大门（好像是后门）上了锁，汽车开不进去，我们只好下车，从两扇门之间的相当宽的缝隙里挤了进去。院子里静悄悄的，不见人影，只有几只老母鸡咕咕地叫着，到处转悠。有几件洗晒的衣服，寂寞地挂在绳子上。我们原以为大概就是这样子了。但是，我们走过一间教室，偶尔推开门向里一看：在不太明亮的屋子里，却有一群男女孩子坐在课桌旁，鸦雀无声地在学习，个个精神专注，在读着什么，写着什么。

我们的兴致一下子高了起来。我们走近桌子，同他们搭话。他们站起来说话，腼腆但又彬彬有礼，两腮红润得像新开的花朵。我们取得了经验，接着又走进了几间外面看上去已经有点古旧的教室，间间情况都是这样。我们万没有想到，在外面一片寂静中，屋子里却洋溢着青春的活力。此时此地，我想得很远很远。我的心飞出了这一间间简陋的教室，飞出了我的家乡临清。难道这种动人的情景只能在我家乡这一个小角落里看得到吗？我不相信情况就是这个样子。一粒砂中可以看到宇宙。在祖国辽阔的土地上，还不知道有多少这样的角落，还不知道有多少这样可爱的孩子。孩子身上承担着祖国的未来，人类的未来。有我眼前这样一些孩子，我们祖国的未来会是什么样子，不是一清二楚了吗？在我的家乡不期而遇地看到这样一些孩子，我对自己的家乡有什么感觉，不也一清二楚了吗？

就这样，我们在临清县城内，这里看看，那里瞧瞧，整整地参观一个上午。各方面的情况，我们都看了一点，了解了一点。这就是走马观花吧，我们总算是看到了花。如果现在有人问我："你觉得你的家乡怎样呀？你在上面不是说，它有点像苏州吗？你现在看了市容，对临清了解得更清楚了，你怎么想呢？"说实话，苏州我已经很久没有去过了。它现在怎么样，我实在说不清楚。既然我的家乡变了，遥想苏州也会改变的。就自然景色来说，苏州一定会胜过我的家乡。不管我对家乡怎样偏爱，我也决不能说："上有天堂，下有临清。"

但是，在现在这个时候，在残夏的骄阳中，看到了这样一些东西以后，我真觉得，我的家乡是非常可爱的。我虽然不能

寄情于物

同街上的每一个人都谈谈话,了解他们在想些什么;但是,从他们的行动上,从他们的笑容上,我知道,他们是快乐的,他们是满意的,他们是非常地快乐和满意的。我的眼睛一花,仿佛看到他们的笑容都幻化成了一朵朵的花,开放在我的眼前。笑容是没有颜色的,但既然幻化成了花朵,那似乎就有了颜色,而这颜色一定是红的。再加上刚才在临清一中看到的那一些祖国的花朵,于是我眼前就出现了一片繁花似锦的景象,灿烂夺目,熠熠生光,残留在我脑海里的那种灰色,灰色,弥漫天地的灰色,一扫而光,只留下红彤彤的一片,宛如黎明时分的东方的朝霞。

1982年9月写初稿于聊城
1982年11月29日修改于北京

聊城师范学院

姑且不从全中国来看吧,就是从山东全省来看,我们地区也不是文化发达的地区。清朝初年,聊城出过一个姓傅的状元,后来还当上了宰相。但那已是过去的"光荣",现在早已暗淡,连这位状元公的名字知道的人也不多了。也曾有过一个海源阁,藏善本书,名闻海内外,而今也已荡为荒烟蔓草,只能供人凭吊了。

对这些事情,我虽然很少对人谈起,但心里确实感到有点不是滋味。

在这样的情况下,当我听说聊城师范学院已经建立起来的消息时,我心中的高兴与激动,就可以想象了。这毕竟是我们地区的最高学府,是一所空前的最高学府。我们那文化落后的家乡,终于也有了最高学府了。

谁都知道,这件事情是来之不易的。如果不是推翻了三座大山,如果不是在推翻了三座大山之后二十多年又粉碎了"四人帮",这件事情无论如何是无法想象的。

同年轻人谈这种事情,他们好像是听老年人谈海市蜃楼,不甚了了。但是,对像我这样年龄的人,它却是活生生的令人兴奋的事实。六十多年前,我是我们官庄的唯一的小学生,后来是唯一的中学生,再后来又是唯一的大学生,而且是国立大学的学生,更后来,我这个外洋留学生,当然是唯一的唯一,"洋翰林"这块牌子,金光闪闪。所有这一切,都不说明我自己有什么能耐,而是环境使然,时代使然。况且没有家乡的帮助,我恐怕什么都不是。当我还在上大学的时候,我们那个极其贫穷的清平县,每年都提供给我一笔奖学金。没有这一笔奖学金,我恐怕很难念完大学。大学毕业以后,风闻家乡要修县志,准备把我的名字修进去,恐怕是进入艺文志之类。这大概只是一个传闻,因为按照老规矩,活着的人是不进县志的。不管怎样,就算是一个传闻吧,也可见乡亲们对像我这样一个人是怎样想法。我在那个小庄子里在念书方面,早成了"绝对冠军",而且这记录几十年没有被打破。区区不才,实在有点受宠若惊了。

然而今天我回到家乡,村村有小学,县县有中学,专署所在的聊城,又有了师范学院,有了最高学府。我那个"绝对冠军"的纪录早被打破。我并不惋惜,我兴奋,我高兴。如果像我这样的人永远"冠军"下去,我们的家乡还有希望吗?我们

寄情于物

的国家还有希望吗?

希望就在于我的记录已被打破,而打破纪录的主要标志就是聊城师范学院的建立,我要用世界上最美丽的语言来赞美这所学院,歌颂这所学院。如果我是一个诗人的话,我将写上无数首赞美的诗歌,以表达我的感情。因此,在我没有见到聊城师范学院以前,我对它已经怀有深厚的感情了。现在我亲自来到,这感情更加浓烈,更加集中。我虽然在学院待的时间并不长,从表面上来看,也可以看到创业维艰的情况。我知道,学院里的困难还是非常多的。但是,我也看到,从学院领导同志一直到青年教员那一团蓬蓬勃勃的朝气。只要有这种朝气,就没有克服不了的困难。只要有这种朝气,学院就会蒸蒸日上。这是我深信不疑的。

当然,我也听到另一些情况:个别的教员在这里不很安心。在十年浩劫中,学院搬来搬去,人为地制造了许多矛盾。这是原因之一。但也还有别的原因。比如聊城这地方小,有点闭塞,有点土气;学院很小,显得有点幼稚;生活条件有困难,等等,等等。尽管这样,绝大多数教员,不管年老还是年轻,是安心的,是满意的。虽然我无法一一同他们谈话,但是从他们的表情上,从他们的笑容上,从他们的眼神里,我仿佛看到他们的心,一颗颗忠诚于教育事业的心。比起北京等大城市来,聊城确实是一个小地方,显得有点土气,有点闭塞。但是闭塞中有开通,土气中有生气。只要有生气,就有希望,就有未来。比起那些大大学来,聊城师院确实显得有点小,有点幼稚。但是微小中有巨大,幼稚中有成熟。未来的希望也就蕴藏于其中。

创业有困难,可以磨炼人的斗志,可以提高人的精神境界。比起吃现成饭来,这要高尚得多,有意义得多。聊城师院绝大部分的教职员工,难道不正是这样想的吗?

谁要是看一看学院的校园,就会同意我上面的想法。校园中空地很多,有的地方杂草丛生。看上去有点荒寒。但是图书馆大楼不是已经矗立在那里了吗?我这从大大学去的人,看了图书馆,都不禁有点羡慕起来,我们的书库和阅览室比这里拥挤得多了。至于空地和杂草,那就像是一张白纸,可以在上面画最美的画,比起盖起林立的大楼而这些楼并不能使人满意的地方来,要好得多了。学院的领导心中确实已经有了一张草图:这里修建楼房,这里铺设柏油马路,这里安排花坛种植花木,甚至还要搞上一个喷水池。听了这样的设想,我仿佛已经看到了摩天大楼,成排成排地站在那里,院子里繁花似锦,绿柳成荫,一个大喷水池喷出了白练似的水柱,赤橙黄绿青蓝紫,在阳光中幻出惊人的奇景,幻出七色的彩虹。

环境是这样子,人又何尝不是呢?

我因为停留时间极短,没有能同更多的教职员和同学接触。但是在举行开学典礼的那一天,我同两个女孩子,两个新同学谈了几句。一个说是来自济南,一个说是来自烟台,都是第一次出远门。我听了心里立刻漾起了一丝快乐;我们的学院已经冲出了本地区,面向全省了,下面来的不就应该是面向全国的局面了吗?这两个小女孩彬彬有礼,有点腼腆,又有点兴奋。答话时还要毕恭毕敬地站起身来,说话时细声细气,让人觉得非常可爱。我没有时间同她们多谈,我不完全了解她们的心情。

但是从她们的表情上，可以看到，她们是满意的，她们是快乐的。第一次离开父母，走向广阔的社会，她们一定有许多憧憬，有许多幻想。她们也许想得很远很远，也许会不时想到二十一世纪。像我这样的老年人当然也想到祖国的前途，想到人类的未来，也想到二十一世纪，但是对我来说，二十一世纪实在是渺茫得很，我不大有可能活到二十一世纪了。但是对像她俩这样十六七岁的孩子来说，二十一世纪却是活生生的现实，一点也不渺茫，到了二十一世纪，她们也不过三十来岁，风华正茂，正是一生的黄金时期。对那样一个时期，她们一定也有所设想，有所安排的。她们看到将来要走的路一定是玫瑰色的，一定是铺满了鲜花的。我不禁从内心深处羡慕起她们这样的年轻人来。古人说："长江后浪推前浪，世上新人换旧人。"这是一个自然规律。个人是无能为力的。我们应该为了有这个自然规律而欢欣鼓舞。宇宙总是要发展的，人类总是要进步的，年轻人总是要成长起来的。祖国的前途，人类的未来，一切希望不就寄托在这样的年轻人身上吗？

我在上面曾讲到傅状元和名声世界的海源阁。如果海源阁还在的话，它当然是我们聊城、我们山东、我们中国的骄傲。既然不在了，我们当然会感到非常惋惜。但是如果看到未来，看到比较遥远的未来，这惋惜之情一定会大大地减轻的。我们一定能创建更多更好的海源阁，藏书一定更为珍贵，更为丰富，更能为我们祖国争光。至于傅状元之流，他们八股文大概写得不错，但谈到其他知识，则我们的年轻人一定远远超过他。我们要培养的正是这样的年轻人。培养的地方当然是很多很多的，小学和中学都有作用。但在我们地区,首先就是我们的最高学府聊城师范学院。在这个意义上,我为我们的师范学院祝贺。

五样松抒情

我对家乡的名胜古迹已经非常陌生了。我从来没有听说有什么五样松。在看到五样松前一秒钟,我在汽车上才第一次听到这名字。当时我们刚离开临清县城,汽车正在柏油马路上飞也似的行驶。司机突然把车刹住,回头问我们,愿不愿意看一看五样松。"五样松",多奇怪的名称!我抬眼一看:在一片绿油油的棉花田中间,一棵古松巍然矗立在中间,黛色逼人,尖顶直刺入蔚蓝的天空。它仿佛正在向我们招手。我们这一群人

柿子

寄情于物

都异口同声地答应，要去看一看这一棵从来没有听说过的奇松。我们的车立刻沿着田间小径开到古松下。

我看到古松，一下子就想到杜甫《古柏行》中的名句：

孔明庙前有老柏，
柯如青铜根如石；
苍皮溜雨四十围，
黛色参天二千尺。

这棵古松是否有四十围，我没有去量。但是，一看就能知道。几个人也合抱不过来。它老得已经空了肚子。据说，农村的小孩子常常到它肚子里去打扑克。下雨的时候，就到里面去避雨，连放牧的羊也可以牵到里面去。这就可以想见，古松的肚子有多么大了。

天下的名松，我见过的不知道有多少了。泰山的五大夫松，黄山的迎客松、送客松、盘龙松、蒲团松、黑虎松、连理松，以及一大串著名的松树，我都亲眼看到过。翻开我国历代的地方志和名山志，几乎每一个地方，每一座名山，都有棵把有名的古松。古今很多文人写过不知多少篇有关松树的脍炙人口的绝妙文章；而许多画家更喜欢画松树。孔子还说过："岁寒，然后知松柏之后凋也。"对松给了很高的评价。可见松树在古往今来的中国人心目中占有多么重要的地位。

但是，五样松这样的松树却从来还没有听说过。我见到的那一些名松哪一棵也比不上它。我对生物学知识极少。一棵松树上长两种叶子，这个我是见到过的。三种、四种的就不但没有见过，而且也没有听说过。现在一棵树上竟长上五种不同的叶子，岂不是有点"骇人听闻"吗？

这棵古松之所以不寻常，还不仅仅在于它长着五种叶子，而且也在于它的年龄。据说，这一位老寿星已经活了有两千年。我没有根据相信这种说法，也没有根据不相信。如果真是这样的话，那么，中国有五千年的历史，它就占了五分之二。它站在这个地方，一动不动；但是，我相信，在这样漫长的时间内，它总在睁大了眼睛，注视着，观察着。不管春、夏、秋、冬，它的枝叶总是那样浓绿繁茂，它好像从来没有睡过觉。谁能数得清，它究竟亲眼看到了多少重大的历史事件、重要的历史人物呢？它一定看到过汉末的黄巾起义；起义士兵头上缠的黄巾同它那苍郁的绿色，相映成趣。它一定看到过胡马北来、晋室南渡的混乱情景。它一定看到过就在离开它不远的大运河里隋炀帝南下扬州使用宫女拉着走的龙舟，想必也是五彩缤纷，令人眼花缭乱。它一定看到过隋末群雄并起逐鹿中原的滚滚狼烟。它一定看到过在长达一千多年的时间内大运河中南来北往的上千上万的船只，里面坐着争名逐利的官员，或者上京赶考的举子；有的喜形于色，得意洋洋；有的愁眉苦脸，垂头丧气。它当然也一定看到过宋景诗起义和太平天国北伐，刀光火影，就闪亮在身旁。它一定看到过这，一定看到过那，它看到过的东西太多太多了，数也数不清。这个老寿星真是饱经沧桑，随着中国人民之乐而乐，随着中国人民之忧而忧，说它是中国历史的见证者，不是很恰当吗？

寄情于物

然而，正如每一个国家、每一个人一样，这一棵古松的经历也决不会是一帆风顺的。过去那样漫长的时间不去说它了，据本地的同志说，就在几年以前，松树肚子里忽然失了火。它的肚子本来已经空成了一个烟筒。现在火在里面一燃起，风助火势，火仗风威，再加上烟筒一抽，结果是火光熊熊，浓烟弥漫。人们赶了来，费了很大劲，也没有把火扑灭。后来什么人想出了一个办法，用湿泥巴在松树肚子里从下面往上糊，终于把火扑灭了。人们在松一口气之余，都非常担心："这个老寿星已届耄耋之年，它还能经受起这一场巨大的灾难吗？它的生命大概危在旦夕了。"然而不然，它安然渡过了这一场灾难。今天我们看到它，虽然火烧的痕迹赫然犹在，但它却仍然是枝叶繁茂，黛色逼人，巍然矗立在那里，尖顶直刺入蔚蓝的天空。

我觉得，它好像仍然睁大了眼睛，注视着，观察着。但是，它现在看到的东西，不但不同于古代，而且也不同于几年前。辽阔的鲁西北大平原，一向是一个穷苦的地方。解放前，每一次饥荒，就不知道有多少人下关东去逃荒。我们家里就有不少的人老死在东北。在解放后的十年浩劫期间，人们的日子也难过。地里当然也种庄稼，但都稀稀落落，很不带劲。熟在地里，收割得也很粗糙。人们大都懒洋洋地精神不振。农民几乎家家闹穷，看不到什么光明的前途。然而，现在却真是换了人间。农民陡然富了起来。棉田百里，结满了棉桃，白花花地一大片。白薯地星罗棋布，玉米田接陌连阡。农民干劲空前高涨。不管早晚，见缝插针。从前出工，要靠生产队长催。现在却是不催自干。棉桃掉在地里没人管的现象，再也见不到了。整个大平

原,意气风发,一片欢腾。这些动人的情景,老寿星一定会看在眼里,在高兴之余,说不定也会感叹一番罢。

我的眼前一晃,我恍惚看到,这个老寿星长着五种不同叶子的枝子,猛然长了起来,长到我的眼睛看不到的地方:一个枝子直通到本县的首府临清,一个枝子直通到本地区的首府聊城,一个枝子直通到山东的省府济南,一个枝子直通到中国的首都北京,还剩下一个枝子,右边担着初升的太阳,左边担着初升的月亮,顶与泰山齐高,根与黄河并长。因此它才能历千年而不衰,经百代而常在。时光的流逝,季候的变换,夏日的炎阳,冬天的霜霰,在它身上当然留下了痕迹。然而不管是春秋,还是冬夏,它永远苍翠,一点没有变化。看到它的人,都会不自觉地挺直了腰板,无穷的精力在心里汹涌,傲然面对一切的挑战。

对着这样一位老寿星,我真是感慨万端,我的思想感情是无法描述的。但是,我们还要赶路。我们在树下只待了几分钟,最后只有恋恋不舍地离开了它。回头又瞥见它巍然矗立在那里,黛色逼人,尖顶直刺入蔚蓝的天空。

我将永远做松树的梦。

1982 年 12 月 16 日